JENNIFER YEN

Sem receita para o amor

Tradução
DÉBORA ISIDORO

Editora Melhoramentos

*Para aqueles que ainda sonham em silêncio.
Nunca é tarde demais para ser corajoso.*

Dados Internacionais de Catalogação na Publicação (CIP)
(Câmara Brasileira do Livro, SP, Brasil)

Yen, Jennifer
   Sem receita para o amor / Jennifer Yen; tradução Débora Isidoro. – 1. ed. – São Paulo: Editora Melhoramentos, 2021.

   Título original: A Taste for Love
   ISBN: 978-65-5539-489-4

   1. Ficção norte-americana I. Título.

21-79484   CDD-813

Índice para catálogo sistemático:
1. Ficção: Literatura norte-americana 813

Aline Graziele Benitez – Bibliotecária – CRB-1/3129

Copyright © 2021 by Jennifer Yen
Título original: *A Taste for Love*

Todos os direitos reservados, incluindo o direito
de reprodução completa ou em parte em qualquer formato.
Esta edição foi publicada mediante acordo com Razorbill,
um selo da Penguin Young Readers Group, uma divisão
da Penguin Random House LLC.

Tradução: Débora Isidoro
Preparação: Augusto Iriarte
Revisão: Laila Guilherme e Tulio Kawata
Projeto gráfico, diagramação,
ilustrações de miolo e adaptação de capa: Bruna Parra
Capa: adaptada do projeto original de Theresa Evangelista
Foto de capa: © 2021 by Michael Frost

Direitos de publicação:
© 2021 Editora Melhoramentos Ltda.

1ª edição, novembro de 2021
ISBN: 978-65-5539-489-4

Atendimento ao consumidor:
Caixa Postal 729 – CEP 01031-970
São Paulo – SP – Brasil
Tel.: (11) 3874-0880
www.editoramelhoramentos.com.br
sac@melhoramentos.com.br

Impresso no Brasil

Capítulo 1

É UMA VERDADE UNIVERSALMENTE RECONHECIDA QUE UMA MÃE QUE TEM GRANDE SABEDORIA QUER... OU MELHOR, PRECISA DE UMA FILHA QUE A ESCUTE.

As letras em neon na superfície preta e lisa da placa debocham de mim. Não, minha mãe não distorceria as palavras de uma das minhas autoras favoritas. Meu queixo cai, mas o palavrão não sai de minha boca. Em vez disso, fecho os olhos com força e desejo que as palavras penduradas acima de minha escrivaninha desapareçam. Abro um olho.

Não. Nada mudou.

"Jane Austen, dai-me forças."

O canto da boca de minha mãe repuxa quando me viro e olho para ela.

— E aí, o que acha? A Sharon estava fazendo uma liquidação, e achei que ficaria perfeita no seu quarto.

É claro que era da Etsy. Queria nunca tê-la apresentado àquele maldito site. É como o Pinterest para pessoas com insônia e dinheiro.

— É inteligente, não é? Eu mesma mandei a citação — ela continuou, os olhos brilhando. — Aliás, não sei por que você gosta tanto dessa história. Se eu fosse a senhora Bennet, aquelas meninas teriam casado em metade do tempo.

Que horror. Se nem as personagens da ficção estão protegidas da interferência da minha mãe, que chances eu tenho? Não consigo nem lembrar de um tempo em que ela não vivesse me dando ordens. Tenho certeza absoluta de que Jeannie e eu mal tínhamos saído das fraldas quando ela nos ensinou as coisas mais importantes para se ter na vida:

1. Um diploma universitário útil, para podermos cuidar dela quando ficar velha.
2. Um bom marido, para ele poder cuidar de nós.

Como minha mãe não é do tipo que deixa as coisas ao acaso, assim que chegamos à puberdade ela também criou regras sobre namoro:

1. Não namorar enquanto estiver na escola.
2. Só namorar garotos asiáticos. Quanto mais tradicional, melhor.
    2.5. O melhor tipo de asiático para namorar é o taiwanês, depois o chinês. Não existem outros.
3. Ele tem que ser alto. Pelo menos dez centímetros maior que você.
4. Tem que ser inteligente e escolher uma carreira estável, como Medicina ou Engenharia.
5. Tem que ser asiático (esse ponto é tão importante que aparece *duas vezes*).

Jeannie, minha irmã mais velha, é o exemplo de filha asiática obediente. Ela seguiu todas as regras ao pé da letra, exceto a primeira de todas, o que minha mãe perdoou com facilidade. Para piorar as coisas, ela é adorada por todo mundo.

– Ela é tão graciosa e eloquente!

– Jeannie é uma pessoa adorável! Está sempre sorrindo.

– Adoro o estilo dela. Sempre stalkeio seu Insta para ver o que ela está vestindo!

Jeannie é tão bonita que um olheiro de agência de modelos a seguiu por semanas até contratá-la. Aliás, uma de suas primeiras fotos profissionais está na cornija da nossa lareira. Sempre que temos visitas, meu pai brinca que aquela foto veio junto com o porta-retratos.

Eu?

Sou a ovelha negra. Ou, nas palavras da minha mãe, a encrenqueira.

– Presta atenção, Liza! Não acredito que você acabou de bater em um carro estacionado.

– Por que tinha que falar aquilo na frente da senhora Zhou? Que vergonha!

– Endireita as costas. Parece desleixo.

E não podemos esquecer uma das favoritas da minha mãe:

– Você se acha muito esperta. Os garotos não gostam de meninas mais espertas do que eles.

Ela tinha um milhão desses conselhos sobre garotos. Não qualquer garoto, é claro. Só os que se adequavam à sua lista de regras. Não demorei muito para perceber que o que ela queria de mim era que eu não fosse... eu.

Até parece.

Então desrespeitei as regras dela. Não para aborrecê-la, embora isso fosse um bônus. Só não via motivo para ser outra pessoa. Por que me tornar alguém que eu não era só para convencer um garoto a namorar comigo? Não fazia sentido, ainda mais porque já havia caras que me queriam.

Eu escondia isso dela, é claro. Não queria morrer.

A primeira vez que minha mãe me pegou, eu estava no cinema com meu primeiro namorado de verdade, Jeremy. Nós nos conhecemos pouco depois de ele ter se mudado de Ohio para cá com a família. Tinha olhos verdes como o mar e cabelos castanhos e cacheados, e eu tinha certeza de que ficaríamos juntos para sempre. Minha prima Mary nos flagrou duas fileiras à frente. Quando cheguei em casa, minha mãe estava furiosa. Ouvi um sermão de duas horas sobre garotos e o fato de que todos eles só queriam uma coisa. Ganhei um sermão adicional sobre como quaisquer meninos que não fossem asiáticos deveriam ser evitados.

Três horas da minha vida que nunca vou recuperar. Ainda tenho pesadelos com isso.

Depois de me prender por seis meses em casa, minha mãe decidiu que eu tinha sido suficientemente castigada. Desde que eu acatasse suas regras, podia voltar a conviver com meus amigos.

Eu me transformei em uma cidadã cumpridora da lei?

Nem perto disso.

Ela ainda queria que eu namorasse apenas meninos asiáticos. Mas isso era algo que ela não teria. Jeremy foi só o primeiro. Mas ele era um desses caras fissurados em cultura japonesa. Terminamos quando ele descobriu que eu era taiwanesa. Conheci Mario na academia, porém não durou muito. Ele se cansou do meu jeito estabanado. Depois veio o Isaiah, que me dispensou porque eu odiava esportes; teve também o Mason, que não sabia lidar com o fato de ser mais baixo do que eu.

Com o tempo, minha mãe mudou de tática. De repente, fui submetida a uma sequência infinita de tentativas casamenteiras. Algumas eram absolutamente óbvias, como a vez que cheguei em casa e encontrei um desconhecido sentado à mesa da cozinha.

– Liza! Quero que conheça Zhang Wei! Ele vai passar os próximos dois meses conosco, é intercambista!

Minha mãe o instalou em nosso quarto de hóspedes. Todas as manhãs, ele passava em frente ao meu quarto só de cueca branca e sorriso largo. Eu não via a hora de ele ir embora.

Depois foi Wang Yong. Era sobrinho de um colega de trabalho dela. Nós o conhecemos na farmácia onde ele fazia um bico de verão. Minha mãe sorriu inocentemente e apontou na direção dele.

– Pergunta para ele onde ficam os absorventes.

– Mas podemos só procurar...

– Vai. Agora!

Foi a coisa mais constrangedora do mundo. Saí com as bochechas ardendo e decidida a nunca mais voltar lá.

Outras vezes foram crimes de oportunidade. Como com Tony, o entregador do restaurante da nossa família.

– Ele estuda Química, Liza. Provavelmente vai ser doutor um dia.

Não podemos esquecer o filho dos melhores clientes de minha mãe e que estudava na mesma escola que eu: Li Qiang.

– Esse nome não lembra o daquele capitão do desenho *Mulan*? Gosta dele, não gosta?

Bem, Li Shang era gato. Li Qiang parecia um sapo atarracado. Não dava para comparar.

Já faz dois anos, e minha mãe não desistiu. A coisa se tornou uma espécie de jogo entre nós: ela me apresenta para um babaca esnobe ou para um nerd esquisito, e eu me desvencilho deles com uma ou outra desculpa. Fiquei tão boa nisso que estou pronta para enfrentar o chefão.

Pelo menos acho que sim.

Nos últimos tempos, minha mãe encontrou outras coisas para focar sua atenção. Ela me pressiona sobre a faculdade, o que não me incomoda. Os prazos para pedir bolsas de estudo e o ranking dos alunos são distrações ideais para evitar que ela descubra sobre o Brody. Estamos juntos há dois meses, mas meu coração ainda dispara toda vez que o vejo. Alto, loiro e com os dentes mais brancos que já vi, Brody é o arquétipo do garoto norte-americano. É o capitão do time de basquete e tem uma bolsa de estudos integral para jogar pela Universidade do Texas, em Austin, no ano que vem. Também é tudo o que minha mãe odeia nos garotos com quem saio. Se eu chegar à formatura sem ter que enfrentar mais uma das tentativas bem-intencionadas dela de me apresentar a alguém, tudo estará resolvido.

Minha mãe pigarreia, interrompendo meus pensamentos.

– Só não esqueça: a vida é a soma de suas escolhas. – Ela olha para a placa. – E é meu dever ensinar você a fazer boas escolhas.

Com isso, ela vai para a cozinha. Eu olho novamente para a abominação na minha parede.

Isso não é um lembrete.

É uma declaração de guerra.

Capítulo 2

Quem disse que "o caminho para o coração de um homem passa pelo estômago" estava pensando, obviamente, nos famosos pãezinhos no vapor que minha mãe faz. Os pãezinhos no vapor. Toda vez que nossos clientes mordem a massa macia e branquinha, suas bocas cantam em louvor. Alguns gostam dos salgados, recheados com churrasco chinês ou legumes e noodles de arroz. Outros preferem a doçura do feijão-vermelho ou do creme de confeiteiro. Nem eu resisto. É comum me flagrarem roubando um pãozinho fresco do forno.

Como agora.

– *Aiya!* Quantas vezes preciso dizer para não tocar neles enquanto estão quentes?

Não consigo responder para minha mãe. Minha boca já está cheia de feijão-vermelho e massa, um sabor que nem mesmo a confeitaria que ficava na rua da nossa casa em Taipei conseguia imitar. Minha língua leva um segundo para registrar o calor, e sou forçada a inchar as bochechas como um chimpanzé até parar de queimar.

Ela arqueia uma sobrancelha.

– Eu avisei.

– Desculpa, mãe – resmungo automaticamente. – Vou lembrar na próxima vez.

– Só acredito vendo, Liza. Agora vá ajudar a Tina lá na frente.

Fico no fundo da loja até o último pedaço de pãozinho se juntar aos outros no meu estômago. Lavo as mãos antes de sair para receber os clientes.

Queria não ter prometido ajudar hoje. É sábado de manhã, e já temos uma fila na porta. Quando acordei, a lua ainda flertava com o horizonte. Duas horas e infinitas fornadas depois, a confeitaria transborda de atividade. Minha mãe anda de um lado para o outro, respondendo uma pergunta aqui e outra ali enquanto repõe as mercadorias nas prateleiras sempre esvaziadas. Pelo menos uma dezena de pessoas estuda as vitrines, já carregando cestas de compras com pãezinhos chineses e pão comum. Tina, nossa vizinha, que é dois anos mais nova que eu, está ocupada embalando em folhas de celofane a última fornada de pão *bo luo*.

Me dirijo ao caixa e espero a primeira compra do dia. Logo uma mulher de cerca de quarenta anos se aproxima do balcão segurando uma cesta cheia de itens para o café da manhã.

Sorrio educadamente.

– Mais alguma coisa?

Ela olha para a vitrine de bolos decorados e aponta para um de chocolate com morango. Cada fatia é coberta com um morango delicadamente fatiado de modo que se abra como um leque sobre o creme marrom e aerado.

– Os morangos são frescos? – ela pergunta em mandarim.

– Sim, são – respondo imediatamente.

– Então vou levar um, por favor.

Coloco o bolo em uma caixa quadrada de papelão, cujas abas superiores se torcem para formar um laço rígido.

– Mais alguma coisa?

Ela balança a cabeça em negativa. Registro cada produto e entrego a sacola e o recibo.

– Obrigada. Volte sempre.

A fila do caixa não diminui até a hora do almoço. A essa altura vendemos centenas de dólares em produtos, e minha vontade é tirar um cochilo ali mesmo no balcão.

Esta situação é muito diferente de quando nossa família imigrou para os Estados Unidos, doze anos atrás. Minha mãe não falava quase nada de inglês e vendia seus pãezinhos no vapor para os vizinhos por um valor muito baixo. A notícia de que os pãezinhos eram deliciosos se espalhou, e logo ela começou a receber pedidos em quantidade suficiente para abrir a própria confeitaria. Antes de eu começar o ensino médio, meus pais decidiram abrir a confeitaria e o restaurante. Encontraram um espaço na esquina de um centro comercial gigantesco em Chinatown. Ficava meio escondido atrás de um pilar que sustentava o segundo andar. Era de esperar que as pessoas não fossem reparar no lugar, mas o talento da minha mãe manteve nossa lojinha sempre cheia de clientes famintos.

Minha mãe toca meu ombro.

– Liza, por que não vai pedir para o seu pai preparar alguma coisa para comermos?

– Ok.

Tiro o avental e entro no restaurante chinês conectado à confeitaria. Cada estabelecimento tem uma fachada própria, e os clientes sempre se assustam quando entram e descobrem um grande salão. Só os clientes regulares sabem a verdade. Cada lado é metade de um todo, e meu pai cuida do restaurante enquanto minha mãe fica na confeitaria.

A parte de que mais gosto no negócio da família é o nome – Yin e Yang Restaurante e Confeitaria. Parece uma sacada de marketing, mas não é. Minha mãe usa receitas secretas dos Yin, que herdou da mãe e da avó. Meu pai, o mais velho do clã Yang, nunca conheceu um prato que não fosse capaz de reproduzir e sempre dá seu toque nas receitas. Daí, Yin e Yang.

– Foi assim que eu soube que seu pai era meu escolhido – minha mãe gosta de brincar. – Mas acho que poderia ter me casado com outro Yang.

O restaurante tem mesas de madeira de tamanhos e formas variados, e o barulho dos clientes e dos pratos enche meus ouvidos. Passo pelo balcão, onde Danny anota um pedido feito por telefone. Aluno da Bellaire High School, ele começou a trabalhar para o meu pai no verão passado. Cumprimento-o e sigo em direção à cortina de tecido que separa a cozinha do salão.

Entro no momento em que meu pai está jogando uma berinjela fatiada na wok. O ar é perfumado pelo alho que ele acrescenta à mistura. Respiro fundo e sorrio antes de parar a seu lado em silêncio. Ele encara o fogo como um toureiro, manejando com movimentos rápidos do punho a wok sobre as chamas. Meu pai começa a preparar um filé com pimenta, depois um camarão com sal e pimenta e *mapo tofu*. Quando coloca o último pedido no prato, estou salivando.

Ele para e olha para mim.

– Já é hora do almoço?

Confirmo com um movimento de cabeça.

– São quase duas horas.

– Quer alguma coisa especial?

Olho para a berinjela.

Ele ri.

– Ok. Uma berinjela frita com sal e pimenta para você, e uma refogada sem sal para sua mãe. Mais alguma coisa?

– Frango com gergelim?

– É muita fritura, Liza. Eu preparo um frango ao molho marrom.

Suspiro. Para que me perguntar, se vai vetar minha escolha? Vou para nossa mesa habitual. Tina já está esperando e dá tapinhas na cadeira ao lado dela. O salão esvaziou um pouco, só tem uma mesa com engravatados. Alguns minutos depois, Danny aparece com nosso primeiro prato.

– Já volto – ele diz.

Uma mecha de cabelo preto cai sobre sua testa quando ele sorri para Tina. Ela fica corada e o segue com o olhar enquanto ele volta para a cozinha. Seguro um sorriso. Acho bom minha mãe não perceber esses olhares. Ela tentou me empurrar o Danny há algumas semanas, depois de esgotar seus candidatos habituais. Felizmente, como eu já o tinha avisado que isso poderia acontecer, Danny mentiu e disse que tinha namorada.

Meu pai termina de preparar a comida e se junta a nós no salão. Ele e minha mãe comem depressa, sempre de olho nas portas. Menos de quinze minutos depois, já voltaram para suas respectivas cozinhas. Tina, Danny e eu não precisamos ter pressa, desde que não deixemos de atender os clientes que entram.

Hoje os retardatários que aparecem são todos da confeitaria, o que significa que sou a última a terminar e fico encarregada da limpeza. Não que isso seja novidade. A comida do meu pai atrai muita gente, mas são os salgados e os doces da minha mãe que fazem os clientes voltarem. Os que são atraídos pelas novas e modernas confeitarias em Chinatown sempre retornam arrependidos. Temos fregueses que juram que as delícias que minha mãe faz mudaram sua vida.

– Meus filhos não comiam legumes até eu comprar seus *baozi*. Eles provaram e ficaram apaixonados. Agora comem de tudo!

– Seus pastéis de nata salvaram meu casamento! Meu marido e eu nunca fomos tão felizes!

– Aqueles *mantou* multigrãos curaram minha dor de estômago.

– Levei seus pãezinhos de creme taro para o meu chefe e ganhei um aumento no dia seguinte. Você faz milagres, senhora Yang!

É, sei. Como os pãezinhos dela há anos e posso dizer com certeza absoluta que não há nada mágico neles – a menos que você queira um traseiro maior. Minha mãe só agradece e oferece uma degustação da receita em que estiver trabalhando no momento.

Depois do almoço, ataco a enorme lista de tarefas que minha mãe me deu hoje de manhã. Quero terminar tudo a tempo de me arrumar para a festa de aniversário de Sarah, principalmente porque minha mãe concordou em me deixar ficar duas horas além do meu horário habitual de voltar para casa. Isso não acontece desde que ela esqueceu de adiantar os relógios para o horário de verão, então vou aproveitar ao máximo.

Estou imprimindo etiquetas atualizadas para as prateleiras quando a sineta sobre a porta tilinta. Levanto a cabeça e fico paralisada. Conheço aquele rosto. Está na primeira página do jornal chinês da nossa região.

– O que *ela* está fazendo aqui?

Minha mãe nem tenta disfarçar a animosidade na voz, o que me surpreende. A mulher não é a primeira concorrente a passar pela porta, embora seja a mais conhecida. Um a um, nossos clientes param e olham para a celebridade entre eles. Cochicham uns com os outros, e não é difícil adivinhar o que estão falando.

– É ela? Teresa Lee?

– *A* Teresa Lee?

Seu rosto é inconfundível. Desde que a Sra. Lee anunciou planos de abrir em Houston a mais nova loja de sua premiada confeitaria, toda a mídia chinesa tem publicado matérias sobre ela. Até os canais de notícia americanos fizeram reportagens sobre a proprietária da Mama Lee's Bakery, inclusive com uma entrevista com o Sr. Lee e uma visita à sede da rede. Afinal, ela escolheu nossa cidade, em vez de Dallas, Los Angeles ou Seattle.

O cabelo da Sra. Lee emoldura seu rosto com ondas suaves, as mechas são tão pretas que brilham com um reflexo azulado sob as luzes fluorescentes.

Seus olhos são destacados por um delineado preto e puxado, e o batom vermelho, que é sua marca registrada, ressalta perfeitamente a pele de porcelana. Não sei muito sobre moda, mas tudo o que ela usa parece ser caro e de grife.

Minha mãe gosta de estar arrumada, mas nunca se preocupou excessivamente com a aparência. Hoje, mechas grisalhas do cabelo de comprimento médio escaparam da rede que ela usa quando está trabalhando. Seu rosto não tem nem um pingo de maquiagem, e ela veste uma das camisetas que não me servem mais e uma saia longa de linho.

Flagro minha mãe olhando seu reflexo na vitrine mais próxima. Discretamente, ela ajeita o cabelo e tira o avental, enquanto uma das clientes se aproxima da Sra. Lee e fala com voz tímida:

— Senhora Lee, é um prazer conhecê-la! Você é ainda mais bonita pessoalmente.

— Obrigada! — Ela põe a mão no peito. — Isso significa muito para mim.

Outro cliente se aproxima.

— Como vai o senhor Lee? Sua família vai bem?

— Todos ótimos. É muita gentileza sua perguntar — ela responde.

Um homem idoso se aproxima com o celular na mão trêmula.

— Senhora Lee, pode tirar uma foto comigo?

O pedido é seguido por muitos outros. As delícias de nossa confeitaria são esquecidas enquanto todos formam uma fila para tirar uma selfie. Minha mãe rosna com o olhar cravado na Sra. Lee. Dou uma leve cotovelada nela. Ela se livra de pensamentos que suspeito serem homicidas e estica os lábios em um sorriso acolhedor e então sai de trás do balcão.

— Senhora Lee! Que surpresa agradável! — diz, com a mão estendida. — Eu não sabia que nos honraria com sua presença.

A Sra. Lee sorri, mas de um modo estranhamente ameaçador. Talvez seja o jeito como os lábios se distendem sobre os dentes de um branco nada natural. As duas mulheres se encaram, e eu me preparo para um pouco de entretenimento.

— Ah, senhora... Yang, não é?

Tradução: "Acho que ouvi seu nome por aí".

— Sim — minha mãe responde, imitando a Sra. Lee e levando a mão ao peito. — Estou honrada por saber quem eu sou.

"É claro que você sabe quem eu sou. Todo mundo sabe."

A Sra. Lee abre os braços mostrando o ambiente.

– Que fofa sua loja.

"Diferente das minhas, que parecem museus de tão elegantes."

– Ah, felizmente meus clientes não se importam por ser uma loja pequena. – Minha mãe faz um gesto de desdém. – Eles vêm pelos produtos.

"Luxo não compensa produtos medíocres, senhora."

– Vou ficar muito feliz se minha nova filial tiver metade do sucesso que você tem aqui.

"Vou passar por cima de você com um caminhão cheio dos meus famosos pães."

– Nesse caso, vou ter que fazer uma visita.

"Provavelmente vou criticar seus pãezinhos no vapor sem graça e seu pão seco."

A Sra. Lee pisca exageradamente.

– Um passarinho me contou que você promove um concurso de confeitaria todos os anos.

"Nunca ouvi falar nele, então não deve ser grande coisa."

– Sim, estamos nos preparando para a quinta edição. Fica maior a cada ano, especialmente depois que passamos a oferecer uma bolsa de estudos para o ganhador – minha mãe responde, ajeitando o cabelo. – É muito trabalho para uma pessoa só, mas não tem nada mais gratificante.

"Diferentemente de você e sua linha de montagem. Aposto que nem sabe cozinhar."

Sufoco uma risadinha ao ouvir o último comentário. De repente, as duas olham para mim. A Sra. Lee se aproxima e me examina da cabeça aos pés. Depois olha para trás, para minha mãe.

– É sua filha?

Minha mãe se aproxima e toca meu braço.

– É minha caçula, Liza. Ela se forma no ensino médio daqui a algumas semanas.

– Que beleza. – A Sra. Lee olha nos meus olhos. – Você é tão fofinha quanto esta loja.

Ranjo os dentes. Minha mãe que espere; vou matar essa mulher primeiro.

— Minha filha mais velha, Jeannie, está em Nova York. — Minha mãe não resiste à chance de se exibir. — É uma modelo muito bem-sucedida.

Obrigada. Isso faz eu me sentir muito melhor.

— É mesmo? Bem, espero ter uma oportunidade de conhecê-la também — responde a Sra. Lee, mostrando os dentes de novo.

— Você deve ser ocupada demais para ter uma família, imagino — minha mãe comenta. — Cuidar de tantas lojas...

A Sra. Lee recua como se tivesse levado uma bofetada. Mas recupera rapidamente a postura indiferente.

— Na verdade, meu marido e eu temos um filho maravilhoso. Ele é meu principezinho, embora não seja mais tão pequeno. E é bonito, inteligente e muito popular.

Aposto que o Príncipe Lee é tão vaidoso quanto ela. Pelo menos minha mãe não vai querer me aproximar desse asiático em particular, uma vitória pequena, mas importante.

— Ele está na cidade? — minha mãe pergunta.

Ou vai?

A Sra. Lee se endireita.

— Na verdade, ele está ocupado com a faculdade e o trabalho, mas certamente fará uma visita quando as férias de verão começarem.

Ela sorri para todos os clientes na loja. Até o restaurante fica em silêncio enquanto os clientes ouvem a conversa. Eles reconhecem logo quando um fato é digno de fofoca.

— Bem, peço licença, senhora Yang. Ainda há muito a fazer antes da grande inauguração. — A Sra. Lee olha do alto para minha mãe. — Agradeça por não precisar lidar com essas insuportáveis licenças e regulamentações. Ah, bem. Faz parte de administrar uma empresa tão grande.

Ela gira como uma bailarina, sorrindo antes de dar as costas para minha mãe. Com um sorriso ensaiado, a Sra. Lee tira mais algumas selfies e sai da loja. Alguns clientes a seguem, embora tivessem entrado para comprar alguma coisa. É a gota d'água para minha mãe. Xingando em mandarim, ela passa pela cortina que leva ao fundo da loja.

Capítulo 3

Duas horas mais tarde, risco o último item da minha lista e me preparo para sair. Só preciso fazer mais uma coisa. Com um suspiro profundo, meto a cabeça pela cortina dos fundos.

— Mãe, posso começar a usar a cozinha depois que a loja fechar?

Ela para de rechear pãezinhos no vapor de frango e vegetais, mas, antes que me responda, as palavras transbordam da minha boca:

— Só por uns dias, e eu limpo tudo antes de sair.

No fim do ensino fundamental, eu ajudava na confeitaria todos os fins de semana. Era obcecada pela magia do fermento e pela alquimia dos sabores. Minha mãe me ensinou muito naquela época – os diferentes tipos de farinha, as técnicas das diversas massas, a proporção certa de massa e recheio. Era uma atividade que conseguíamos fazer juntas sem terminar numa briga acalorada.

Minha mãe até me incentivava a entrar em competições infantis de confeitaria, e nunca se mostrou tão orgulhosa quanto na vez que fiquei em primeiro lugar. Não demorou muito para eu ter no meu quarto uma prateleira de troféus digna de concorrer com as faixas e os prêmios de Jeannie. Conforme fui ficando mais velha, comecei a testar minhas próprias receitas. Algumas se mostraram desastrosas, mas outras impressionavam tanto minha mãe que ela as colocava no cardápio da confeitaria. O caderno em que eu as anotava ainda está na prateleira do meu quarto.

Minha mãe arqueia uma sobrancelha.

— Por que o interesse repentino de novo?

– Não sei. É que tenho pensado sobre isso ultimamente.

Uma meia mentira. Nunca parei de pensar nisso. A confeitaria é tão parte de mim que tenho certeza de que corre creme nas minhas veias. Assim que entrei no ensino médio, perguntei aos meus pais se podia frequentar a escola de culinária em vez de ir para uma faculdade. Achei que, com os dois nesse ramo, eles entenderiam. Mas pedir isso foi como dar um tapa na cara deles.

– Por que você faria isso? – minha mãe quis saber. – Não nos sacrificamos todos esses anos para você pagar alguém para aprender o que podemos ensinar em casa.

Meu pai concordou.

– Sua mãe tem razão. Primeiro faça uma faculdade e tenha um diploma. Alguma coisa útil. Não desperdice nosso dinheiro em Letras ou Jornalismo. Depois veremos.

– Mas eu sou muito boa...

– Como todo mundo – ele emendou com suavidade. – O que acha de um diploma de contabilidade? Precisamos de alguém para cuidar dos números do Yin e Yang. Isso está tomando muito tempo, e preciso de alguém que seja bom com computadores.

Tentei argumentar várias vezes, mas eles se recusaram a me ouvir. No ano passado ficou decidido que no próximo outono eu estudaria na Rice, que fica perto de casa. Parei de cozinhar logo depois. De que adiantaria? Isso agora era uma lembrança cruel de que meus pais só apoiavam os sonhos de Jeannie. Nunca contei a eles a razão de eu ter parado, por mais que perguntassem.

Só recentemente meus dedos voltaram a sentir falta do toque da massa. Talvez por eu ter passado os dois últimos fins de semana maratonando todas as séries de culinária na Netflix. Afinal, não tem nada melhor do que a euforia de uma receita bem-sucedida.

– Eu me lembro de quanto você amava cozinhar.

A voz de minha mãe me traz de volta ao presente. Ela respira fundo, como se pretendesse falar mais, mas se contém. Reconheço sua expressão.

"Você adorava cozinhar *comigo*."

De novo a culpa. Não posso negar que nos divertíamos muito juntas.

Sorrio.

— Faz tempo que você não acrescenta nada novo ao cardápio. Talvez eu possa testar algumas coisas.

— Não é uma má ideia — ela responde depois de colocar na bandeja o último pãozinho recheado. — Estive pensando a mesma coisa. Seria bom ouvir suas ideias.

— Sério?

— Por que não? Alguns dos pãezinhos favoritos dos clientes são criações suas.

Meu sorriso se alarga. Fico feliz por ela lembrar. Talvez ainda haja esperança para os meus sonhos.

— Tudo bem! Hum, vou começar a trabalhar em algumas receitas.

— Ótimo, e não esqueça que quero você em casa às dez — ela diz, me lançando um olhar. — Você prometeu me ajudar amanhã de novo, lembra?

Não, eu não lembrava, mas não é agora que vou correr o risco de ela me proibir de ir à festa.

— Sim, mãe.

Saio da confeitaria sorrindo e vou para o meu carro. Quando me sento ao volante, o celular vibra e o pego do bolso. Meu coração fica um pouco menos alegre; é só Grace dizendo que vai se atrasar uns minutos. Brody ainda não respondeu à mensagem que mandei de manhã. Mando outra e saio do estacionamento.

Enquanto dirijo para a festa de Sarah, nuvens de algodão-doce salpicam o céu, brincando de se esconder entre as árvores. Passo por casas de tijolos vermelhos e reboco branco antes de estacionar na garagem circular da casa dela. A casa de Sarah é uma mistura de tijolos de cor neutra e paredes em uma tonalidade clara de marrom. A varanda no segundo andar se estende sobre a garagem, emoldurada por três arcos e uma cerca de ferro forjado. Toco a campainha.

— Estou indo! Estou indo! — Ouço Sarah gritar.

Passos rápidos se aproximam da porta. Um segundo depois, Sarah a abre. Seus cachos avermelhados estão presos em um rabo de cavalo, e ela veste um pijama floral muito fofo. Sardas se espalham por seu nariz e pelas bochechas, se destacando contra a pele sedosa.

– Liza!

Ela me abraça antes de me puxar para dentro.

– Cadê o pijama?

Deixo escapar um gemido.

– Esqueci completamente disso.

Percebo o lampejo de decepção em seus olhos, mas ela pisca e o faz desaparecer.

– Tudo bem! – Ela gesticula, diminuindo a importância do fato. – Estou feliz por ter vindo.

Tiro os sapatos quando entramos e Sarah fecha a porta.

– Ah, não precisa!

– Tudo bem – respondo, ajeitando os sapatos perto da parede. – Não me importo.

Eu a sigo além da escada e para o interior da casa. Paredes de um tom claro de amarelo são decoradas com fotos de família e pinturas a óleo. Entre duas janelas panorâmicas protegidas por cortinas pesadas, vejo uma gravura em tela de Sarah em uma de suas apresentações na ópera local. Na sala de estar, uma TV de tela plana três vezes maior do que a que temos em casa cobre a parede sobre a lareira.

Na outra extremidade fica uma cozinha enorme, onde utensílios de aço inox contrastam com armários de madeira escura. Tigelas de cristal e pratos brancos contendo uma variedade de salgadinhos, doces e molhos ocupam a bancada. Minha boca saliva quando vejo toda aquela comida proibida. Sarah me oferece um prato.

– Minha mãe disse que podemos pedir o que quisermos – ela avisa. – Pensei em pizza, a menos que queira outra coisa.

Um salgadinho para na metade do caminho até minha boca.

– Sua mãe não está em casa?

– Não. Ela e meu pai estão viajando. Só voltam amanhã à noite.

Bom, minha mãe não precisa saber disso.

A campainha toca, e Sarah se apressa para atender.

– Becca! Tiff!

Estico o pescoço para ver. Não reconheço nenhuma das meninas. Elas devem fazer parte da mesma aula de música que Sarah frequenta na escola.

Sarah respira ópera como eu respiro doces. Becca e Tiff me encaram enquanto nos cumprimentamos pouco à vontade. Quando elas pegam os pratos, juro que escuto uma das duas falar o nome de Brody. Sem encontrar um jeito educado de perguntar se estão falando sobre meu namorado, mergulho outro salgadinho no molho.

Durante uma hora, mais e mais convidados chegam, até o lugar, antes espaçoso, ficar lotado a ponto de se tornar desconfortável. Cercada por vozes em todos os tons, percebo de repente que sou a mascote asiática do grupo. Tiro uma foto e mando para Grace, minha melhor amiga.

Por favor, me diz que está chegando.

Um segundo depois, meu celular vibra.

Desculpa. Estava procurando um pijama bonitinho.

É claro que sim. Grace nunca sai de casa sem parecer pronta para a passarela. Não era de surpreender que, sempre que saíamos juntas, as pessoas presumissem que ela era a irmã de Jeannie. Procuro o nome de Brody em minhas mensagens. Nada ainda. Suspiro e guardo o celular no bolso justamente quando Sarah acena me chamando.

Suporto quinze minutos de apresentações bem-intencionadas e sorrisos falsos. Felizmente Grace chega pouco antes da pizza, e a tensão na sala evapora. Afinal, nada aproxima mais as pessoas do que massa e queijo – especialmente se você é da turma da pizza sem abacaxi.

Quando chega a hora da máscara facial, quase já sou capaz de diferenciar as três Jennifers umas das outras. Nesse momento, o alarme do meu celular toca. Sério? Não pode ser quase hora de ir para casa. Fecho os olhos e torço para ser um engano.

Infelizmente o relógio marca nove e meia. Vou andando entre as pernas estendidas no chão. Sarah, que está fazendo um TikTok com a máscara facial de panda, me chama.

– Faz esse comigo, Liza!

– Não posso – gemo. – Tenho que ir para casa.

Ela fica desanimada.

– O quê? Por quê? A festa está só começando!

"Porque a vida não é diversão. É trabalho duro, esforço e se matar de estudar."

— Prometi ajudar minha mãe na confeitaria amanhã — respondo em voz alta.

Sarah faz um biquinho.

— Tem certeza de que não pode ficar?

— Queria poder. Talvez na próxima vez — digo, e guardo o celular no bolso. — Obrigada por ter me convidado.

Ela se levanta para me acompanhar até a porta, mas uma das Jennifers a segura e a puxa para o sofá para uma selfie. Continuo caminhando até a saída para calçar meus sapatos.

Grace aparece ao meu lado.

— Acho que também vou embora logo. Está meio chato. Elas estão discutindo qual Chris famoso é o mais gostoso.

— Hemsworth, é claro — respondo instantaneamente.

Ela sorri.

— Viu? Você não vai perder nada.

Ela me abraça rapidamente antes de eu abrir a porta. Sarah levanta a cabeça em meio a um montinho de garotas de pijama.

— Tchau, Liza!

Fecho a porta e vou para o carro. Olho pelo retrovisor pela última vez e vou embora.

•••

Quando acordo na manhã seguinte, minha mãe já foi para a confeitaria. Desligo o alarme do celular e leio as mensagens que Grace mandou para mim durante a noite. Sorvete, pedicure, uma comédia romântica e... karaokê? Não! Perdi o karaokê. O que fiz para merecer isso? Largo o celular em cima da cama e vou ao banheiro para começar a me arrumar. Não consigo apagar da cabeça a ideia de que perdi muita coisa.

Chego quando o sol está se erguendo sobre o horizonte. Por fora a loja parece vazia, mas vejo a fina faixa de luz que escapa entre as cortinas fechadas. Entro, tranco a porta e sigo diretamente para a cozinha. Minha mãe está ao lado da mesa de aço inox perto dos fornos. Ela nem levanta a cabeça para me cumprimentar, concentrada na lista de produtos do dia e verificando alguma coisa no caderno com capa de couro. Ele é seu bem mais precioso, contém todas as receitas que ela criou ao longo dos anos. Uma vez minha mãe o perdeu por trinta segundos, e pensei que ela entraria em combustão espontânea.

Assim que visto o avental e arregaço as mangas, minha mãe começa a pedir ingredientes, que vou tirando das várias gavetas. Depois, ela pega uma bola gigante de massa que está na geladeira e a larga na minha frente.

– Pãezinhos de feijão-vermelho.

Faz muito tempo que fiz isso pela última vez, mas minhas mãos entram no ritmo instintivamente. Em pouco tempo, estou fatiando a massa em porções menores, que viram outras bolas. Coloco-as na assadeira e repito o processo até haver massa suficiente para cobrir com filme plástico e esperar o segundo tempo de crescimento. Depois de quinze minutos, ligo o forno para o preaquecimento e pego as bolinhas de massa para rechear. Cada bola é achatada em minha mão e recebe uma colherada de pasta de feijão-vermelho; depois é fechada e devolvida à assadeira. Pincelo as bolinhas com gema de ovo batida com água, e elas estão prontas para o forno.

Enquanto isso, minha mãe mistura farinha, fermento e açúcar, junta ovos, leite e água a essa mistura e prepara mais massa. Ela divide a massa em porções menores, mais fáceis de manejar, e começa a sovar. Essa sempre foi uma das minhas partes favoritas, e pego uma porção também. Jogo a mistura sobre a mesa com força.

"Essa é por ter de voltar para casa às dez."

A massa bate no aço com um baque retumbante.

"E essa é por ter saído cedo da festa."

Castigo a massa inocente.

"E pelo karaokê. Ainda não acredito que perdi o karaokê!"

A mesa treme com a força da batida, e minha mãe olha para mim com os olhos meio fechados.

Sorrio acanhada.

– Desculpa, me empolguei.

Retomo a sova, mas com mais cuidado. Depois de uns dez minutos, estico a massa para verificar o glúten. Satisfeita, junto a porção à massa que minha mãe preparou.

– E agora? – pergunto.

Ela vai buscar na geladeira duas vasilhas com carne, uma moída com vegetais picados e a outra picada e vermelha.

— Pãezinhos de carne de porco e *char siu bao*.

Ela se encarrega dos pãezinhos de porco enquanto eu me dedico ao *char siu bao*. A parte mais complicada é fechar os pãezinhos corretamente. Movimento os dedos. Vamos lá, memória muscular. O primeiro fica muito apertado. O recheio vaza por um lado antes de o pãozinho ir para a assadeira. O segundo fica muito frouxo e deixa um grande buraco no topo. Se assar desse jeito, a carne vai ficar seca. Minha mãe acompanha meus esforços com olhares de soslaio.

— Erros na cozinha...

— Perfeição nas prateleiras — completo.

Algumas coisas nunca mudam. Ponho os pãezinhos de teste de lado, para assar mais tarde. O sabor ainda será bom, mesmo que não fiquem suficientemente bonitos para serem vendidos. O próximo *bao* sai perfeito, e eu o ergo triunfante. Se tivesse um nascer do sol dramático e um coral para acompanhar...

— Para de brincar, Liza — minha mãe reclama. — Temos muito que fazer.

O *bao* encontra um lugar na assadeira sob o olhar atento dela. Continuo recheando até a carne acabar, o que nunca deixa de acontecer, apesar dos anos de prática. Um dia ainda vou descobrir o segredo da minha mãe. Por enquanto, a massa extra é embrulhada em filme plástico e reservada. Pego na prateleira uma pilha de cestos para cozinhar a vapor. Coloco os cestos na mesa e forro o fundo dos *baos* com papel.

Em minutos, *baos* cuidadosamente arrumados, separados nos cestos para não grudar, estão prontos para o banho de vapor. Minha mãe terminou de fechar os pãezinhos de porco e passou para o brioche. O aroma doce de feijão-vermelho me avisa antes de o timer apitar que os pãezinhos estão prontos. Tiro a primeira assadeira e ponho os pãezinhos no rack de resfriamento. Outras assadeiras vão para o forno antes de os pãezinhos dourados ficarem prontos para a embalagem plástica transparente.

Continuamos assando nesse ritmo durante as duas horas seguintes, até o ar ficar carregado de uma deliciosa tentação. Quando levo os produtos às prateleiras, vejo que já tem uma fila de clientes se formando lá fora. Tiro o avental, limpo a farinha do rosto e abro a porta. Clientes ocupam cada canto da confeitaria em busca de seus produtos favoritos. Prateleiras vazias e suspiros de felicidade são as únicas coisas que eles deixam para trás.

Começo a carregar uma foto no Instagram da confeitaria, mas paro ao ver um comentário no meu post sobre a festa de Sarah. É do Brody.

Na próxima, guarda um pedaço para mim. Sem abacaxi.

Sorrio e guardo o celular no bolso do avental. Eu devia parar de me preocupar sem motivo. Ele só não gosta de mandar mensagens.

Minha mãe e eu cuidamos da loja por uma hora. Depois Tina chega e assume as embalagens e a reposição. O dia passa voando, e, antes que eu perceba, estamos acompanhando nosso último cliente até a saída, fechando a porta e apagando o luminoso de ABERTO. Vou para o fundo da loja e encontro minha mãe descansando em uma cadeira. O dia foi tão frenético que não tivemos tempo para limpar tudo. Enxáguo as assadeiras e os utensílios e ponho tudo na lava-louça. Enquanto estou limpando as bancadas, ela olha para mim com uma expressão agradecida.

– Me conte o que está planejando para o verão.

Jogo o pano no cesto para lavar e me encosto em um balcão próximo.

– O que acha dos lanchinhos de que já falei? Os que as casas de chá estão fazendo.

– Não sei – ela responde. – Não gosto de modinhas. Prefiro ter alguma coisa que possamos acrescentar permanentemente ao cardápio, se tiver aceitação.

Respiro fundo.

– Eu sei, mas algumas dessas coisas estão no mercado há anos e ainda são populares. Como aqueles waffles de ovos de Hong Kong. Meus amigos são obcecados por eles.

– Você e suas modinhas alimentares – minha mãe critica em tom de brincadeira. – Você sempre sabia onde ficava o waffle em formato de animais no mercado.

Por um momento me distraio com a lembrança do mercado barulhento em Taiwan onde minha mãe fazia as compras da semana. Eu sempre ia atrás das massas macias e fofas em meio à multidão de clientes impacientes e barracas repletas de vegetais, frutas e carnes. E tinha o senhor que fazia o frango frito mais delicioso...

— Essas coisas não requerem equipamento especial? — minha mãe pergunta, interrompendo meus pensamentos. — Além disso, tenho pouco pessoal. E também vamos ter que pensar no concurso de confeiteiro júnior quando o verão começar.

— Acho que você pode alugar as máquinas. E é bem fácil criar uma receita de massa — digo, fazendo uma pesquisa rápida no celular. — Eu poderia pensar em alguma coisa em poucas horas.

As palavras saem da minha boca antes de eu me dar conta do que fiz. Como não vi isso acontecendo? Cozinhar por diversão é uma coisa, mas trabalhar de graça em uma cozinha quente é outra.

Minha mãe sorri como o gato da história de Alice.

— Muito bem. Vamos testar esses waffles, mas, se não venderem bem, paramos. Combinado?

É isso. Estou encurralada. Se eu desistir agora, ela sempre vai usar isso contra mim.

— Tudo bem, mas não posso começar antes das provas finais. E vou para Nova York visitar Jeannie depois da formatura.

— É claro. A escola é mais importante que tudo. Mas você precisa começar a trabalhar nessa receita. Precisamos dela pronta para o verão.

Ela ganhou essa partida. Exijo revanche.

Capítulo 4

Seis palavras. Seis palavras são suficientes para virar minha vida de cabeça para baixo.

– Você devia namorar bom moço chinês.

Estamos reunidos no Yin e Yang para o brunch de domingo, uma tradição da nossa família nos últimos dez anos. Meu pai fecha o restaurante uma tarde de domingo por mês e convida amigos próximos para uma refeição de cinco pratos. É a chance que ele tem de se divertir e preparar pratos que nunca estarão no cardápio. Normalmente ele faz algum discurso grandioso antes da refeição, mas hoje só me olhou de um jeito estranho antes de sumir atrás da cortina.

Pena eu só ter entendido agora que era um aviso.

Tia Chen – que não é uma parente de verdade – se inclina para a frente. Com sessenta ou setenta anos, ela tem escuras sobrancelhas tatuadas e um rosto tão cheio de pó compacto que parece uma cópia perfeita de uma máscara kabuki. E o batom vermelho contribui para o efeito, uma camada de cor que racha quando ela sorri radiante.

– Ajudo você encontrar um bom.

Meu queixo cai.

– Como é que é?

– Sua mãe disse você namorar menino americano.

Se olhares pudessem matar, eu estaria presa pelo que lancei para minha mãe, que pesca um bolinho de porco no vapor do prato e o equilibra cuidadosamente nos hashis. Ela sabe sobre Brody? Continuo olhando para ela. Não, está relaxada demais. Comprimindo os lábios em um arremedo de sorriso, olho novamente para tia Chen.

— Isso foi há quase um ano, *āyí*. Agora estou concentrada na formatura.

Tia Chen balança a cabeça, e minha esperança de um fim para a conversa evapora mais depressa que o vapor dos cestos de bambu à minha frente.

— Menino americano não bom. Menino chinês bom. Respeitam mais velhos.

Olho para o meu pai em busca de apoio. Ele está engolindo a sopa de milho e caranguejo como se fosse a coisa mais deliciosa que já comeu. Ninguém mais à mesa pode me ajudar. Minha mãe e tio Chen estão ocupados fingindo não ouvir com atenção fascinada.

— Prontos para o próximo prato?

A garçonete fica paralisada quando todo mundo olha para ela. Grata pela interrupção, sorrio.

— Sim! Estou com fome!

O restante da refeição transcorre como sempre. Os pratos experimentais do meu pai fazem sucesso, e no terceiro já estou quase cheia. Isso não significa que baixei a guarda. Tia Chen é conhecida por ser ardilosa. Quando ela enfia alguma ideia na cabeça, tudo o que se pode fazer é sair do caminho dela. E ela começa a acenar entusiasmada para uma família de três pessoas que chegou pouco antes de meu pai fechar o restaurante.

— *Mèimei!* Também veio hoje? Venha, venha! Sente-se conosco. Tem muito espaço.

O casal parece ter a idade dos meus pais, mais ou menos, e está com um garoto que reconheço da escola. Percebo o que vai acontecer no momento em que nossos olhos se encontram.

É uma armação, e é pública.

Eu devia ter imaginado. No minuto em que chegou, tia Chen insistiu que nos sentássemos em uma mesa maior do que de costume. E minha mãe implicou com minha roupa antes de sairmos de casa. A mulher puxa o filho mortificado para nossa mesa e o empurra para uma cadeira vazia. Ela e o marido sentam em dois lugares vagos, e ela abaixa a cabeça ligeiramente.

— Obrigada pela gentileza de nos incluir, *dàjiě*.

– Que adorável surpresa encontrar você, senhora Lim – minha mãe a cumprimenta animada.

– Sim. Boa surpresa – diz tia Chen. – E com seu marido e filho.

A Sra. Lim se sobressalta.

– Ah, que grosseria a minha! Deixem-me apresentar meu marido, senhor Lim, e meu filho, Reuben.

– Já conhece meu marido, o senhor Yang – responde minha mãe, e aponta para mim. – E essa é minha filha mais nova, Liza. Liza, diga olá.

– Olá, Lim *āyí*, Lim *shūshu* – falo automaticamente.

Minha obediência é recompensada com uma cotovelada nas costelas. Olho para minha mãe de cara feia, e encontro seu olhar penetrante, embora os lábios permaneçam curvados para cima.

– Você esqueceu de dizer oi para o Reuben.

Olho para a outra vítima e sorrio.

– Oi, Reuben.

Ele fica vermelho.

– Oi.

Ah, ele não tem a menor chance. Para sorte dele, não tenho nenhuma intenção de ser arrastada para isso. Tiro o celular da bolsa e mando uma mensagem para Grace. Depois me preparo para jogar o jogo.

Quando o próximo prato é servido, Reuben pega a travessa de arroz antes que qualquer outra pessoa tenha tempo de reagir. Ele coloca uma grande colherada em sua tigela, depois usa o próprio hashi para se servir de outros pratos. É difícil dizer quem está mais assustada – a Sra. Lim ou minha mãe. Um canto da boca de meu pai treme quando nossos olhos se encontram.

A Sra. Lim transfere alguns vegetais para a tigela de Reuben.

– *Bǎobèi*, você precisa comer mais vegetais.

Ele os pega prontamente e – para horror de todos – os devolve à travessa.

– Não gosto de vegetais. Só como carne.

Ela tenta de novo.

– É importante manter uma dieta equilibrada. Foi o que o doutor Dang disse, lembra?

Ele empurra a tigela.

– Ele que se dane. Ele disse que eu estava gordo.

– Reuben, o linguajar! – Ela sorri para nós se desculpando. – E o doutor Dang não chamou você de gordo. Ele só disse que você precisa ficar de olho no peso.

Ele grunhe.

– É a mesma coisa.

Decidi que Reuben seria o primeiro a cair em um apocalipse zumbi. Provavelmente, exigiria que os zumbis o deixassem em paz por ser importante demais para morrer. Pensar nisso me faz rir, mas engulo a risada quando minha mãe olha feio para mim. A mesa fica em silêncio. Isto é, exceto por Reuben, que passa os dez minutos seguintes mastigando com a boca aberta. Eu devia me sentir mal pela Sra. Lim, mas é muito divertido ver a tentativa casamenteira de minha mãe ir por água abaixo. Outros à mesa, no entanto, não desistem tão rápido.

– Então, Reuben. Sua mãe disse que você estuda com Liza – diz tia Chen.

Ele dá de ombros.

– Hum, acho que sim. A escola é grande.

Resposta errada. Um segundo depois, Reuben solta um grito e esfrega o braço.

A Sra. Lim pigarreia.

– O que ele quer dizer é que não faz nenhuma matéria com Liza.

– Que pena – minha mãe entra na conversa. – Ouvi dizer que Reuben é um excelente aluno. Só notas máximas, e toca viola. Muita disciplina. Liza poderia aprender uma ou duas coisas com ele.

Ranjo os dentes. Ela sabe perfeitamente bem que sou aluna nota A... *e* que como todos os meus vegetais.

– Obrigada, mas Reuben passa muito tempo jogando videogames – insiste a Sra. Lim. – Na verdade, tenho tentado ensinar a ele como preparar alguns pratos básicos.

Tia Chen une as mãos.

– Talvez o senhor Yang ensine Reuben a cozinhar. Restaurante muito popular em Chinatown.

Meu pai abaixa a cabeça para esconder a cara de deboche quando responde:

— É muito generosa, senhora Chen. Somos apenas sortudos por ter clientes leais como a senhora.

— Para ser honesta, Reuben é mais dos doces — a Sra. Lim admite com um sorrisinho. — Ele adora sobremesa. Cada vez que levo para casa alguma coisa da sua confeitaria, senhora Yang, acaba em uma noite!

— É muito bom saber disso, senhora Lim — minha mãe murmura, modesta.

— Vai organizar o concurso de confeitaria novamente? — pergunta a Sra. Lim. — Ouvi dizer que foi um grande sucesso nos últimos anos.

Minha mãe teve a ideia do concurso depois de assistirmos a uma temporada de *The Great British Baking Show* há alguns anos. Ela queria encontrar um jeito de retribuir à comunidade asiático-americana e ao mesmo tempo promover o Yin e Yang. A competição inclui dez confeiteiros de colégios locais. Minha mãe escolhe receitas bem fáceis de seguir e recriar, e os concorrentes enfrentam cinco dias de desafios. O vencedor aparece no jornal chinês local e em um *talk show* de um canal a cabo da região.

— Obrigada! Na verdade, tenho algumas coisas bem animadoras planejadas para a competição deste ano — minha mãe cochicha.

— E tem algum prêmio para o vencedor?

Minha mãe assente.

— O primeiro prêmio é uma bolsa de estudos de cinco mil dólares.

— Ah, ora, não é maravilhoso, Reuben? — Os olhos da Sra. Lim ganham uma luz perturbadora. — Pena que você não sabe nada de confeitaria.

Ah, não. Lá vem.

— Liza é uma confeiteira maravilhosa. Na verdade, ela ganhou vários concursos no passado. — Minha mãe olha para mim. — Tenho certeza de que ela ficaria feliz por dar algumas aulas ao Reuben. Não é?

Eu preferiria cair morta, mas mordo a língua. Reuben, por outro lado, não se contém.

— Confeitaria é coisa de menina — ele diz, com uma careta. — Além do mais, por que perderia tempo tentando fazer uma coisa que posso simplesmente comprar?

Ah, é quase fácil demais. Apoio o queixo na mão e empresto uma nota melosa à voz.

– Acho que todos os garotos deviam saber confeitar. Confeitaria exige muita paciência e atenção aos detalhes.

Olho para minha mãe esperando que ela desaprove o comentário. Em vez disso, ela exibe um sorrisinho estranho que me faz empertigar a coluna. Nesse meio-tempo, os olhos de Reuben estão cravados no próprio colo. A Sra. Lim fica furiosa.

– Reuben – ela sussurra. – Sua atenção deve estar na mesa, não nesse telefone!

Como se entendesse a deixa, meu celular toca. Escondo o sorriso quando atendo a ligação.

– Alô?

– Disque-emergência ao seu dispor – Grace cantarola. – Que desculpa vamos usar hoje?

– Oi! Pensei que tínhamos combinado amanhã na hora do almoço – falo alto.

– Ah, o projeto de última hora. Entendi.

Grace ergue a voz, e eu afasto o celular da orelha o suficiente para minha mãe conseguir ouvir.

– Onde você está? Estamos no Boba Life esperando, todo mundo já chegou!

– Não sei se vou chegar a tempo – respondo tensa. – Estou almoçando com minha família.

A cabeça do meu pai aparece atrás do ombro da minha mãe.

– Que foi, Liza?

– Eu tinha que ter me reunido com um grupo para fazer um projeto de História Mundial. – Faço uma careta. – Pensei que fosse amanhã, não hoje. Acho que confundi as datas.

– Por isso vivo dizendo para você anotar as coisas – minha mãe resmunga com um suspiro. – Que horas tem que estar lá?

Falo ao celular.

– Que horas eu tinha que chegar aí?

– Uma e meia – Grace responde.

Meu pai reage chocado.

– Mas já são quase duas!

Olho para o relógio e arregalo os olhos com desânimo forçado.

— Tem razão! Ah, mas... não acabamos de almoçar, e não quero ser indelicada.

— A escola em primeiro lugar — ele responde como previ. — Vai. Embalamos a comida para viagem e você pode comer no jantar.

Grace, que estava ouvindo toda a conversa, sela o acordo com suas palavras de despedida.

— Ótimo! Vamos esperar você para começar, venha assim que puder!

Desligo e mordo o lábio para não explodir de rir. Como minha mãe e meu pai saíram cedo para abrir a confeitaria e o restaurante, vim com meu carro. Os Cavaleiros do Apocalipse não teriam planejado melhor. Peço licença educadamente e saio correndo. Assim que estou segura no carro, ligo para Grace.

— Garota, essa foi a melhor! Devia ter visto a cara da tia Chen. Acho que tinha fumaça saindo das orelhas dela.

— Que bom que pude ajudar.

— Onde você está? — Ligo o motor.

— No Boba Life. Dã.

— Espera, estava falando sério?

Ela ri.

— Por que a surpresa? Não precisa de um chá?

— É por isso que somos melhores amigas — respondo sorrindo. — Chego aí em alguns minutos.

Capítulo 5

Saio do estacionamento e dirijo pela Bellaire, a rua principal que atravessa Chinatown. Quatro quarteirões depois, chego ao meu destino. Situado na intersecção de uma praça em L, o Boba Life quase sempre fica lotado aos fins de semana. Como em muitas casas de chá, o cardápio é exibido em uma fileira de TVs de tela plana sobre o balcão. As paredes são pintadas de preto e cobertas de murais de giz feitos por artistas locais. As vigas expostas de madeira escura dão à loja a ilusão de um pé-direito alto. Fileiras de luminárias iluminam o espaço, que, de resto, fica à meia-luz, e as caixas de som despejam uma mistura de K-pop e Hot 100 da *Billboard*. Uma mesa comprida de mogno ocupa o centro do salão frontal, e mesas menores, quadradas ou redondas, acompanham as paredes.

Vou andando entre os grupos de pessoas que conversam ou trabalham em seus laptops. Grace bebe um chá com creme taro em nossa mesa habitual, no salão dos fundos. Quando sento a seu lado, ela aponta a outra bebida em cima da mesa.

– Pedi o de sempre.

Tiro o canudo da embalagem e introduzo a ponta na tampa de plástico, que estala. Um gole depois, estou mastigando alegremente as bolinhas marrons e suculentas que tanto amo.

Grace inclina a cabeça.

– E aí, quem foi dessa vez?

– Um cara chamado Reuben. Reuben Lim.

– Espera. Acho que o conheço – ela diz, e seus olhos castanhos se iluminam. – Meio baixinho, com um corte tigelinha horroroso, e parece constipado o tempo todo?

Visualizo nosso breve encontro e confirmo com a cabeça.

– Isso. Esse mesmo.

Grace se recosta na cadeira e suspira longamente. Ela enrola no dedo uma mecha de cabelo. As pontas ainda são loiras, mas o preto natural dominou a cabeleira dela no último ano. Sua maquiagem é impecável, como sempre, tão natural que só se pode percebê-la de perto. Embora nós duas estejamos de vestido longo, ela parece ter saído de uma revista, e eu pareço... confortável.

– Minha mãe tentou me arranjar para ele no ano passado. Um desastre total, como você pode imaginar.

Bebo mais um gole do chá.

– Está me dizendo que *saiu* com o cara?

– Foi o único jeito de tirar minha mãe do meu pé – Grace fala, sacudindo os ombros. – Até que saiu barato pela glória de me livrar da minha mãe.

Faço uma careta.

– Bem, eu não tenho essa opção. Isso só incentivaria minha mãe.

Damos risada e pedimos mais chá, dessa vez por minha conta. Demora um pouco para eu notar que Grace está quieta demais, brincando com o canudo em vez de beber o chá. Estendo a mão por cima da mesa e toco seu braço.

– Que foi?

Grace se assusta.

– Hã? Ah, nada. Tudo bem.

– É claro que não está tudo bem. Você não fala nada há dez minutos. É praticamente um recorde.

Ela olha para a mesa e morde o lábio.

– Tudo bem, tem uma coisa – diz Grace.

Meu estômago se contrai instintivamente.

– Grace, o que foi?

– Acho que... acho que o Brody está te traindo – ela fala finalmente.

Por um segundo, o mundo à minha volta chacoalha violentamente. Meus dedos apertam o copo, e o chá transborda pelo canudo. Nem percebo o líquido pegajoso pingando nas costas da minha mão.

– Como... como você descobriu? – sussurro.

Grace empurra alguns guardanapos para mim, mas estou paralisada. Ela enxuga meus dedos imóveis antes de responder.

– Sarah me contou. Ela ouviu uma das amigas falando sobre isso na festa, depois que você foi embora.

Provavelmente eu não devia ter ignorado o fato de Brody ter esquecido meu aniversário recentemente e compensado com doces de uma máquina de snacks, ou de que vivia cancelando planos e deixando minhas mensagens sem resposta. Ele disse que estava só ocupado com as provas finais, mas agora...

– Quando? – Engulo em seco. – E com quem?

– Aparentemente, elas o pegaram de mãos dadas e beijando Melissa Nguyen – ela me conta, brincando com o guardanapo sujo. – Mas não disseram há quanto tempo está acontecendo.

É claro que ele está me traindo com a capitã da equipe de dança da escola. É tão previsível que chega a ser repugnante.

– Queria te contar imediatamente, mas achamos melhor ter provas – ela explica. – Então, outro dia o seguimos pela escola e, bem...

Grace hesita por um segundo, mas acaba abrindo um vídeo no celular. A imagem é tremida, mas consigo ver Brody com a camiseta de basquete e bem perto de Melissa no corredor, fora da sala de aula. O cabelo dela, preto e grosso, está preso em um rabo de cavalo alto, e o uniforme brilhante parece ter sido pintado em seu corpo. Ela ri de alguma coisa que ele diz, e ele passa um braço em torno da cintura dela e a beija. Desvio o olhar da tela.

Grace segura minha mão.

– Liza, sinto muito.

Eu devia saber que as coisas com Brody eram boas demais para serem verdade. Mortificada, sinto meus olhos se encherem de lágrimas. Grace puxa meu rosto para a curva de seu pescoço até eu me controlar.

– O que vai fazer? – ela pergunta em tom suave.

– Eu... não sei. Sei que preciso terminar com ele, mas eu...

Ela segura meus ombros com mais firmeza.

– Não precisa ser agora. Leve o tempo que for necessário. Sarah e eu estamos aqui para você, nem que seja para ajudar a desovar o corpo.

Dou risada. Ficamos para mais uma rodada de chá (sem *boba*), acho que mais para me distrair do que qualquer outra coisa. Saímos juntas, e Grace me acompanha até o carro. Quando destravo a porta, ela me entrega uma folha de papel.

– O que é isso?

– O esboço do projeto da semana passada. Achei que ia precisar de provas.

Eu a abraço.

– Você é a melhor, sabe disso?

– É claro que sei. Você estaria no inferno casamenteiro se não fosse por mim – ela brinca.

– Um dia desses, eu é que vou te livrar de uma roubada.

Grace revira os olhos.

– Se você diz... Até lá, você vai pagar todos os nossos chás.

– Acho justo – respondo. – Negócio fechado.

– Te vejo amanhã.

Dobro o esboço e o guardo no bolso, e seguimos em direções diferentes. Dirijo para casa sem explodir em lágrimas de novo, mas mesmo assim levo uns minutos para me recompor antes de entrar. Minha mãe está sentada na sala quando entro, e não perde um segundo para começar a me interrogar:

– Estava mesmo com a Grace?

Confirmo com a cabeça, grata pelo álibi.

– Sim, mãe. Estávamos no Boba Life trabalhando em nosso projeto.

Os olhos dela se estreitam.

– Não saiu com um rapaz de novo?

– Não. Estávamos trabalhando no projeto, como já disse.

– Mostra o que fizeram, então.

Ela fica surpresa e irritada quando desdobro o papel e o apresento.

– Guarda na sua mochila para não esquecer de entregar.

Satisfeita, minha mãe retoma a leitura do livro. Vou para o meu quarto e fecho a porta. Fico quieta durante o jantar, mas minha mãe não comenta nada. Depois, volto para o quarto e ouço repetidamente minha playlist GOT7 no Spotify, tentando me distrair. Quando Brody manda uma mensagem do nada, não respondo, nem quando o celular vibra várias outras vezes. Choro um pouco antes de lembrar que ele não merece minhas lágrimas. Quando acabo de enxugar os olhos, alguém bate na porta. A cabeça da minha mãe aparece na fresta.

— Convidei Reuben para jantar aqui na sexta-feira. Devia conhecê-lo melhor.

Reajo irritada e sento na cama.

— Sério? Depois de como ele se comportou no almoço?

— Não seja tão crítica, Liza. Muita gente acha que confeitaria é coisa de mulher. Ele é um bom rapaz.

"Um bom rapaz *chinês*, você quer dizer."

Finjo olhar a agenda do celular.

— Nesse dia, meu grupo vai se reunir depois da aula para trabalhar no projeto. É nossa última oportunidade antes do prazo de entrega, talvez eu chegue em casa bem tarde.

— Não pode ficar sem jantar, Liza. Não é saudável.

O ângulo do queixo mostra que ela pensa ter vencido, mas ainda tenho uma carta na manga.

— Vamos pedir pizza. Além do mais, não vai pegar bem se eu não ficar até o fim da reunião.

Ela bufa.

— Tudo bem. Vou dizer para ele vir no sábado, então.

— Sábado não posso. Grace e eu vamos... estudar para a prova de Matemática — improviso.

O canto do olho direito dela treme. Opa. Não é um bom sinal. Isso só acontece quando ela está prestes a explodir. Lembro a conversa que tivemos há duas semanas na mesa do jantar.

— *Por que não dá uma chance a esses meninos?* — minha mãe perguntou. — *Eles vêm de famílias respeitáveis e são bons alunos. Alguns têm até hobbies divertidos!*

— *Talvez porque eu não queira namorar um redação nota 10 de vestibular ambulante.*

— *Liza! Não tem nada errado com um rapaz inteligente, bem-sucedido. E John Wu? Você estudou com a irmã dele, Mona. Ele já recebeu propostas de emprego de quatro das melhores empresas de engenharia da Califórnia. É uma pena ele ser três anos mais velho que você. Se fosse mais novo, ele seria perfeito.*

Mona Wu parece ter levado uma frigideirada na cara. Não. De jeito nenhum.

— Ele não é meu tipo — insisti com firmeza. — Mesmo que fosse da minha idade, ainda não seria ele.

— Quem, então? Meninos americanos? — Minha mãe bufou. — Rapazes americanos não sabem trabalhar duro. Só querem fazer festa e usar drogas.

— Nem todo mundo é como nos seus reality shows da televisão, mãe! Tem bons rapazes por aí, muitos.

— Só diz isso porque gosta deles. — Ela balançou a cabeça. — Aiya, *Liza*, todas as flores murcham. Não se engane com um rosto bonito.

— Então... devo namorar uma árvore? — Não resisti. — Nunca pensei em uma sequoia desse jeito, mas acho que...

Esse comentário me rendeu três dias no nível especial de inferno da minha mãe — sem wi-fi. Não desejo isso para ninguém. Preciso lidar bem com a situação. Minha liberdade depende disso.

— Próxima sexta, então. — A voz dela é firme e não dá margem para discussão.

Baixo o olhar.

— Tudo bem. Acho que pode ser.

Satisfeita, ela sai e fecha a porta. Finalmente sozinha, sorrio para mim mesma.

"Xeque-mate."

• • •

Na maior parte do tempo, a escola é minha fuga dos deveres de filha obediente. O campus da Salvis Private Academy é composto por cinco grandes prédios dispostos em torno de um pátio central triangular. Uma floresta de carvalho e pinheiro, margeada de um lado por uma baía, cerca toda a escola. Atrás do prédio principal fica o campo de atletismo, mas nem sei como ele é. Tento nunca ir lá intencionalmente.

A Salvis também se gaba de um índice de noventa e nove por cento de admissão em faculdades, com quase todos os dez melhores alunos matriculados em uma universidade de elite. Esse é o único motivo para meu pai pagar o equivalente à mensalidade de uma faculdade para eu estudar lá. Jeannie podia ser a estrela acadêmica da família — oradora da turma, presidente do conselho estudantil –, mas eu me garanto. Os professores me amam, e minhas notas são boas. O único desafio hoje em dia é sobreviver ao intenso último ano. Ele chegou como uma bola de demolição, e tenho que me esforçar muito para não relaxar, como fizeram alguns dos meus amigos.

Durante os quatro dias seguintes, porém, a escola é meu inferno pessoal. Evito Brody e ignoro todas as ligações e mensagens dele. Grace e Sarah se revezam para me acompanhar a todas as aulas. A expressão no rosto delas seria capaz de aniquilar exércitos, quanto mais um atleta traidor. Na quinta-feira à noite, superei a tempestade – machucada e marcada, sim – o suficiente para terminar com ele. Fiz isso por mensagem, porque, bom, não sou *tão* confiante assim. Ele não responde, e eu maratono a temporada mais recente de *Queer Eye* e finjo que o choro é de alegria.

Na manhã seguinte, exausta e de olhos vermelhos, paro o carro no estacionamento da escola. Quando saio, Brody me pega desprevenida e para na minha frente.

– Ok, gata, precisa me dizer o que está acontecendo. Que mensagem foi essa? É brincadeira?

Fico furiosa. O cara me deixou sem resposta a noite toda!

– Brincadeira, tipo, como você tratou esse relacionamento?

– Do que está falando?

Passo por ele, mas ele para de novo na minha frente. Estreito os olhos.

– Sai do meu caminho.

– Não enquanto não me disser por que está tentando terminar comigo – ele exige. – Que porcaria é essa?

Muito bem. Ele quer bancar o inocente? Vamos aos recibos.

– Que tal começarmos por sua traição, Brody? E não negue. Tenho um vídeo seu com Melissa.

Ele olha para mim como se eu tivesse pisado em um filhote de cachorro.

– Estava me espionando? Como teve coragem, Liza?

– Eu tive coragem? – Cerro os punhos. – Como *você* teve coragem para me trair?

Brody empalidece.

– Não sei que vídeo é esse, mas você está enganada. Não sou eu.

Cruzo os braços.

– Na próxima vez que for trair alguém em público e mentir, melhor não usar a camiseta de basquete com seu nome nas costas.

Enquanto discutimos, a pressão em meu peito faz minha voz ficar cada vez mais alta. Alguns outros alunos olham para nós com óbvia curiosidade quando passam. Brody sorri acanhado para eles antes de se inclinar para mim e cochichar:

– Para de gritar, Liza. Está me fazendo passar vergonha.

– Você está passando vergonha? – pergunto, incrédula. – Sabe o que é realmente constrangedor? Eu perdendo todo esse tempo com você!

Dou um passo à frente com a intenção de sair dali, mas ele se move e bloqueia a passagem. Recuo tropeçando e me encosto no carro quando ele se aproxima.

– Ninguém me dispensa, Liza – ele diz em voz baixa. – Eu sou Brody Smith. Eu é que dispenso.

– Ei! Sai de cima dela!

A voz se aproxima a cada palavra, mas não consigo identificar quem está falando.

O rosto de Brody fica vermelho.

– Esse assunto é entre mim e minha namorada, vaza daqui.

Meu suposto herói para perto de mim, e finalmente consigo olhar para ele. Apesar da tensão, meu cérebro registra que ele é muito alto para um asiático. Brody tem um metro e oitenta de altura – ele diz que tem um metro e oitenta e três –, e esse cara tem pelo menos uns cinco centímetros a mais que ele. Seu cabelo preto, com um ondulado suave conferindo o volume que falta ao meu, toca as sobrancelhas grossas. Os olhos castanhos são sérios, e a pele é invejavelmente clara. Enquanto ele fala, noto um indício de covinha no canto esquerdo da boca.

– Tenho certeza de que a ouvi dizer que estava terminando com você.

– Ela não sabe o que está dizendo – insiste Brody.

– Sim, eu sei – protesto em voz baixa. – Acabou, Brody.

O cara arqueia uma sobrancelha.

– E agora?

Um professor passa, e aproveito a oportunidade para escapar por baixo do braço de Brody. Ele olha para mim mostrando os dentes.

– Tanto faz. Já estava mesmo ficando cansado de você. Você nunca quer fazer nada. Melissa, sim, é uma namorada de verdade.

Atordoada, olho para as costas dele se afastando. Levo um longo minuto para perceber que meu salvador ainda está ao meu lado. Mesmo humilhada, me obrigo a olhar para ele.

– Hum, obrigada pela ajuda. Não esperava que ele agisse assim.

Ele não responde, só observa Brody subindo a escada do Prédio A. Talvez não tenha me ouvido. Endireito os ombros e estendo a mão.

– Sou Liza. Como é seu nome?

Ele olha para mim com uma expressão entediada.

– Na próxima vez, tente namorar alguém que não seja tão babaca.

Minhas sobrancelhas se erguem, e as palavras escapam antes que eu consiga me segurar:

– Isso exclui você.

Ele franze a testa.

– O que foi que disse?

O sinal da manhã ecoa à nossa volta. Sorrio para ele com uma doçura exagerada.

– Ah, só que foi muita sorte você estar aqui para me ajudar.

– Hum, claro – ele resmunga. – Melhor ir para a aula.

Meu homem misterioso gira sobre os calcanhares e se dirige à escola sem dizer mais nada.

– Que diabo acabou de acontecer? – pergunto a ninguém.

O aviso de um minuto toca. Corro pelo mesmo caminho, virando na direção do Prédio C. Olho para trás quando chego à porta.

Ele sumiu.

Capítulo 6

FAÇO O POSSÍVEL PARA SUPORTAR O RESTO DO DIA, MAS SOU TÃO BOA PARA evitar fofocas quanto Tom Holland é para evitar spoilers. Para piorar, meus amigos não param de enviar mensagens perguntando se estou bem. Mas isso não é nada comparado aos sorrisos arrogantes das meninas no corredor. Quando o último sinal toca, corro para o santuário que é meu carro. Como minha mãe programou o NÃO PERTURBE O MOTORISTA no meu celular, só noto as duas novas mensagens quando estaciono na garagem de casa.

Alguém disse que te viu com um gostoso hoje cedo, Sarah mandou. **Aliás, que inveja.**

Cadê você? Essa é a mensagem de Grace. **Tinha que me encontrar, lembra? Para o "projeto".**

Merda. Esqueci completamente. Por sorte, minha mãe vai trabalhar na confeitaria até as sete – única coisa boa que acontece comigo hoje. Dirijo até o Boba Life e encontro uma vaga na frente da loja. Estou com a mão na porta quando ouço meu nome.

– Liza! Liza!

Olho para a esquerda e vejo Sarah correndo em minha direção.

– Sarah! O que está fazendo aqui? – pergunto, dando um abraço rápido nela.

Ela põe a mão acima das sobrancelhas e espia o interior da casa de chá.

– Grace me contou que vocês iam se encontrar aqui. Pensei em dar um tempo com vocês.

Sarah abre a porta, mas eu entro primeiro e a levo ao salão do fundo, onde ela abraça uma Grace igualmente surpresa, que já está em nossa mesa.

– Não sabia que você vinha – Grace diz a Sarah.

Ergo as sobrancelhas.

– Eu... pensei que a tivesse convidado.

– Nenhuma das duas me convidou – Sarah interrompe com um bico exagerado –, mas deviam. Estou magoada.

– Desculpa – Grace e eu murmuramos ao mesmo tempo.

Sarah se anima em um piscar de olhos e olha em volta.

– Que lugar mais fofo! É tipo uma Starbucks asiática?

– Starbucks serve café, Sarah, não chá – Grace a corrige.

– Starbucks também serve chá.

Grace se prepara para começar um discurso, mas eu balanço a cabeça. Tem um motivo para não convidarmos Sarah para vir a Chinatown. A família dela se mudou para cá vinda de uma cidadezinha no interior do Texas há um ano. Ela é muito legal e divertida, mas costuma fazer comentários ignorantes nos piores momentos possíveis.

– É tipo uma Starbucks – explico –, mas melhor. Eles não servem só chá. Também fazem *smoothies*, misturas com sorvete e café. Ah, e tem os mergulhões. Essa é a melhor parte.

– O que é um mergulhão?

Aponto para a fileira de geleias coloridas, pudins e *bobas* na vitrine de vidro ao lado do caixa.

– Aqueles são os mergulhões. – Aponto para um chá com leite feito recentemente e deixado em cima do balcão. – Gostamos do *boba*. Você pede para adicionar na bebida e chupa pelo canudo. É divertido.

Sarah torce o nariz. Vejo Grace ficando tensa e pego a mão de Sarah.

– Vem! Acho que você vai adorar.

Grace fica na mesa para reservá-la, e é melhor assim. Depois da viagem que fez a Taiwan no último verão, ela tem exibido um certo orgulho patriótico. Perdi as contas de quantas vezes ela corrigiu alguém que a chamou de chinesa. Mas não me importo. Ela me apresentou a Jay Chou e Jolin Tsai, sem mencionar o buraco negro dos t-dramas na Netflix.

Entramos na fila, e eu mostro a Sarah como pedir. Ela reluta, mas aceita provar uma amostra de *boba*. Seguro a risada ao ver as caras que ela faz enquanto mastiga. Depois ela sorri.

– É, retiro o que disse. Adorei isso! É tipo um ursinho de goma que posso pôr na bebida! Não acredito que vocês não me trouxeram aqui antes. Vou experimentar todos os sabores e mergulhões!

– Eu... só evitaria o durian – aviso meio brincando quando voltamos à mesa.

– Por quê?

Grace ri e engasga com o chá. Dou tapinhas nas costas dela enquanto explico a Sarah.

– Tem um gosto muito específico – digo. – É comum nos países asiáticos, mas nem todo mundo gosta. Pessoalmente, não sou muito fã.

– Nem eu. O cheiro é horrível – Grace acrescenta com menos tato. – E o gosto é ainda pior.

Sarah fica pálida.

– Entendi. Riscado da lista.

Ficamos em silêncio, bebendo chá e observando as pessoas que entram e saem. Percebo Grace batucando com as unhas na mesa, mas as duas têm a decência de me deixar beber o chá antes de me encherem de perguntas.

– Ok. Preciso saber – Sarah dispara. – Quem era o cara?

– O que Brody falou quando descobriu? – Grace pergunta ao mesmo tempo.

– Ouvi dizer que ele é, tipo, *supergostoso* – diz Sarah.

– Ouvi dizer que Brody socou a cara dele – Grace cochicha, rindo.

Reviro os olhos.

– Em primeiro lugar, ninguém socou ninguém.

Conto o que aconteceu de manhã, um relato que demora vinte minutos, porque elas continuam me interrompendo com perguntas. Finalmente as duas recostam na cadeira.

Grace franze a testa.

– Está me dizendo que esse cara aleatório te defendeu e depois... te insultou?

– Isso.

– Não entendo. Parece que ele é muito gato – Sarah murmura com a boca cheia de *boba*.

– Exatamente. Ele é gato. Provavelmente nunca teve que ser legal com ninguém na vida – Grace declara, apoiando o cotovelo na mesa e descansando o queixo na mão. – Eu não ficaria surpresa se ele tiver pensado que a Liza ia se jogar aos pés dele.

Dou risada.

– Acho que está lendo muito romance.

– E de quem é a culpa? – ela retruca.

– Isso não vem ao caso. Nós duas sabemos que sua vida é melhor com os Bridgertons nela.

Grace cruza os braços.

– Tudo bem, mas meu argumento se mantém. Os gostosos só se preocupam com eles mesmos.

Noto uma leve hesitação na voz dela quando nossos olhares se encontram. Ela está pensando em Eric de novo. Faz três anos, mas você nunca esquece o primeiro cara que partiu seu coração.

– Humm. É verdade – concorda Sarah, que não sabe da história. – Mas você sairia com ele, se ele convidasse?

– É claro que sim, ainda não saí com todos os babacas do mundo – respondo, com um empurrão de brincadeira. – É claro que não. Não sei nem o nome dele, e nunca o vi na escola.

– Talvez ele não cause uma boa primeira impressão, só isso. Acho que devia dar uma chance ao garoto.

– Diz a garota que não saiu com ninguém desde que a gente a conhece – Grace provoca.

– Ei! Eu tenho critério, fazer o quê? – Sarah enrola uma mecha de cabelo no dedo. – Além do mais, se quero ser tão bem-sucedida quanto Jessica Pratt, preciso praticar dia e noite. Entrar na SMU é só o primeiro passo.

Não tenho nem ideia de quem seja Jessica Pratt, mas é fácil imaginar que é um dos ídolos de Sarah.

– Ah, isso me faz lembrar. Tenho que ir. Aula de voz – Sarah diz depois de olhar para o relógio. – Mas acho bom a senhorita me mandar uma mensagem se o Garoto Misterioso aparecer de novo, Liza.

– Combinado.

Nós nos abraçamos antes de ela ir embora, e vou buscar mais dois chás para mim e Grace.

– O que seus pais disseram quando você contou que queria fazer um ano sabático? – pergunto.

Ela brinca com o canudo.

– No começo não gostaram muito, mas eu disse que podia passar esse ano fazendo estágio em Taiwan. Uma amiga da família trabalha para uma das grandes redes de TV de lá e me ofereceu uma oportunidade.

– Sério? Isso é incrível!

– É, acho que sim – ela responde. – Ainda mais porque ainda não sei o que quero fazer.

Apoio o queixo na mão.

– E seus pais não se importam por você não saber?

– Não muito. Tipo, eles querem que eu seja feliz com o que escolher. Desde que eu me forme, está tudo bem.

Sufoco imediatamente a inveja que surge dentro de mim. Grace é uma chinesa nascida americana, como o pai dela. A família da mãe imigrou quando ela tinha dez anos. O resultado é que seus pais mantêm muitas tradições, como minha família, mas também são muito mais tranquilos.

Um garoto na mesa ao lado espeta um bolinho com recheio de lula com um palito de dente e meu estômago ronca.

Cutuco Grace.

– Quer comer alguma coisa? Falei para minha mãe que ia chegar tarde, para ela não convidar o Reuben.

– Ela ainda não desistiu disso? Minha mãe parou há muito tempo.

– Porque agora você namora o tipo certo de garoto – digo a ela. – Diferente de mim.

O estômago dela se junta ao meu em uma sinfonia de roncos.

Grace sorri.

– Sim, jantar é uma ótima ideia.

Pegamos os copos vazios e os jogamos no lixo. Lá fora, luminosos de todas as cores e tamanhos disputam nossa atenção no centro comercial. Olho para ela.

– O que quer comer, Grace?

Ela dá de ombros.

— Você escolhe.

— Sinto que churrasco coreano é a única opção aceitável, depois do dia que tive.

— Concordo. Vamos.

Saímos do Boba Life e seguimos por várias lojas até chegarmos ao prédio no fim da fileira. Todos os nossos sentidos são bombardeados quando passamos pela porta do Tofu City. À direita do balcão da hostess fica uma vitrine de vidro de *sampuru*, amostras de plástico dos pratos mais populares. Alto-falantes embutidos nas paredes revestidas de madeira tocam K-pop, e uma TV exibe o clipe correspondente. A fumaça se eleva das várias mesas de churrasqueira ao ritmo da carne grelhando.

O lugar está lotado, por isso damos nossos nomes e ficamos esperando num canto. Não demora muito para nossas roupas absorverem o cheiro da comida — um distintivo de honra, a marca dos que enfrentaram o desafio do fogo e o venceram. Viro para dizer alguma coisa a Grace e vejo que ela está sorrindo para alguém atrás de mim.

— Para quem está olhando?

— Não, não...

Uau. Dá para entender por que ela se distraiu. O cara sentado de costas para a parede mais distante é tão bonito que chega a intimidar. O cabelo preto é dividido quase ao meio, as pontas tocam o arco das sobrancelhas. O rosto é irritantemente simétrico, e, quando ele sorri, sinto um impulso repentino de rir. Só Grace seria capaz de namorar um cara como ele e não parecer uma ogra. Eu a cutuco com o cotovelo.

— Pensei que os gatos não merecessem seu tempo.

Ela olha para mim.

— Eu nunca disse isso.

Os olhos dela voltam ao bonitão, e eu engulo uma gargalhada.

— Ah, claro, devo ter entendido errado.

A hostess anuncia meu nome. Nós a seguimos até uma mesa perto da parede do fundo. Antes que ela possa nos entregar os cardápios, Grace aponta para a mesa vazia ao lado da do Menino Bonito.

— Na verdade, prefiro aquela.

A mulher de meia-idade não esconde o descontentamento, mas nos transfere mesmo assim. Grace me faz sentar no mesmo lado do Menino Bonito, para que sua visão fique desimpedida. Depois de alguns minutos, a garçonete, uma garota encorpada com grandes olhos castanhos, se aproxima com dois copos de água gelada.

– Já sabem o que vão pedir?

– Precisamos de mais um minuto – pede Grace.

A garçonete bufa e se afasta. Sempre peço a mesma coisa, mas a espero olhar o cardápio. Infelizmente para mim, ela está ocupada demais examinando o vizinho em vez de escolher. Quando a garçonete se aproxima pela segunda vez, eu a cutuco com o sapato.

– Grace, estou morrendo de fome, e ela está esperando nosso pedido.

– Escolhe alguma coisa para mim – Grace resmunga.

Suspiro.

– Hum, um combo churrasco e um combo *bibimbap*, os dois com sopa de cogumelo e tofu.

– Nível de pimenta? – pergunta a garçonete, apontando para uma escala no cardápio.

– Para mim, número um.

Grace continua olhando para o garoto. A parte do meu cérebro que fica rabugenta por causa da fome exige justiça, e eu cedo à tentação.

– E número três para ela.

A menina se afasta, e eu aproveito a oportunidade para dar mais uma olhada no Menino Bonito. Ele está sozinho, mas a mesa está arrumada para duas pessoas. E ele ainda não pediu nada. Grace joga seu charme, porém ele tem o olhar fixo na porta de entrada. Cada vez que alguém entra, ele se ajeita todo, depois desaba novamente na cadeira.

Como quero conversar enquanto como, me viro para o lado e estico a mão.

– Oi. Meu nome é Liza, e essa é minha amiga Grace.

Seu sorriso tranquilo me ofusca por um momento.

– Oi! Sou Ben. É um prazer conhecer vocês duas.

Grace ri quando ele sorri para ela. Sufoco um gemido. Na maior parte do tempo, ela é uma rainha guerreira e a minha voz da razão. Hoje não é uma dessas ocasiões.

– Está jantando sozinho? – ela praticamente ronrona.

– Na verdade estou esperando meu primo. Ele mandou uma mensagem dizendo que está estacionando.

– Boa sorte para ele – comento, apontando a porta. – Chinatown em uma sexta-feira à noite é como um show do BTS.

Ben ri, e esse som manso e suave me enche de calor. Se ele não estivesse bem ali, nada me convenceria de que é real. Só garotos de romances são tão perfeitos.

– Ah, lá está ele!

Ele acena para alguém na porta. Quando o primo dele aparece, meu coração quase para.

É ele. Meu herói carrancudo.

– Guardei um lugar para você, James.

Então esse é o nome dele. Bonito demais para alguém como ele.

Viro para dizer a Grace que ele é o cara do estacionamento, mas ela está ocupada demais flertando para perceber minhas tentativas de chamar sua atenção. James caminha com elegância invejável entre as mesas e os garçons, e senta na cadeira com um movimento fluido. Meus olhos procuram a covinha secreta.

"Não, Liza, para. Lembre-se: ele foi um babaca com você."

"Mas ele te ajudou hoje de manhã", diz uma vozinha traidora dentro da minha cabeça.

Eu a esmago como uma barata sob o sapato.

– Por que está olhando para mim desse jeito?

Sr. Carrancudo está me encarando com uma expressão intrigada. Gaguejo.

– Q-quê?

– Perguntei por que está olhando para mim desse jeito.

– De que jeito? – retruco atordoada.

– Como se quisesse pisar na minha cabeça.

Uma risadinha estranha escapa do meu peito e termina em um guincho, e eu cubro a boca com a mão. Grace tapa o sorriso, e Ben ri baixinho.

– Você sempre sabe como causar uma boa impressão, James – ele diz. – Dois minutos, e ela já está furiosa com você.

– Não estou furiosa com ele! – praticamente grito. – Eu... estou com dor de estômago.

James recua como se o ar em volta dele estivesse contaminado, e Ben se inclina para a frente com a testa franzida.

– Faz tempo?

– Hã... não. Acabou de começar – improviso, mexendo no brinco.

– Bom, você ainda não comeu nada, então provavelmente não é um vírus – Ben sugere, e contrai os lábios. – Talvez tenha passado muito tempo sem comer. Você almoçou?

Começo a responder, mas James interrompe.

– Ou pode ser só uma dor de estômago, Ben – ele diz, levantando os olhos do cardápio. – Nem tudo precisa ser uma doença.

Grace olha de um para o outro.

– Perdi alguma coisa?

– James está brincando comigo, Grace – responde Ben, as bochechas coradas. – Porque quero ser médico.

– Médico?

Grace repete a palavra mágica. Pelo menos cinco mães asiáticas viram a cabeça para nós como suricatos em um documentário sobre a natureza. Ben parece não notar, está olhando para Grace.

– Sim. No futuro, espero.

Até a garçonete se interessa pela escolha profissional dele: ela surge ao lado da nossa mesa com o rímel e o batom coral retocados. O cabelo, que antes formava um coque bagunçado, foi ajeitado e preso em um rabo de cavalo.

– Querem pedir?

Ela passa a língua nos lábios e olha para os dois primos como se tentasse decidir qual é o mais suculento. Mordo o lábio para segurar o riso. A garçonete acaba escolhendo James e paira sobre o ombro dele com um sorriso esperançoso. Como ele está ocupado olhando para o cardápio, ela pigarreia.

– O que vai...

– Combo churrasco de costela – James a corta de um jeito brusco. – Com sopa de cogumelo e tofu, nível dois.

Ele levanta a cabeça só para ter certeza de que ela anotou o pedido. Depois pega o celular e começa a mexer no aparelho. A garçonete desanima. Ben compensa a grosseria do primo com um sorriso radiante.

– Vou querer o *bibimbap* com sopa de tofu e frutos do mar, por favor.

Ela pisca agitada, a caneta parada sobre o bloquinho. Acho que ele a desmontou. James finalmente olha para a moça.

– Ouviu o que ele disse?

Ela dá um pulinho.

– Ah, sim, *bibimbap* com tofu e frutos do mar. Entendi.

A garçonete se afasta. Um segundo depois, ela volta e olha para Ben.

– Com licença. Que nível de pimenta vai querer na sua sopa de tofu e frutos do mar?

– Ah, hum, número dois, por favor.

Ela se afasta apressada. Ben olha para James com ar de reprovação.

– Que foi?

– Não precisava ser grosseiro, James.

– Como assim?

– A garçonete. Podia ter esperado até ela anotar meu pedido. Acho que ela ficou magoada.

– O trabalho dela é anotar pedidos rapidamente para o cliente não ficar com fome – James responde pragmático. – Pensei que ela não tivesse ouvido o que você disse. Só isso.

– Mesmo assim...

Ele arqueia uma sobrancelha.

– Vejamos se eu adivinho. Quer que eu peça desculpas?

Ben assente. Intimamente, desconfio que James se recusará. Cinco minutos perto dele é tempo suficiente para saber que ele não é do tipo que pede desculpas.

Seu rosto se suaviza e ele suspira.

– Tudo bem. Quando ela voltar, eu me desculpo.

O que ele acabou de dizer? Alguém pega meu queixo no chão, por favor.

Ben sorri triunfante.

– Obrigado.

Olho para Grace. Normalmente, ela é a primeira a apontar esse tipo de coisa, mas fica calada. Ben se move na cadeira para ficar de frente para ela.

– Vocês estudam perto daqui?

Grace se anima.

– Na Salvis Academy, estamos no último ano.

– Eu também! Mas fui para lá no recesso de primavera – diz Ben.

– Sério? Nunca te vi no colégio.

Ele se remexe e olha para James.

– Bem, hum, não vou muito ao campus. Como já era quase fim do ano letivo, minha mãe convenceu a escola a me deixar fazer as aulas on-line. Eu só precisava fazer duas matérias para me formar, mas ela achou que seria bom eu vir antes de começar a faculdade no outono.

Essa é inédita. Os professores na Salvis exigem comparecimento nas aulas. A família de Ben deve ser muito importante para o diretor Miller ter aberto uma exceção para ele. Outra coisa me ocorre, e eu viro para James.

– Por isso te encontrei no estacionamento hoje de manhã? Também faz matérias on-line na Salvis?

Os três olham para mim. Grace arregala os olhos, e assinto para ela rapidamente.

James se recosta na cadeira e cruza os braços.

– Não. Eu me formei cedo.

– Então estava lá... matando as saudades? – insisto.

Grace me chuta por baixo da mesa. Engulo um gemido, e ela inclina a cabeça.

– Deixei minha carteira em casa – Ben explica. – Pedi para ele levar para mim.

– Então, o que tem feito desde a formatura, James? – pergunta Grace.

– Trabalho na firma de consultoria do meu pai.

– James sempre foi o mais inteligente de nós dois – Ben debocha. – Mas eu sou o mais charmoso.

Uma caçamba cheia de ovos podres seria mais encantadora do que James, mas guardo essa opinião para mim.

– Bem, prazer em te conhecer oficialmente – digo. – Agora que sei seu nome.

James dá de ombros.

— Não surgiu a oportunidade antes.

— Sério? — Estreito os olhos. — Porque me lembro de ter perguntado especificamente...

Grace lança um olhar de alerta para mim antes de se virar para Ben com um sorriso derretido.

— Espero te ver no campus algum dia.

— Vai ver — ele diz com uma piscada. — A Salvis parece ser um lugar legal.

James engole o riso.

— Não tem a mesma estrutura da Superbia. O campus é pequeno, e é só o décimo melhor colégio do Texas.

— O que é Superbia? — Grace pergunta.

— Ah! Superbia Preparatory, em Manhattan. É o colégio onde James e eu estudávamos.

— É mesmo? — Grace aponta para mim. — A irmã da Liza, Jeannie, mora lá. Liza vai passar uns dias com ela depois da formatura.

Ben se inclina para a frente.

— Você tem uma irmã?

— Eu, hã, sim. Ela está terminando o segundo ano na NYU — respondo.

— E também é modelo — Grace acrescenta. — Muito bem-sucedida.

Sufoco um gemido. Ela precisava dizer isso? As pessoas sempre reagem chocadas, como se meu parentesco com alguém lindo fosse algo difícil de acreditar. James olha para mim. Seu olhar firme é enervante; a expressão neutra não me deixa deduzir o que está pensando. Felizmente, um garçom se aproxima com nossas refeições em uma bandeja de metal. Ele arruma as pequenas travessas com acompanhamentos no centro da mesa, antes de pousar os pratos individuais.

— A sopa já *viene* — ele informa em uma mistura de inglês e espanhol.

— *Gracias* — respondo com um sorriso educado.

— Você fala espanhol? — Ben pergunta.

— Só um pouco. Estudei por dois anos no fundamental. Foi ideia dos meus pais.

O mesmo garçom volta com os pratos deles. Olho espantada para James quando ele começa a conversar com o rapaz em espanhol. Só consigo entender algumas palavras, o suficiente para dizer que ele é fluente. Os olhos do homem se iluminam, e eles conversam por vários minutos antes de o garçom pedir licença e sair. James se vira para encarar nós duas.

– Exibido – diz Ben, rindo.

Tenho outra palavra para isso. Grace me chuta pela segunda vez embaixo da mesa e balança a cabeça imperceptivelmente. Ela me conhece muito bem. Ponho um pedaço de alga na boca para mantê-la ocupada. Só quando Grace cospe a primeira colherada de sopa, eu me lembro da brincadeira. Ela me encara furiosa.

– Desculpa – murmuro.

Grace empurra a sopa para o lado e pega a entrada, mas come pouco, porque ela e Ben continuam conversando. De minha parte, estou feliz por poder me concentrar nos sabores deliciosos da minha refeição. James parece igualmente satisfeito com seu prato. Quando as contas chegam, Ben pega a nossa e insiste em pagar.

– Não, de jeito nenhum – protesto, tentando recuperá-la. – Nós mal nos conhecemos.

– Vamos ter que dar um jeito nisso – ele responde, olhando diretamente para Grace.

Ela fica vermelha. James, por outro lado, fica meio verde. Não posso dizer que discordo dele nesse ponto. A ideia de passar mais tempo em sua companhia revira meu estômago.

Como ainda não domino a arte de discutir por causa de uma conta, aceito que Ben pague a nossa, com uma condição:

– Na próxima vez, a conta é nossa.

Ben olha para James como se pedisse ajuda, mas ele só inclina a cabeça de lado.

– Ela tem razão. Nós dois sabemos que você já foi explorado no passado.

Sinto-me tentada a dar um soco na cara dele pela insinuação, mas as palavras convencem Ben a aceitar a condição, mesmo que de má vontade.

– Tudo bem, mas não pode ser mais do que paguei hoje. Não seria justo.

Respiro fundo.

– Combinado.

James, Grace e eu nos dirigimos à porta enquanto Ben paga a conta no balcão. Depois saímos todos juntos. Ben aponta para o estacionamento.

– Onde pararam o carro?

– O meu está no estacionamento – Grace responde.

– O meu está logo ali – digo, apontando para o Boba Life.

– Vamos acompanhar vocês, então – ele declara, e oferece o braço a Grace.

James abre a boca, talvez para protestar, mas um olhar do primo o faz desistir. Os lábios de Ben se curvam em mais um sorriso impressionante.

– Vamos lá.

Capítulo 7

Desde sempre, minha mãe tenta me "consertar". Ela diz que é culpa do meu pai eu ser teimosa e obstinada. Se ele não fosse tão permissivo, eu não seria tão *rebelde*. Já eu odeio que ela seja simpática com todo mundo menos comigo. Em público, ela é a mãe perfeita – bondosa, paciente e incentivadora. Em casa, é excessivamente rigorosa e mais dura que um crítico gastronômico.

Agora já não me importo com o que ela diz, mas quando eu era pequena era mais difícil. Ainda me lembro da conversa nada discreta que ela teve com a vizinha quando fomos comprar meu primeiro sutiã. Eu implorei para ela parar, fiquei vermelha de vergonha, mas ela só inclinou a cabeça em minha direção e sorriu.

– Viu? Toda cheia de vontades, e acabou de fazer doze anos. Essa dá trabalho.

A novidade do meu sutiã branco se alastrou por Chinatown como um incêndio, e, no fim de semana seguinte, pessoas que eu nem conhecia me deram parabéns. Tentei reclamar com Jeannie, mas ela me censurou:

– Você sabe que a mamãe não fez por mal. Ela só está orgulhosa de como você amadureceu.

Aos catorze anos, eu odiava tudo em mim. Sonhava ser pequena e delicada como o restante das minhas amigas, mas era um guaxinim em um mundo de filhotes de panda. Minha mãe também não colaborava, sempre me espiando por cima dos óculos e criticando meu peso.

– Precisa parar de comer tanto arroz, Liza. Você não tem o metabolismo da Jeannie.

Outros adolescentes praticavam esportes e iam à praia. Ela não queria que eu fizesse nada disso.

— Sua pele deve ser pálida como a lua — me dizia —, e o cabelo tem que ser negro como a noite. É assim que um marido quer sua esposa.

Então, eu me aconchegava em minha poltrona favorita e lia livros e mais livros. Às vezes, era transportada para o mundo fantástico de Marie Lu e Sabaa Tahir. Outras vezes, ficava fascinada com as histórias de Sandhya Menon e Jenny Han. Qualquer coisa para esquecer minha vida real por um tempo.

Quando eu tinha dezesseis anos, fazia de tudo para não ir direto da escola para casa — clubes, voluntariado, até um ou dois esportes (em ambientes fechados, é claro). Jeannie tinha se mudado para Nova York para cursar a faculdade e trabalhar como modelo para uma das maiores agências de lá. Ela estava muito empolgada com o desfile na Fashion Week. Meu pai e eu ainda nos dávamos muito bem, mas ele raramente estava em casa. Não confiava em mais ninguém para cozinhar, por isso estava sempre no restaurante.

Isso significava que minha mãe e eu passávamos muito tempo sozinhas em casa. Eu odiava seu ritual diário de encontrar algum defeito na minha aparência, no meu comportamento ou no que dizia. Eu tentava provar que era uma boa filha. Até consegui um emprego de meio período para comprar minhas roupas e pagar as saídas com os amigos. Voltava para casa antes do horário estipulado e nunca tirei menos que a nota máxima na escola. Mas nada disso importava se eu me recusava a namorar os meninos que ela escolhia para mim.

Por tudo isso não me surpreendo quando, ao entrar em casa na segunda-feira, escuto minha mãe falando ao telefone com a Sra. Lim. Apesar da minha esperança em contrário, descubro que ela está decidida a trazer Reuben para jantar. Sua voz tem uma nota de desespero quando diz:

— Sim, sim, é claro. Vou evitar qualquer coisa com alho! — Ela balança a cabeça para cima e para baixo. — Não quero que ele vá parar no hospital por causa de uma reação alérgica.

Nota mental: comprar um colar de alho. Grande. Talvez dois.

A Sra. Lim responde algo, e minha mãe ri antes de desligar. Em parte, quero "esquecer" que temos planos para o jantar, mas não tenho como escapar disso sem pagar um preço alto. Tento sair da cozinha em silêncio, mas ela me vê.

– Liza! Vem cá.

Droga.

Adoto uma expressão neutra.

– Tudo bem?

– Sim, sim, tudo bem – minha mãe responde, e se aproxima do fogão para começar a preparar o jantar. – Só queria avisar que o Reuben vem jantar conosco na sexta-feira, então venha para casa direto da escola para se arrumar.

– Me arrumar?

– Ele é nosso convidado. Não quero que você se apresente como costuma se vestir.

Olho para minha camiseta do *Star Wars* e para o jeans skinny.

– Qual é o problema com meu jeito de vestir?

Ela me olha da cabeça aos pés.

– Quero que use um vestido, como uma moça. E maquiagem.

– Eu *estou* usando maquiagem!

Minha mãe se aproxima até a distância se tornar desconfortável e examina minha pele com os olhos apertados. Depois suspira.

– É, acho que está. Bom, use mais.

Reviro os olhos.

– Ou ele pode gostar de mim como eu sou. Não é assim que deve ser?

– Não me diga que continua lendo aqueles romances ridículos. – Ela abre um armário e pega uma panela. – Não é assim que o amor acontece na vida real.

Primeiro ela diz que escolho demais. Agora critica meu gosto literário. Ainda bem que não descobriu a pilha de romances históricos na última prateleira do meu closet. Tenho certeza de que teria um aneurisma ao ver a quantidade de livros de Julia Quinn e Eloisa James que acumulei. Farta, me viro para fazer uma saída dramática. Ouço-a chamar meu nome.

– Tem mais uma coisa. Preciso de sua ajuda na confeitaria mais regularmente. Milly vai sair em licença-maternidade – ela me informa com a mão na porta da geladeira.

Engulo um gemido. Não me importaria de ficar na confeitaria se ela não me atormentasse o tempo todo.

— Por que não contrata alguém?

Ela pega um maço de espinafre-chinês e fecha a porta.

— Pusemos um anúncio, mas vai demorar para encontrarmos alguém bom.

Começo a protestar, mas ela levanta a mão.

— Liza Yang, o dinheiro que seu pai e eu ganhamos paga o teto sobre sua cabeça, o carro, a comida e aquelas roupas de que você tanto gosta.

Sou imediatamente invadida pela culpa. Meus pais saem de casa antes de eu acordar e voltam bem depois que a noite cai.

Abaixo a cabeça.

— Tudo bem. Mas isso é temporário, ok? Você sabe que as provas finais estão chegando.

— Faltam semanas para as provas — ela comenta. — Tempo suficiente para eu contratar um novo funcionário.

Apoio o quadril no balcão da cozinha.

— Quando precisa de mim?

— A partir de sábado.

Cerro os punhos. Por que ela nunca me avisa com antecedência?

— Eu poderia ter planos. E se já prometi encontrar a Grace ou a Sarah?

— Em primeiro lugar, você sabe que tem que falar comigo antes de combinar qualquer coisa — minha mãe me lembra enquanto acende a chama do fogão. — Em segundo lugar, ajudar seus pais é realmente menos importante para você do que encontrar suas amigas?

Ela parece realmente magoada. Recuo depressa.

— Desculpe, mãe. É claro que não.

— Muito bem.

Começo a me afastar, mas paro e olho para ela.

— Mais alguma coisa?

— Não. Era só isso.

Quando estou me afastando, juro que a escuto sussurrar:

— Por enquanto.

• • •

Na sexta-feira, chega o momento do terrível jantar com Reuben. Arrasto Grace para o Boba Life e me escondo lá até minha mãe começar a bombardear meu telefone. Quando entro em casa, sou envolta por um furacão de atividades. Água e óleo se encontram em uma dança da fritura, com meu pai cuidando de várias panelas no fogão. Minha mãe se movimenta sem parar, limpando bancadas e ajeitando prateleiras. Linhas finas marcam o caminho percorrido pelo aspirador no carpete, e o cheiro artificial de flores me envolve.

Na sala de jantar, nossa mesa, normalmente nua, está coberta por uma toalha de plástico chique, e quatro lugares foram postos. O varal em que minha mãe pendura suas roupas delicadas desapareceu, escondido temporariamente em algum armário. Vamos comer na sala, mas os armários da cozinha estão mais brilhantes do que jamais vi. A habitual bagunça de correspondências e jornais sobre a mesa de café da manhã foi removida, e um vasinho de flores-do-campo enfeita o centro. O calendário na parede finalmente foi atualizado para maio, depois de meses parado em janeiro.

Entro na cozinha, e minha mãe torce o nariz para mim.

– Por que chegou tão tarde? Eu avisei que Reuben viria esta noite.

– Desculpe. Tive que encontrar a Grace para fazer coisas da escola.

– Não devia depender tanto da Grace – ela me censura, limpando o balcão mais uma vez. – Precisa ser mais organizada. Aprenda a fazer anotações melhores. Ponha lembretes no celular.

Não falo nada. Aprendi da maneira mais difícil que interromper minha mãe só leva a sermões mais longos. Felizmente ela se dá por satisfeita e me dispensa.

– Vai se arrumar, e não demore! Ele vai chegar a qualquer minuto. Deixei uma roupa em cima da sua cama.

Estremeço com a lembrança das roupas horríveis que ela costumava escolher para mim no dia de tirar fotografias na escola. Felizmente não há evidência fotográfica, porque meus pais nunca compraram as cópias.

– Mãe... – começo a protestar, mas ela me interrompe.

– O que está esperando? E coloque um pouco de maquiagem, por favor!

Ranjo os dentes e saio da cozinha. No quarto, sou recebida por um vestido exagerado que parece um bolo de casamento, com flores brotando de cada centímetro do tecido branco ofuscante. Com um decote alto e comprimento abaixo do joelho, o vestido transmite uma mensagem clara:

"Sou uma flor delicada, inocente. Olhe, mas não toque."

Quero levar o vestido para o quintal e pôr fogo nele. Em vez disso, tiro o jeans e, com a maior relutância, visto a monstruosidade. Talvez fique melhor no corpo. Quando começo a fechar o zíper, as flores se juntam em torno do meu peito como faróis perfeitamente redondos, enquanto a área em volta do quadril fica fofa e cheia de pregas. Puxo o zíper com mais força quando ele fica preso na metade inferior das costas. Ele não se move.

"É muito pequeno. É muito pequeno!"

Abandono rapidamente o vestido e recoloco o traje anterior. O rosto de minha mãe fica vermelho quando entro na cozinha.

– Por que não trocou de roupa? Eu falei...

O toque do telefone a interrompe. Meu pai atende e olha para minha mãe.

– É a senhora Lim.

Com a testa franzida, ela pega o fone. Não consigo ouvir o que é dito, mas ela não está nada feliz. Alguns segundos depois, minha mãe desliga.

– Parece que Reuben não pode vir – ela informa arrasada. – Ele está doente.

Aposto um bom dinheiro em um grave caso de não-quero-ismo. Meu pai pigarreia.

– Bom, já que não estamos esperando ninguém, vamos sentar e comer.

Minha mãe balança a cabeça.

– Não estou com fome. Podem comer.

Ela sai da cozinha. Meu pai pisca para mim e vai atrás dela. Sento para comer, e o corredor entre os quartos transmite a conversa entre eles com perfeita nitidez.

– É só um jantar, *lão pó*. Ninguém tem culpa se o garoto ficou doente.

– Não podemos perder essa oportunidade – ela diz. – Vou ter que combinar alguma coisa com a senhora Lim quando ele melhorar.

– Por que insiste tanto em arrumar alguém para a Liza? Ela ainda nem terminou o ensino médio.

– Liza não tem tantas opções quanto Jeannie. Ela fala demais e não escuta. Se não agirmos agora, ela vai ficar sozinha pelo resto da vida.

Não quer que ela tenha alguém para cuidar dela quando não estivermos mais aqui?

– Não se preocupe tanto, *lăo pó*. Não tenho planos de ir a lugar nenhum tão cedo, e Liza é uma boa menina. Ela vai encontrar alguém quando chegar a hora. Deixe-a em paz.

– Se eu deixar, ela vai chegar aqui com um menino americano com pais divorciados e tatuagens por todo o corpo.

Engasgo com um gole de água. Por que minha mãe é assim? Mostrei para ela uma foto de Ed Sheeran *uma vez*, e agora ela acha que vou fugir com alguém como ele. Por outro lado, ela nunca disse uma palavra sequer sobre minha prima Diana, que tem rosas tatuadas nas costelas.

Os passos vêm em minha direção, e levo os pratos sujos para a pia. Minha mãe diz que a lavadora não faz um trabalho de limpeza suficientemente bom, por isso lavamos tudo na pia antes de colocar na máquina. Enxáguo os pratos enquanto meu pai põe um pouco de comida na boca e guarda as sobras. Ele traz os outros pratos, e tudo é lavado e acomodado cuidadosamente na lavadora.

Minha mãe muda a posição da louça imediatamente.

– Se puser desse jeito, não vai ficar completamente limpa. Na próxima vez, faça assim.

Mordo o interior da bochecha para não dizer que já lavei tudo uma vez. Em vez disso, termino o serviço e sento no sofá da sala, enquanto eles vão para o quarto ver sua novela favorita. Prometi a Grace que ligaria para ela depois do jantar, mas, como meu quarto fica ao lado do deles, não quero minha mãe ouvindo a conversa. Grace atende no terceiro toque.

– Conta tudo, garota.

Relato o fim prematuro do jantar. Grace ri alto.

– Não acredito que ele nem apareceu!

– Pode acreditar. É exatamente por isso que não namoro asiáticos – confidencio em voz baixa. – São todos assim.

– Não é verdade! Namorei vários bem legais.

– Porque você tem opções, Grace. Todos os garotos querem namorar com você – argumento, girando a argola na minha orelha. – E todas as meninas também. Você é perfeita, diferente de mim.

— Não fala isso, Liza. Você é bonita, inteligente e fofa. Os caras é que são idiotas.

— Não é o que minha mãe pensa.

— Sinto muito. Não sei por que sua mãe fala essas coisas para você. Nada disso é verdade.

Dou de ombros, embora ela não possa me ver.

— Ela é assim. Já me acostumei.

— Acha que agora ela vai desistir de arrumar um namorado para você?

— Duvido. Ela é mais dura na queda do que o LeBron James. É só uma questão de tempo até começar novamente.

— O que vai fazer quando ela tentar de novo?

— Não sei. Vou pensar em alguma coisa. Preciso pensar em alguma coisa. – Suspiro e levanto para ir à cozinha preparar uma xícara de chá. – Vamos mudar de assunto?

— Vamos. Lembra do Ben, do restaurante coreano?

— Lembro, por quê?

— Então, ele pediu meu número, e estamos conversando por mensagem todas as noites esta semana. Às vezes durante o dia também.

Ela faz uma pausa. Ouço um suspiro, mas ela permanece em silêncio. Minha mão paralisa em torno da minha caneca favorita.

— Que foi?

— É que... não sei se ele gosta de mim tanto quanto eu gosto dele.

Tem uma suavidade, uma nota de ansiedade na voz dela que não ouço há muito tempo. Desde que Eric a traiu, Grace nunca mais deixou ninguém se aproximar. Sempre termina com quem estiver saindo assim que começa a notar algum sentimento mais forte.

— Por que acha isso? – pergunto finalmente. – Acabou de contar que ele manda mensagem para você constantemente.

— Eu sei, mas ele ainda não me convidou para sair. Só falamos sobre coisas aleatórias e sobre a origem das famílias.

Ponho água na chaleira e acendo o queimador do fogão.

— Parece que ele está querendo te conhecer melhor.

Ela suspira profundamente.

— Mas e se ele só quiser ser meu amigo? Gosto dele de verdade, Liza.

Penso no Tofu City. Ben era alvo de muitos olhares enquanto estávamos jantando, mas passou quase o tempo todo conversando com ela.

– Grace, ainda não conheço um ser vivo que não tenha um crush em você.

– Você não tem – ela brinca. – E é um ser vivo e convive comigo desde o sexto ano.

– Não quis pôr nossa amizade em risco.

– Sei, sei, você só fala. Mas eu sou boa demais para você, de qualquer maneira.

– Não vou desmentir.

Nós duas rimos. A chaleira começa a apitar, e eu a tiro do fogão para não acordar minha mãe e meu pai. Depois de despejar água quente na caneca, pigarreio.

– Talvez Ben seja tímido, só isso. Lembra quando você pensou que Christina não gostava de você? Três meses depois, vocês estavam namorando. Dá um tempo. Ele vai te convidar para sair.

– Você acha mesmo?

– Te pago *boba* durante as férias inteiras se ele não convidar – respondo, picando as folhas de chá. – Tenho certeza.

Ouço uma agitação do outro lado da linha. Ela dá um gritinho.

– Ele está me mandando uma mensagem!

– Viu? – eu a interrompo antes que ela se desculpe. – Vai lá fazer o cara se apaixonar por você.

Desligamos, e eu vou para o meu quarto e pego o laptop antes de me jogar na cama. Não acendo a luz, deixo apenas a luminosidade do delicado fio de lâmpadas pendurado sobre minha cabeça; elas projetam um suave brilho dourado na parede cheia de livros à minha frente. As lombadas formam um arco-íris organizado por gênero e autor.

Coloco o laptop na mesinha portátil e ponho *Ashes of Love* para rodar na Netflix. Os atores chineses falam depressa demais para eu acompanhar, por isso ligo as legendas. Começou meio lento, mas com o figurino maravilhoso e o romance épico, acabei completamente fisgada pelo drama. Para completar, Deng Lun e Luo Yunxi ficam ridiculamente lindos em roupas de época.

Quem precisa de um namorado quando se tem esses dois?

Capítulo 8

Na noite seguinte, pego Grace na casa dela e sigo para o Dumpling Dinasty. Com assoalho de ladrilhos castanhos e mesas de madeira barata, a parte mais impressionante no lugar são as obras emolduradas na parede, trabalhos dos alunos do Instituto de Arte de Houston.

Correção. A comida é a parte mais impressionante.

Deixo Grace na entrada para conseguir uma mesa enquanto vou procurar lugar para estacionar. Alguns minutos depois, entro. Estou vestida com minha camiseta favorita, com uma estampa do Stitch fazendo cosplay do Banguela. Meu cabelo está preso no rabo de cavalo habitual, mas algumas mechas já escaparam e roçam meu rosto na altura do queixo.

– Liza! Aqui!

Viro para ela com um sorriso. O sorriso congela em meu rosto quando vejo quem está sentado na frente dela. De camiseta listrada em preto e branco e jeans rasgado, Ben é todo olhos brilhantes e dentes brancos. James, à direita dele, vira ligeiramente a cabeça para me olhar da cabeça aos pés. Ele arqueia um pouco as sobrancelhas ao ver Stitch em toda a sua glória alada; não sei se está impressionado ou constrangido por ser visto comigo, mas estou quase certa de que é o segundo.

Caminho desanimada e sento ao lado de Grace. Ela está com seu vestido favorito, um modelo leve cor-de-rosa com decote frente única e saia evasê.

– Não me contou que teríamos companhia – resmungo.

– Não? – Ela leva a mão ao peito como uma dama recatada e do lar.

Ranjo os dentes.

"Você não me engana, Grace Chiu. Vai pagar por isso."

– Ah, não sabíamos que estávamos invadindo seu jantar – Ben comenta com um olhar preocupado.

– Não! – Grace praticamente grita. – Quero dizer... Você não se incomoda, não é, Liza?

"Se me importo por você estar me obrigando a bancar a babá do primo irritante do seu crush? Não, de jeito nenhum."

Eu me obrigo a relaxar na cadeira.

– É claro que não. As porções aqui são enormes. Vocês vão nos fazer um favor.

James, que olhava para o cardápio sem dizer nada, me encara sério.

– Já comeu aqui antes? A comida é boa?

– É ótima – Grace responde primeiro. – Adoro os *gyozas* fritos. São muito saborosos.

Ele olha para ela.

– Muita gente usa óleo demais. Não gosto de *gyozas* gordurosos.

– Então não pede – respondo, sem erguer os olhos do cardápio.

Isso me rende uma cutucada nas costelas. Ben ri baixinho. Sorrio como um palhaço macabro, e James estreita um pouco os olhos.

– O que quero dizer é que há muitas opções além dessa.

Ele engole em seco.

– O que recomenda?

Penso em outra resposta torta, mas reconsidero. Viro o cardápio e aponto meus pratos favoritos.

– Quando estou a fim de *gyoza*, peço os de aipo. São tão bons quanto os que comi em Taiwan – digo. – Se não, peço noodles com molho de feijão. O deles é o melhor que já provei, tirando o do meu pai.

– Ah, é! – Ben olha para mim. – Grace estava me contando que sua família é dona do Restaurante e Confeitaria Yin e Yang, aqui perto. Ouvi dizer que é muito popular.

– É um dos melhores lugares para comer comida taiwanesa. Não que eu seja tendenciosa, nada disso.

Ele ri.

– Mesmo assim, adoraria comer lá um dia. O que acha, James?

Inclino o corpo para a frente e me apoio nos antebraços, lançando um desafio silencioso.

"Vai em frente. Fala alguma coisa ruim sobre o restaurante do meu pai."

– Não se preocupe, Liza – diz Ben. – James finge que é crítico gastronômico, mas já vi ele comer pizza de três dias.

– Foi uma vez só! – James se defende imediatamente, corando um pouco. Depois olha para Grace e para mim. – Estava tendo uma nevasca em Nova York, e eu morreria congelado se saísse.

Arqueio uma sobrancelha.

– Então foi questão de vida ou morte?

– Se está se referindo ao meu estômago depois de comer aquilo, sim – ele diz.

Ben e Grace dão risada. Até eu rio, mas James se mantém impassível. Francamente, nem sei se ele sabe que fez uma piada.

– Querem pedir?

Fazemos uma pausa na conversa para escolher, e a garçonete anota o pedido rapidamente. Enquanto esperamos, Grace e Ben trocam olhares, enquanto James analisa a decoração despretensiosa do restaurante.

– Então, Ben, seus pais vão se mudar com você? – pergunto.

Ben desvia o olhar, e um sorriso tenso surge em seus lábios.

– Hum... eles ainda não sabem. Meu pai é CEO do Eastern Sun Bank. Eles têm uma filial aqui, mas ele viaja muito a trabalho. Por enquanto, estamos hospedados com a família da minha mãe em River Oaks.

Se minha mãe estivesse aqui, descobriria a data de aniversário, o tipo sanguíneo e as comidas favoritas dele em menos de cinco minutos. Já eu paro por aqui.

– Isso significa que vão passar o verão todo na cidade? – Grace pergunta esperançosa.

– Provavelmente. Devemos ir aos Hamptons em algum momento.

Somos interrompidos pela chegada dos *gyozas* de repolho. Os dois garotos olham interessados para o prato de Grace.

– Podem experimentar – ela oferece. – Não aguento comer tudo sozinha.

O sorriso de Ben faz até o meu coração dar um pulinho. Ele pega um *gyoza* do prato e mergulha em uma pequena poça de molho de soja.

— Isso é muito bom! — Ben elogia com a boca cheia. — James, você precisa experimentar.

James põe um *gyoza* na boca.

— Não é ruim.

Deve ser um elogio digno de nota para alguém como ele. Nosso pedido de *gyoza* de aipo chega logo depois, e começo a comer imediatamente. Meus olhos encontram os de James por um instante, e um sorrisinho surge nos lábios dele. Eu me censuro por notar a covinha, e Grace faz mais uma tentativa de alimentar a conversa.

— Então, James, o que está achando de Houston?

Ele olha pela janela antes de responder.

— É legal. O trânsito me lembra Nova York.

— Talvez Liza e eu possamos levar vocês para conhecer a cidade um dia desses.

Ele e eu nos mexemos incomodados na cadeira. Ben, por outro lado, fica eufórico.

— Eu adoraria! Temos estado tão ocupados com a família que é difícil descobrir onde ficam as coisas. Houston é muito grande.

Quando terminamos de comer, falo para Ben:

— Dessa vez a conta é nossa. Nós combinamos.

Ele sorri.

— Tarde demais. Já paguei.

Sufoco um gemido. Eu devia ter imaginado que ele não precisava realmente ir ao banheiro alguns minutos atrás. Clássica técnica de distração. De qualquer maneira, empurro o dinheiro sobre a mesa na direção dele.

Ben balança a cabeça.

— Não vou aceitar, de jeito nenhum.

— Ben, fala sério. Não me sinto confortável com isso. Somos só amigos jantando juntos.

— Bom, talvez eu tenha esperanças de que isso mude em breve — ele retruca, e olha para Grace.

Ela se espanta, fica vermelha. Sempre sem noção, James interrompe o momento:

– Temos que ir, Ben. Minha mãe está esperando para ajudarmos com os computadores.

– Já está na hora? – Ben olha para o relógio. – Ah, uau. O tempo voa.

– Falando nisso – Grace olha para mim –, pode me dar uma carona para casa?

Seguimos juntos para o estacionamento. Ainda estamos em maio, mas o tempo já está morno. A iluminação da rua destaca os corvos empoleirados no teto de quase todos os carros. Eles alçam voo quando nos aproximamos do local onde estacionamos, mas não sem protestar com grasnidos estridentes.

Como é claro que Grace e Ben querem um tempo a sós, fico com a missão de distrair James. No ritmo em que as coisas vão indo, ela vai me dever o primogênito.

– Hum, então... vai ficar aqui por muito tempo? – pergunto.

A sola dos sapatos oxford de couro preto de James arranha o cascalho quando ele se vira para me encarar. A mão brinca com os botões da manga da camisa azul.

– Como assim?

– Bom, sei que Ben mencionou a faculdade, mas você está só trabalhando na firma do seu pai, não é?

– Sim.

Respiro fundo e solto o ar.

– Então... veio só fazer uma visita?

– Não.

Cerro os punhos. Dá para ele tornar essa situação ainda mais difícil?

– Você é uma fonte de informações, sabia?

Ele recua.

– Como?

– Deixa para lá.

– Nossos avós moram em Sugar Land – James revela de repente. – E, sim, estou trabalhando na firma do meu pai, mas posso ficar para fazer faculdade. A Rice me ofereceu bolsa integral.

– É para lá que eu vou – digo, ignorando a conhecida dor no peito sempre que penso nos planos para o futuro, planos que minha mãe e meu pai fizeram por mim. – Pensei que fosse para alguma universidade de elite.

– Por quê?

– Não sei. Você parece ser o tipo de cara que liga para esse tipo de coisa.

– Ah, não tinha me dado conta.

Impressão minha ou havia uma nota de mágoa em sua voz? Analiso rapidamente a expressão de James, mas não encontro pistas.

– Foi bom jantar com vocês – falo a contragosto.

– É mesmo? Pensei que tivesse odiado.

"Droga, não era para você perceber."

A culpa devora meu estômago, por isso amenizo o tom.

– Sim. Espero que tenha gostado da comida.

Ele põe as mãos nos bolsos.

– Surpreendentemente, eu gostei. Os *gyozas* de aipo me lembram os de Taiwan. Obrigado pela recomendação.

– Hum, de nada.

James sorri sem muito entusiasmo. Olho para Grace, que está ocupada rindo de alguma coisa que Ben disse.

"Pensa, Liza. Do que mais você pode falar?"

– Meus pais vão a Taiwan todos os anos – conto. – Buscar novas receitas para o Yin e Yang.

– Você vai com eles?

Nego com a cabeça.

– Normalmente eles vão fora dos períodos de férias escolares, porque os voos são mais baratos. No ano passado, eles também estiveram no Japão. Queria ter ido junto.

– O Japão é um dos lugares que eu mais gosto de visitar – James conta. – Especialmente durante o festival das cerejeiras. Ben e eu fomos a Yoshino no ano passado para o festival. Lá tem uma montanha inteira de árvores *sakura*.

Fecho os olhos e tento imaginar.

– Deve ser lindo.

– É uma das coisas mais bonitas que você vai ver na vida – ele concorda.

– Devia ir, se tiver uma oportunidade.

– E meus pais só trouxeram uma camiseta para mim.

Por um segundo, ele apenas me encara. Depois faz algo completamente inesperado: ri.

O som é estranho aos meus ouvidos, mas me pego sorrindo enquanto tento descobrir como reagir a esse lado dele. Ao menos não preciso pensar muito, porque Ben e Grace finalmente se aproximam de nós. Estão de mãos dadas, e os dois exibem sorrisos idênticos. James, por outro lado, franze a testa. Acabou a civilidade.

– É uma pena que eu tenha que ir – Ben se desculpa, falando mais para Grace do que para mim. – Temos que nos encontrar de novo em breve.

– Sim, é claro! Não é, Liza?

Ela olha para mim, implorando por uma resposta afirmativa. Respiro fundo e sorrio.

– É claro.

– Então, tudo certo – Ben resume animado. – Depois combinamos o dia.

Nós nos despedimos e nos separamos, cada um a caminho de seu carro. Depois que ligo o motor, Grace olha para mim com um sorriso diabólico.

– Então... você e James, hein?

– *Oi?*

Ela cutuca meu braço.

– Vi como ele estava olhando para você. Ele *gosta* de você.

– Hum, não. Você precisa fazer um exame de vista, Grace.

– Por quê?

– Para começar, o cara quase não suportava mais conversar comigo, e o sentimento era mútuo – digo, olhando para o carro de Ben, que deixa o estacionamento.

Grace fica séria.

– É sério que não gosta dele? Ele me lembra o Darcy, com essa coisa do silêncio.

– Esse seu comentário me faz ficar ofendida por Darcy. James não tem nada de parecido com ele.

Grace inclina a cabeça para mim.

– Tudo bem, mas você tem que admitir, ele é bem pegável.

– Minha mãe meteu você nisso?

– Para – ela me censura –, e não muda de assunto. Diz que não acha ele gato e eu desisto.

Os lábios cheios e o queixo forte de James passam por meus pensamentos.

– Não acho ele gato – anuncio com as bochechas queimando.
Grace ri.
– Que mentirosa!
– Não sou!
O protesto soa vazio até para os meus ouvidos.
Dou de ombros.
– Tudo bem. James é bonito, mas tem a personalidade de um porco-
-espinho.
– Talvez ele só seja *tímido*.
Reviro os olhos.
– Você não sabe o que está dizendo.
Ela ri.
– Hum. A senhorita protesta demais, em minha opinião.
– E a senhorita continua errada – respondo, e puxo o cinto de segurança.
– Aposto um ano inteiro de *boba* que vocês dois vão ficar juntos.
Estendo a mão.
– Aposta feita.
Ela aperta minha mão.
Sorrio ao sair do estacionamento.
– É melhor começar a economizar.

Capítulo 9

No dia da formatura, acordo antes de o alarme tocar e ponho o vestido que minha mãe comprou para mim. Não vai adiantar falar que não serviu, porque dessa vez ela conferiu o tamanho três vezes antes de comprar. Felizmente consegui escapar de fazer o discurso de abertura, já que este ano acabamos com dois oradores, e ninguém vai ver a ridícula e exagerada estampa floral espiando por baixo da beca.

A cerimônia acontece no auditório da escola. Fico chocada quando o diretor Miller anuncia que a Sra. Lee fará o discurso. Esperávamos o Prefeito Turner, mas ele deve ter cancelado. A Sra. Lee veste um terninho branco de pantalona e usa o cabelo preso em um coque chique. Os brincos de diamantes são enormes, e um trevo de três folhas com diamantes incrustados, idêntico ao do anúncio da Van Cleef & Arpels que vi na *Cosmo* no início deste mês, enfeita seu pescoço.

Não me lembro muito do que ela disse, exceto por uma coisa. Quando estava no palanque, seus olhos pareciam penetrar nos meus.

– Encontre sua paixão. Descubra não só aquilo em que é bom, mas o que realmente ama fazer. Alguma coisa pela qual abriria mão de seu tempo livre e de horas de sono.

Fecho os olhos. O cheiro de massa fresca invade meu nariz, e a porta aberta do forno me envolve em calor. Dou uma sacudida em mim mesma.

"Acorda, Liza. Não vai acontecer."

Minhas mãos se fecham sobre o colo quando a Sra. Lee continua:

– Faça o que você ama. Assim, tudo vai dar certo.

Mais tarde, minha mãe e meu pai voltam ao Yin e Yang para trabalhar, enquanto eu encontro Grace e a família dela no Ramen Time. Depois vamos para a festa de formatura de Sarah, no Boba Life. Ela está obcecada por *boba* desde que apresentamos a bebida a ela.

Ficamos lá até quase dez horas. Eu teria ficado mais, porém esqueci de pedir autorização à minha mãe para voltar mais tarde. Ela tem um sermão pronto quando entro em casa, e eu acabo de arrumar as malas para ir a Nova York enquanto ela anda pelo meu quarto reclamando sobre a irresponsabilidade do conselho da Sra. Lee. É quase uma hora da manhã quando termino, e quase uma e meia quando vou finalmente dormir.

Na manhã seguinte, acordo com ressaca de chá. Meu pai aparece no meu quarto. Ele relaxa ao ver que já estou acordada.

– Saímos em quinze minutos, é melhor se arrumar.

Depois de verificar uma última vez se peguei tudo, arrasto a mala para fora do quarto. Minha mãe e meu pai estão esperando à mesa do café da manhã.

– Precisa comer antes de sair – diz minha mãe.

– É cedo demais para comer – resmungo. – Não estou com fome.

– Vai estar quando chegar ao aeroporto, e a comida lá é muito cara. Come alguma coisa agora.

Resmungando, sento na cadeira para fazer um pãozinho. Corto um *mantou* ao meio e recheio com porco desfiado e tiras de ovo. Tomo também um copo de leite de soja e vou calçar os sapatos.

Minha mãe me chama.

– Espere um minuto.

Ela sai da sala e volta com uma jaqueta leve.

– É frio dentro do avião. Não quero que você fique doente.

Aceito o agasalho sem protestar.

– Obrigada, mãe.

– Pegou a passagem? Você a imprimiu, como eu disse para fazer ontem à noite?

– Está no meu celular, mãe. Eles têm um aplicativo para isso.

– Devia ter uma cópia impressa, só por precaução. – E aponta para o nosso escritório. – Vai imprimir.

– Mãe...

— Se não sairmos agora, vamos nos atrasar — meu pai avisa. — Ela imprime a passagem no quiosque da companhia aérea. Vai dar tudo certo.

Sorrio agradecida para ele. Fico tensa quando minha mãe me abraça de repente.

— Manda uma mensagem quando chegar lá. Promete.

— Prometo.

Não esperava que a ideia de eu voar sozinha pela primeira vez a preocupasse tanto. Meus braços a envolvem por um momento, depois a solto.

Durmo quase imediatamente no carro e acordo assustada quando paramos na frente da entrada do terminal de embarque. Meu pai sai do carro e me ajuda a tirar a bagagem do porta-malas. Nós nos olhamos por um segundo extraordinariamente longo. Depois ele dá um passo em minha direção e bate nos meus ombros.

— Não esqueça de imprimir o cartão de embarque.

Sorrio.

— Vou lembrar.

Uma hora mais tarde, caminho pela rampa para o interior do avião. Kindle, fones de ouvido e celular estão bem seguros embaixo de um braço. Assim que encaixo a bolsa no bagageiro, me acomodo na poltrona e mando uma mensagem para minha mãe e meu pai.

Embarquei. Esperando decolar.

A resposta do meu pai aparece quase imediatamente.

Ótimo. Avisa quando pousar.

Seguindo um impulso, digito duas palavras e toco em enviar.

Amo vocês.

Três pontinhos pulam por quase um minuto antes de a resposta de minha mãe aparecer.

Tome cuidado.

Suspiro. Guardo o telefone no bolso, me reclino e fecho os olhos.

• • •

— Liza! Liza!

Quando finalmente piso no terminal principal do LaGuardia, vejo Jeannie acenando animadamente para mim perto das portas. Com a faculdade e a carreira de modelo, ela não volta para casa há quase um ano. Senti falta de ter minha irmã por perto. Ninguém mais entende o que é ter de lidar com minha mãe o tempo todo. Mas Jeannie vai voltar a Houston por uns dias no verão, e estou ansiosa para tê-la em casa de novo.

Quero pular em cima dela, mas hesito quando me aproximo. Ela sempre foi magra, porém a palidez e as olheiras são novidade. Quando ela me abraça, tenho medo de quebrá-la. Ela dá um passo para trás e olha para mim.

— Ai, meu Deus, Liza. Você está muito alta.

— Não se preocupe, ainda preciso de você para pegar coisas nas prateleiras mais altas — brinco.

Quando Jeannie sorri, o rosto dela se ilumina como sempre, e eu troco a preocupação por um sorriso. Saímos do terminal e caminhamos para a área de carros por aplicativo. Jeannie pede um carro e depois me guia ao local numerado para esperar. Pego o telefone para mandar uma mensagem para meus pais antes que eu esqueça. Assim que o pego, ele toca.

— Alô?

— Jeannie está com você? Quero falar com ela — minha mãe exige.

Suspiro. "Como foi o voo, Liza? Já estou com saudade. Espero que você se divirta."

Jeannie bate com o ombro no meu. Passo o telefone para ela.

Ela respira fundo.

— Oi, mãe.

— Jeannie! Por que não telefonou para nós? Faz quase um mês que não falamos com você. Tudo bem? Aconteceu alguma coisa?

— Tudo bem, mãe. Já falei. Só estou ocupada demais com a faculdade e o trabalho.

Nosso carro chega, e Jeannie acena para a motorista. A mulher de meia-idade abre o porta-malas e me ajuda a pôr a mala lá dentro. Jeannie senta atrás do assento da motorista, e eu me acomodo do outro lado. Ela mantém o celular na orelha enquanto confirma o endereço. Quando partimos, minha mãe grita ao telefone:

— Está ouvindo, Jeannie?

Jeannie se encolhe.

— Sim, sim, mãe. Só estou falando com a nossa motorista.

Ela encerra a conversa e eu olho pela janela. Quando o horizonte de Manhattan aparece ao longe, Jeannie aperta minha mão.

— Isso vai ser muito divertido! — ela diz. — Ah, mamãe falou que já está com saudade de você.

Dou risada.

— Disse nada.

— Como sabe?

— Do mesmo jeito que você — respondo, e olho novamente pela janela. — É a mamãe.

— Bom, talvez ela não tenha falado em voz alta, mas eu sei que ela sente saudade — Jeannie insiste.

Não importa o que eu diga, ela nunca vai aceitar que nossa mãe não nos trata do mesmo jeito. Então mudo de assunto.

— O trânsito é sempre tão ruim?

A motorista espreme o carro em espaços que quase não o comportam, e cada curva e manobra abrupta me deixam arrepiada. Jeannie nem se abala.

— Está até bom demais, na verdade. Fica muito pior na hora do rush.

Estou quase a ponto de desistir e percorrer o resto do caminho a pé quando finalmente contornamos o Columbus Circle. Jeannie se inclina para a frente e aponta um prédio ao longe.

— Ali — ela diz à motorista. — Pode nos deixar depois do cruzamento.

Suspiro aliviada quando meus pés tocam o pavimento. Carregando a bagagem, sigo Jeannie para o outro lado da rua, até uma fileira de prédios de tijolos e pedra com vista para o Central Park. Paramos na frente de uma porta dupla de vidro, e eu admiro o design complexo da moldura de metal. Jeannie pega as chaves e nós entramos. O elevador nos leva ao décimo quinto andar, onde ela destranca a porta e me convida a entrar.

Fico imediatamente boquiaberta.

— Isso deve ser muito caro.

Jeannie ri.

— É de um amigo do papai. Lembra do tio Tam, o cara do mercado imobiliário? Ele precisava de alguém para cuidar do apartamento enquanto está fora do país.

Cortinas pretas e pesadas estão abertas, revelando janelas panorâmicas de onde se vê o verde exuberante das árvores do Central Park. A luz do sol ameniza a mobília industrial espalhada pelo imóvel. O apartamento é masculino, não há dúvida, mas Jeannie o deixou com a sua cara. Plantas enfeitam os parapeitos em vasos de cerâmica colorida, que contrastam com as paredes pintadas de azul-marinho. Uma coleção de suas antigas estatuetas de animais cobre as prateleiras e as mesinhas de canto.

Vou ao quarto de Jeannie. Como no meu em casa, ela tem lâmpadas pequeninas penduradas sobre a cama. Livros sobre pensamento positivo e desenvolvimento de autoconfiança, incluindo um que ela me deu no último Natal, ocupam a mesinha de cabeceira. Uma pequena penteadeira abriga toda a sua maquiagem e as joias; lâmpadas aparentes garantem a melhor iluminação. Seguindo pelo corredor, tem um banheiro completo e um quarto de hóspedes.

Ela abre a porta.

— Seu quarto enquanto você estiver aqui.

Eu me jogo no colchão e me enrolo no edredom branco e fofo.

— Não acredito que tem um quarto só para mim — digo, e minha voz soa abafada embaixo da coberta.

— Como você achava que ia ser? — Jeannie pergunta, se jogando ao meu lado e puxando as pernas para cima da cama.

— Não sei. Pensei que todos os apartamentos de Nova York fossem closets superfaturados.

Jeannie torce o nariz.

— Acha mesmo que nossos pais permitiriam que eu me mudasse para cá se fosse assim?

— Tem razão. — Estendo os braços e faço um anjo na cama. — E aí, o que vamos fazer hoje?

— *Você* pode tirar um cochilo ou ver TV. Eu tenho um teste de casting à tarde.

Meu estômago ronca alto.

— E o almoço?

Faço cara de cachorro sem dono. Jeannie não cede, só levanta da cama e aponta a cozinha.

– Tem comida na geladeira. Podemos sair para jantar quando eu voltar.

– Ah, ok – resmungo, e vou atrás dela.

Jeannie volta ao quarto dela e retoca a maquiagem. Admiro sua capacidade de passar a impressão de que não está maquiada. Ela veste uma camiseta branca simples e jeans skinny, e prende o cabelo em um coque despojado. Eu a acompanho até a porta.

Ela me abraça.

– Estou indo. Te vejo daqui a pouco.

– Tchau.

Ela acena quando o elevador chega, e eu entro no apartamento e tranco a porta. Vou para o meu quarto, fecho as cortinas e bocejo. Tiro a roupa e visto uma camiseta grande e uma calça de moletom. Depois deito, me cubro e fecho os olhos.

Capítulo 10

"**O**ᴏ̨ᴜᴇ ꜰᴏɪ ɪꜱꜱᴏ?"

Arregalo os olhos. Sento na cama e presto atenção no barulho que me acordou. Por um momento ouço apenas o silêncio, mas depois identifico um farfalhar baixo. Saio da cama e, descalça, caminho até o corredor. Com um olho na maçaneta da entrada, que agora está se movendo, vou até a cozinha e pego a única coisa que pode causar estrago – um martelo de carne. Chego perto da porta no momento em que ela se abre.

Pulo e agito às cegas o martelo.

– Toma essa!

– Ei, cuidado!

Meu primeiro golpe acerta só o ar, e eu flexiono o braço para tentar de novo. O homem estende as mãos e recua para se esquivar.

– Espera! Jeannie, sou eu! Sou eu!

Paro. Ele conhece Jeannie? Minhas mãos começam a suar quando ele olha para mim por entre os dedos.

Adoto minha expressão mais ameaçadora.

– Quem é você?

– Meu nome é Nathan – ele diz, as mãos ainda erguidas.

– Como conhece a Jeannie?

– Ela é minha amiga. Liga para ela, para perguntar. Juro que não estou mentindo.

Apalpo o bolso com a mão livre. Droga. Ficou na mesa de cabeceira.

Projeto o queixo.

– Jeannie disse que não tem cópia da chave.

– Porque deixou a cópia comigo – Nathan responde devagar. – Eu vim devolver. E você? Como vou saber que *você* não é uma invasora?

– Eu sou irmã dela.

– Irmã? – Seus olhos cor de avelã estudam meu rosto. – Ah! Liza, não é? Jeannie fala de você o tempo todo. Já sei que você é uma confeiteira incrível. – Ele sorri para mim e aponta para minha arma improvisada. – Será que dá para abaixar isso aí?

Relutante, recolho o martelo de carne e dou um passo para o lado para deixá-lo entrar.

– Desculpa. Acho que vi muitos seriados sobre crimes.

– Na verdade, foi uma boa ideia. Se eu fosse um invasor de verdade, estaria correndo com o rabo entre as pernas.

Ele pega o martelo de carne de cima da mesa e o devolve à gaveta de onde o tirei. Depois pega uma garrafa na geladeira e enche um copo com água. Dou uma olhada furtiva para ele enquanto se joga no sofá. Nathan é exatamente o tipo de cara por quem Jeannie se interessa – cabelo comprido, rosto bonito, alto e confiante. Com aquele cabelo preto e os olhos cor de avelã, Nathan teria a aprovação de minha mãe, mesmo a três mil quilômetros de distância. Estou surpresa por ele e Jeannie não serem namorados. Eles devem ser bem próximos, já que Jeannie emprestou a cópia da chave. Sento na poltrona diante dele e cruzo as pernas sobre o assento.

– Como conheceu a Jeannie? – pergunto finalmente.

Ele passa a mão no cabelo.

– Em um desfile.

– Você também é modelo?

– Sou, mas não me julgue por isso – ele responde com uma piscada.

Por um minuto, minha cabeça fica vazia. Eu pigarreio.

– Você é de Nova York?

– Sou do mundo. Meu pai tem negócios em vários países, então nos mudávamos bastante quando eu era criança. – Ele brinca com a costura de uma das almofadas. – Quando meus pais se divorciaram, há alguns anos, minha mãe e eu ficamos aqui.

– Ah, sinto muito. Não quis ser invasiva.

– Tudo bem. Ele não é um cara ruim. Só não era leal à minha mãe. Ainda o vejo quando ele está na cidade.

– Você é próximo da sua mãe?

Nathan dá de ombros.

– Normalmente sim, mas as coisas estão meio tensas agora. Ela quer que eu leve a faculdade mais a sério, mas não vejo por que não posso fazer o que quero enquanto curso uma disciplina aqui e outra ali. – Ele endireita as costas, e o brilho divertido volta aos seus olhos. – Só para você saber, algumas faculdades dão créditos por degustação de vinho.

Dou risada. Nathan olha para mim, e eu junto as mãos no colo para não demonstrar agitação. Ele sorri.

– Você estava dormindo?

Sufoco um gemido.

– Tão óbvio assim?

– Tive minha época de maratonar o sono – ele responde, e se encosta no sofá. – Reconheço os sinais. Foi mal por ter assustado você.

Ele põe os pés sobre a mesa de centro, mas os remove imediatamente ao ver minha cara.

– Desculpa – diz Nathan com um sorriso acanhado. – Fui mal-educado. Por favor, não conta para a Jeannie.

Entendo por que ela gosta dele. O cara é charmoso. Enquanto olho para ele, as coisas começam a fazer sentido.

– Só queria devolver a chave mesmo? Porque podia ter mandado uma mensagem para ela.

Nathan fica vermelho e coça a nuca.

– Ah... bem, vim ver se ela queria jantar. Mas é claro que ela vai estar ocupada matando a saudade de você.

Evito um sorriso.

– Eu digo a ela que você esteve aqui.

"E a interrogo sobre por que ainda não te amarrou de vez."

– Obrigado. Acho que já vou indo.

Ele leva o copo para a pia e o enxágua. Eu o acompanho até a porta.

– Foi um prazer te conhecer, Liza Yang – diz, e estende a mão. – Espero que, na próxima vez que a gente se encontrar, você não queira me atacar.

Aperto a mão dele.

– Bom, na próxima vez, é bom se anunciar antes de entrar.

– *Touché*.

Ele sai. Quando alcança o elevador, eu o chamo.

– Vou perguntar para a Jeannie se ela tem planos para amanhã. Talvez a gente possa jantar.

Nathan sorri.

– Promete que vai deixar o martelo de carne em casa?

– Combinado.

• • •

Conto a Jeannie o que aconteceu assim que ela chega em casa. Estamos sentadas no sofá, e as emoções passam por seu rosto enquanto conto a história. Quando chego à parte em que ataquei Nathan com o martelo de carne, ela me encara assustada.

– Você fez o quê?!

– Bom, pensei que ele fosse um invasor, então ataquei e... – Paro, e nos encaramos. – Errei o golpe.

Explodimos numa gargalhada ao mesmo tempo, e Jeannie ri até sair lágrimas dos olhos.

– Não acredito que tentou bater nele!

Fico séria.

– Pelo menos agora ele sabe que não deve se meter com as Yang.

– Espero que não tenha planos de martelar todos os meus amigos.

– Só os mal-educados.

– Justo – ela concorda, batendo de leve no meu nariz. – E, como você já o atacou, não vou castigá-lo por invadir meu apartamento.

Afasto a mão dela.

– Sério, ele parece legal. E é lindo.

– Todos os modelos são bonitos – ela responde animada.

– Discordo. Alguns só valem a pena do pescoço para baixo.

– Liza! – Jeannie espalma as mãos sobre o peito.

Eu reviro os olhos.

– Não fique tão chocada. Não sou tão inocente quanto você pensa.

Ela se surpreende.

– Mamãe sabe?

Demoro um segundo para entender a pergunta. O calor invade meu corpo e eu recuo.

– Não, não! Não foi isso que eu quis dizer! Só leio muitos romances. E vejo filmes, séries, essas coisas.

Ela desmonta no sofá.

– Ah, que bom. Você é muito nova para isso, ok?

– E agora, quem está falando como a mamãe?

– Só estou dizendo...

Eu a encaro.

– Não me diz que você ainda é...

– Não! – Jeannie reage. – Quero dizer, é claro que já tive namorados, então... você sabe.

– Também já tive namorados, mas nenhum gostoso como o Nathan – brinco.

Quase não tenho tempo para me esquivar da almofada que ela atira na direção da minha cabeça. Eu derrubo Jeannie no chão e faço cócegas nela até ela pedir arrego. Cutuco suas costelas mais uma vez antes de parar.

– Telefona para o seu namorado e convida ele para jantar.

– Em primeiro lugar, ele é só meu amigo – ela corrige. – Em segundo lugar, esse fim de semana é nosso. Nada de garotos.

– Tudo bem, mas você deu a ele a cópia da sua chave.

Jeannie suspira.

– Se eu o convidar para jantar, você sai do meu pé?

– Talvez.

Ela olha para mim com os olhos semicerrados, e eu deixo escapar um suspiro dramático.

– Tudo bem. Prometo.

Jeannie balança a cabeça e liga para Nathan. Eles conversam rapidamente, e percebo o rubor em suas bochechas ao desligar. Minha irmã aponta um dedo para mim antes de eu dizer qualquer coisa.

– Ele vai chegar logo. Vai trocar de roupa.

– Tenho que me arrumar?

– Se isso significa usar roupas que não estejam fedidas e não tenham buracos, sim.

– Queria que esse fosse o parâmetro da mamãe quando manda eu me arrumar – reclamo.

– Ela ainda te atormenta para usar vestidos, pelo jeito.

– Sim.

No meu quarto, Jeannie dá uma olhada em tudo que eu trouxe. Ela arregala os olhos para a infinita coleção de camisetas na minha mala. Escolhe uma preta das *Relíquias da Morte* e a joga para mim.

– Essa serve. Prende a parte da frente no jeans, e vai ficar perfeito.

– Não é isso que Tan sempre faz com as camisetas em *Queer Eye*?

– É. – Ela sorri. – Eu sempre falei que os Fab Five ensinam coisas para a vida. Agora me mostra suas habilidades.

Jeannie espera pacientemente que eu vista a camiseta e depois coloque uma parte para dentro do jeans. Uma ajeitada aqui, outra ali, e ela aprova o resultado. Enquanto Jeannie se arruma em seu quarto, escuto uma batida na porta.

Abro e sorrio.

– Oi, Nathan.

– Oi, Liza.

Ele olha para as minhas mãos. Eu as levanto para facilitar a inspeção.

– Sem arma. Juro.

– Bom saber. – E finge limpar a testa. – Um ataque basta para mim.

Jeannie aparece com uma blusa de seda rosada, que ela combinou com uma legging preta de couro vegano, arrematando com uma jaqueta Chanel de tweed preta e botas de cano curto. Nathan assobia.

– Você está incrível, Jeannie.

Ela sorri acanhada.

– Obrigada.

Nathan a abraça, e o abraço demora alguns segundos além do que pode ser considerado algo de amigos. Resisto à tentação de jogar beijinhos para Jeannie.

– E aí, onde vamos jantar?

Nathan comprime os lábios.

– Querem comer alguma coisa em especial?

– Bom, minha amiga Grace disse que eu tenho que experimentar a pizza de Nova York.

– Ela está certa. Na verdade, vamos te levar ao Joe's.

Franzo a testa.

– Espera. Esse é o lugar onde o Homem-Aranha trabalha?

– Sabia que não era por acaso que eu tinha ido com a sua cara – ele responde com um sorriso. – É isso mesmo, mas vamos ao Joe's original, na Carmine.

– Não é a mesma coisa?

Jeannie ri com a reação afetada de Nathan.

– Não fale isso em voz alta! É motivo de discórdia entre os nova-iorquinos. Mas eu juro que o original é melhor.

– O que estamos esperando, então?

Capítulo 11

O Joe's Pizza merece a fama, como todos os lugares aos quais Jeannie me leva nos dias seguintes. Minha conta do Instagram, até então cheia de memes e fotos de comida, dobra de tamanho. Fizemos todas as coisas de turista, inclusive visitar a Estátua da Liberdade, a Ilha Ellis, o Empire State Building e o memorial do World Trade Center. Ontem passamos o dia no Met, depois fomos jantar e assistir a *Aladdin* na Broadway. Mal chegamos em casa, fui direto para a cama e apaguei.

Hoje vamos diminuir o ritmo. Estou lendo na cama, quando alguém bate na porta antes de abri-la.

– Vista-se, Pãozinho – diz Jeannie.

Ela entra no quarto e se joga na cama. Deve ter acabado de chegar, embora eu não a tenha ouvido entrar. Deixo de lado meu romance da Julia Quinn e olho para ela. O cabelo preto e comprido está preso em um coque torcido, e ela veste novamente camiseta branca e jeans skinny. Olhando com mais atenção, a maquiagem em seu rosto é suficiente apenas para ressaltar seus traços.

Jeannie cutuca meu braço.

– Vem, ou vamos nos atrasar.

Olho as horas no celular. Como já podem ser seis horas?

– Atrasar para quê? Aonde vamos?

– Surpresa.

Arqueio uma sobrancelha.

– Hum... eu vou gostar dessa surpresa?

– É claro que vai. Na verdade, aposto que vai considerar a melhor parte da viagem toda.

É uma afirmação ousada. Tudo que fizemos até agora foi espetacular.

– Então? – Ela olha para mim com impaciência. – Vai se mexer ou não?

– Acho bom que isso justifique o esforço de me vestir – resmungo, e levanto da cama.

– Alguma vez já dei motivo para não confiar em mim?

Um certo corte de cabelo infeliz no fim do ensino fundamental passa por minha cabeça. Jeannie jurou que permanente estava na moda, mas fiquei parecendo um poodle gigante. Ela deve ter deduzido o que eu estava pensando, porque me interrompe assim que eu abro a boca:

– Sobre outra coisa que não seja moda.

– Tudo bem. Vou me vestir – cedo, abrindo a porta do armário.

– Ótimo!

Jeannie sai do quarto. Um segundo depois, olho para o corredor.

– Só mais uma coisa.

Ela olha para trás.

– O quê?

– Não me chame de Pãozinho!

• • •

Apesar das minhas tentativas, Jeannie se recusa a me dar dicas sobre nosso destino. Está um pouco frio do lado de fora do prédio, e eu visto a jaqueta. Quando chegamos à esquina, Jeannie acena para um táxi. Alguns minutos mais tarde, estamos a caminho do centro da cidade. Quando passamos pelo Rockefeller Center, o tráfego fica tão lento que tenho tempo para tirar algumas fotos da estátua dourada e das belas fontes.

Jeannie bate no meu ombro quando chegamos ao Bryant Park.

– Olha! Ali, a Biblioteca Pública de Nova York.

Dois leões flanqueiam a entrada do edifício de pedra que eu só tinha visto em filmes.

– É linda!

Jeannie sorri.

– Espera até ver dentro! Vou trazer você aqui antes de ir embora.

Passamos pelo Empire State – embora eu não reconheça o edifício do nível da rua –, depois por um prédio triangular ao lado de um pequeno parque.

– Aquele é o Flatiron Building – Jeannie me informa sem que eu pergunte. – Ele tem o formato de um ferro de passar roupa.

Inclino a cabeça para o lado.

– É mesmo.

– Como sabe? Nunca usou um.

Jeannie desvia do tapa que tento dar em seu braço, depois orienta o motorista. Ele para alguns metros adiante e nós descemos. Jeannie me conduz ao interior da Patisserie Chanson, uma elegante confeitaria francesa. A decoração lembra um avião, com cintilantes quadrados de alumínio se projetando do teto e ladrilhos brancos nas paredes. Meus olhos se fecham por um instante, atraídos pela manteiga e pelo açúcar nas vitrines transparentes à direita. Olho para Jeannie.

– Essa é a surpresa?

Ela sorri.

– Não exatamente.

Antes que eu possa fazer mais perguntas, uma loira toda vestida de preto se aproxima de nós.

– Boa tarde. Fizeram reserva?

– Sim. Duas pessoas em nome de Jeannie Yang.

A hostess verifica no computador e assente.

– Venham comigo, por favor.

Ela nos leva até uma escada, e descemos para uma sala aconchegante e menos iluminada. Sobre nós, o teto em arco é de tijolos aparentes, que descem para formar a parede de um longo balcão. Mesas ovais ocupam o lado oposto, e ladrilhos coloridos em formato de estrela revestem o piso. A hostess nos leva até duas banquetas na metade do balcão, diante do qual cinco outras pessoas estão sentadas.

– Aproveitem.

Eu me acomodo na banqueta à direita de Jeannie. Assim que ela senta, me inclino e cochicho em seu ouvido.

– Sabe que não tenho permissão legal para beber, não é?

Ela me pede silêncio.

– Espera para ver.

Depois que mais alguns grupos ocupam os lugares vagos, três chefs aparecem e se juntam aos bartenders. O mais alto do trio, um homem forte de cabelo castanho raspado dos lados e olhos azuis, começa a falar:

– Sejam todos bem-vindos ao Chanson Dessert Bar. Hoje vamos preparar um cardápio de seis pratos criado para encantar os sentidos. Se nunca estiveram aqui antes, preparem-se para uma experiência única de degustação de sobremesas.

Ele explica que cada prato será totalmente preparado na mesa. Encaro Jeannie com olhos arregalados.

Ela pisca.

– Surpresa!

Não paro de sorrir até a degustação começar. Depois do primeiro prato, *gelato* de azeite de oliva, o chef passa para um *parfait yuzu* com favo de mel. Fico encantada com a maneira como eles usam nitrogênio líquido, maçaricos e até blocos de sal do Himalaia. Os chefs demonstram técnicas que nunca vi antes, e faço vídeos deles em meu celular para ver mais tarde. O cardápio alterna doce e salgado, mas tudo se combina como mágica. Em um intervalo entre os pratos, Jeannie inclina a cabeça para mim.

– Animada para começar na Rice no outono?

Dou de ombros.

– Talvez. Queria sair do estado, como você, mas a mamãe quase teve um ataque cardíaco quando pedi.

– Já escolheu o curso?

– Ainda não. – Brinco com o pé da minha taça. – Eles querem que eu faça contabilidade para ajudar no Ying e Yang.

– É isso que você quer?

Não respondo, mas ela lê a resposta em meus olhos e suspira.

– Por que não fala para eles? Os dois foram muito legais comigo quando decidi ser modelo ainda cursando a faculdade.

– Porque você é a filha de ouro. Eles te apoiariam mesmo se decidisse entrar para um culto.

Ela bebe um gole de vinho antes de responder:

– Duvido, Liza. Eles foram severos comigo também.

– Não é a mesma coisa. Mamãe acha que eu não sei nem arrumar a cama. Você é boa em tudo.

– Não é verdade. Meus doces são péssimos.

– É fato. A última vez que experimentei um dos seus biscoitos, quase quebrei um dente. – Levo a mão ao rosto para enfatizar.

Jeannie cutuca meu braço.

– Não ficou tão ruim.

– Meu molar discorda.

Ela revira os olhos e acena encerrando o assunto quando o próximo prato aparece na nossa frente.

• • •

Quando a degustação chega ao fim, saímos da confeitaria satisfeitas e felizes. Andamos pela calçada de braços dados.

– Foi incrível! – comento, e olho para ela. – Queria ter as habilidades daqueles chefs confeiteiros.

– Pode ser tão boa quanto eles – Jeannie opina.

– Talvez... – Minha voz perde a força.

Ela para de repente.

– Tenho uma ideia! Por que não entra no concurso? Vai ganhar com certeza, e talvez isso ajude a mamãe a mudar de ideia.

Nego com a cabeça.

– Ela nunca vai me deixar participar, Jeannie.

Continuamos andando. Apesar do que eu disse, suas palavras ecoam em minha cabeça. E se minha irmã estiver certa? Sou melhor confeiteira do que todos os participantes, mesmo os que já competiram antes. Tenho troféus para provar. O que pode acontecer de pior?

Alguns minutos mais tarde, estou distraída inventando receitas em minha cabeça quando Jeannie grita:

– Liza, cuidado!

Ela me puxa a tempo de evitar o encontrão com um casal.

– Ei! Olhe por onde anda!

Abro a boca para pedir desculpas, mas as palavras morrem na minha garganta. A garota em quem quase tropecei poderia dividir a passarela com

Jeannie. Alta, magra, com um vestido bandage dourado e saltos de doze centímetros, a única coisa que tem de feia é sua expressão.

– Qual é o seu problema? Quase pisou nos meus sapatos!

– Desculpe – resmungo, e olho para o chão. – Não vi você.

– Não viu...

– Dá um tempo, Nina. Ela não fez de propósito.

Olho para o acompanhante da garota e imediatamente fico tensa.

– James.

Ele levanta o queixo.

– Liza.

– Conhece ela? – Nina pergunta.

– Conhece eles? – minha irmã ecoa.

– Nós nos conhecemos em Houston – James explica para Nina. – Temos... amigos em comum.

Os olhos dele param na minha camiseta. Tarde demais, lembro o que tem nela: uma raposa de óculos e a inscrição FOXY NERD embaixo da ilustração. Ele comprime os lábios como se tentasse não sorrir. Nina, por outro lado, olha para mim com o nariz empinado. A manchete do jornal do dia seguinte aparece na minha cabeça:

"MODELO APAVORADA É FERIDA COM O PRÓPRIO SALTO AGULHA POR TURISTA ADOLESCENTE."

Dou risada antes de conseguir me controlar. Nina franze a testa. Ameaça dizer alguma coisa, mas James é mais rápido.

– Acabamos de jantar – ele diz.

Imagino que ele vai fazer uma pergunta, mas continua parado olhando para a minha cara. Um instante depois, endireito os ombros.

– Nesse caso, não se prendam por mim. Boa noite.

Viro e me afasto sem nem olhar se Jeannie está atrás de mim. Já percorri metade do quarteirão quando James me chama:

– Liza! Espera um minuto!

Penso em ignorar o chamado e seguir em frente, mas a voz de minha mãe ecoa em minha cabeça.

"Não faça escândalo, Liza. Lembre-se: tudo que você faz reflete em nossa família."

Contraio a mandíbula, mas viro para trás e o vejo correndo em minha direção. Jeannie também se aproxima, mas suficientemente devagar para ficar claro que está nos dando alguma privacidade.

Eu o encaro.

— O que você quer, James?

— Eu, ah, queria pedir desculpas... por Nina — ele responde depois de pigarrear. — Às vezes ela é um pouco... arrogante.

Tenho outra palavra em mente, mas concordo com um movimento de cabeça.

— É claro. Tudo bem.

Ele massageia a nuca.

— Não sabia que estava em Manhattan.

— Vim visitar minha irmã.

— Ah, é. Você disse isso... antes.

Jeannie finalmente para ao meu lado. Ela sorri e estende a mão.

— Eu sou a Jeannie. É um prazer conhecer você.

Ele aperta a mão dela.

— James, e o prazer é meu. Estavam jantando?

— Sim, levei Liza ao Chanson Dessert Bar.

— Ah, é um dos meus lugares favoritos — ele comenta com um sorriso fraco. — Você gostou?

Começo a responder, mas Nina se aproxima de nós, e parece furiosa. Faço uma careta.

— Melhor voltar para sua namorada. Ela está meio brava.

— Minha namorada? — James olha para trás. — Ah, Nina não é... Encontrei com ela no restaurante. Estudamos juntos no colégio. Ela estava sozinha, e me ofereci para acompanhá-la até sua casa.

Fico surpresa. James, que não consegue ser gentil com um garçom, se ofereceu para levar alguém em casa? Ele deve gostar muito dela. Alguma coisa nisso faz meu coração murchar, e empurro o pensamento para longe. Tenho apenas alguns segundos antes de Nina nos alcançar e não quero estragar minha noite até então perfeita.

Olho nos olhos dele.

— Devia dizer isso a ela, então, porque parece que ela pensa diferente.

Nesse instante, Nina se pendura no braço dele e o puxa para perto.

– Vamos, James. É melhor irmos.

Olho para Jeannie, que percebe minha mandíbula contraída, antes de olhar para os dois.

– Nós também.

Uma ruga aparece entre as sobrancelhas de James, mas ele assente.

– Boa noite, Liza. Espero que aproveite o restante da viagem.

– Boa noite.

Ele acompanha Nina pela rua, enquanto Jeannie chama um táxi. Quando nosso táxi parte, eles já desapareceram.

• • •

Faltando dois dias para eu ir embora, Jeannie e eu resolvemos aproveitar ao máximo o tempo que temos. Depois da visita à Patisserie Chanson, me sinto inspirada a colocar a mão na massa. Ela se anima com a ideia e me leva a um supermercado japonês perto do prédio depois que escolho a receita: bolo de gelatina ágar. Pegamos *kanten*, lichia em conserva e frutas frescas. Como vou me dedicar ao bolo, Jeannie se oferece para fazer o jantar, e nos instalamos em áreas diferentes da cozinha.

Primeiro corto a manga, os morangos e o kiwi em cubos. Depois dissolvo o pó de *kanten* em água fria. Após peneirar o suco de lichia, o acrescento à mistura e levo para ferver. Assim que despejo a primeira camada de gelatina, espalho as frutas por igual na travessa, e depois o restante da gelatina líquida. Deixo o bolo descansando e vou ver como Jeannie está se saindo.

– O que está fazendo?

– Se precisa mesmo saber, xereta – ela fala enquanto regula a temperatura do forno –, vou assar um robalo com missô. Já refoguei espinafre e fiz uma panelinha de arroz para você.

– Humm. O cheiro está delicioso!

Ela olha para minha estação limpa e arrumada.

– Já terminou?

– O que posso dizer? Quem é bom, é bom.

Ela me encara com os olhos meio fechados, e eu dou risada.

– Beleza. Era uma receita sem forno.

– Foi o que eu pensei. O que ainda tem para fazer?

– Estou pensando se faço mais algumas camadas. – Mordo o lábio. – O sabor ficaria melhor com um pouco de manga e leite de coco.

– Deixa para lá. Menos calorias com que se preocupar. – Jeannie percebe minha cara preocupada. – Que foi?

Ranjo os dentes. Estive pensando em um jeito de abordar o assunto, e é agora ou nunca.

– Jeannie... Você tem se alimentado direito?

Ela levanta a cabeça.

– Quê?

– Você emagreceu muito. Além do mais, quase nem provou as sobremesas no Chanson. Já vi você de dieta antes, mas agora é diferente.

Por um segundo, tenho a impressão de que Jeannie não vai responder. Depois ela toca meu braço.

– Não é o que está pensando, Liza. Meu trabalho exige que eu tenha uma determinada aparência. Os estilistas exigem que você caiba em um tamanho específico, ou não é mais chamada. Depois que assino um contrato, tenho que manter o mesmo peso até o fim do desfile.

Levanto as sobrancelhas e cruzo os braços. Ela suspira.

– Pergunte ao Nathan. Ele vai dizer a mesma coisa. Essa área é assim.

Não sei o que responder, então adoto uma abordagem diferente.

– Gosta de ser modelo?

Jeannie espalha uma camada de missô sobre o peixe antes de olhar para mim.

– Nunca pensei muito nisso. Tudo aconteceu depressa demais, sabe? Adoro as roupas e as viagens. E sou boa no que faço.

– Também é boa em outras coisas. É muito mais talentosa que eu.

– Não sou, não. – Ela para de falar e põe o robalo no forno. – Na verdade, não conta para a mamãe e o papai, mas ainda não escolhi minha graduação principal.

– Como assim? Você já vai para o terceiro ano de faculdade!

– Eu sei! É isso que estou dizendo. Você pelo menos é apaixonada por confeitaria. Eu nem imagino o que quero fazer. Acho que é por isso que continuo desfilando.

Apoio o quadril no balcão.

– Mas quer fazer disso a sua carreira?

Ela pensa um pouco. Vários minutos se passam antes de Jeannie responder:

– Honestamente? Não sei. Em parte, quero parar, mas uma grande parte de mim quer ficar. Trabalhei muito para chegar aonde estou. Além do mais, em poucos anos as modelos são consideradas velhas demais.

Seguro as mãos dela.

– Promete para mim que não vai fazer mal a você mesma.

– Como assim? – ela pergunta confusa.

– Já vi documentários, Jeannie. Não quero que, para se manter magra, você faça coisas que não são saudáveis. Você não merece isso.

Jeannie me abraça. Seus olhos estão mais brilhantes do que o normal quando ela se afasta.

– Quando ficou tão madura? Você é tipo a minha Oprah asiática pessoal.

– Ahã. É você quem tem o dom de escutar os problemas das pessoas. Além do mais, já tem todos aqueles livros de autoajuda – brinco, apontando a estante.

– Não se deprecie – ela retruca. – Sei que nem sempre acredita que é boa o bastante, mas, acredite em mim, você é. É só ver a ótima confeiteira que se tornou.

– Sei, e vou fazer o que com isso? Mudar o mundo, um bolo de cada vez?

– Por que não? Pode transformar os dias ruins das pessoas em dias maravilhosos com a receita perfeita. – Ela aponta para si mesma. – Olha para mim. Estou feliz só de pensar em um pedaço daquele bolo de gelatina.

– Ah! Falando nisso, preciso ver como ele está.

A camada de cima cede de leve quando a toco. Ainda não está pronto. Jeannie aproveita para olhar o peixe, e eu me jogo no sofá e abro o Instagram. Minhas fotos de Nova York têm muitos likes, especialmente as do bar de sobremesas. Quando estou passando por um dos memes de Grace, uma foto de Brody e Melissa aparece no *feed*. Eles estão sentados à beira da piscina, abraçados, e ele a beija no rosto. Meu coração fica apertado.

– Que foi?

Não notei Jeannie parada atrás de mim. Jogo o telefone na almofada ao meu lado.

– Nada.

— Liza. Você sabe que mente muito mal, não sabe? — Ela senta. — Conversa comigo.

— Não é nada sério. É uma foto do meu ex com a namorada atual.

— Sinto muito. — Jeannie afaga minha mão. — Há quanto tempo vocês terminaram?

— Quase três semanas.

Ela levanta as sobrancelhas.

— E ele já está namorando alguém? Que rapidez.

— Não, se você considerar que ele me traía com ela.

— Ah, Liza. — Ela me abraça. — Sinto muito.

— Não conta pra mamãe. Ela não sabe que eu estava namorando com ele.

— Por que não?

Olho para ela.

— Você sabe como ela é. Vai me repreender por ele não ser asiático.

— Então, por que não namora um asiático?

— Hum, acho que eu passo. Os que a mamãe escolhe são os piores — informo com uma careta.

— Talvez o próximo seja bom. Mantenha-se aberta. Há muitas coisas importantes em ter a mesma origem.

"*Et tu, Jeannie?*" Estudo seu rosto.

— E você? Namorou alguém recentemente?

Ela tira um fio invisível da camisa.

— Na verdade, não namorei muito desde que me mudei para cá. Estou sempre ocupada.

— Suspirando pelo Nathan, talvez?

Jeannie fica vermelha.

— Liza!

— O caminho para o coração de um homem passa pelo estômago. — Balanço as sobrancelhas para ela. — Ouvi dizer que ostras e chocolate funcionam muito bem.

— Vou fingir que você não disse isso.

Jogo beijos barulhentos para ela. Minha irmã está prestes a me estrangular, mas o timer do forno apita, e Jeannie se apressa em olhar a comida. Ao mesmo tempo, alguém toca a campainha. Sorrio quando vejo quem é.

– Nathan! Suas orelhas estão quentes?

Jeannie olha para mim da cozinha.

– Para de palhaçada, Liza.

– É sério – articulo com os lábios, sem emitir som.

Os olhos dela quase pulam das órbitas. Nathan inclina a cabeça para o lado.

– Hã, posso entrar?

– Sim, é claro.

Ele mostra o buquê de lírios que escondia atrás de si.

– Para você.

– Obrigada – digo, e entrego as flores para Jeannie. Eram para ela mesmo. Enquanto ela dá um abraço em Nathan, dou mais uma olhada no bolo de gelatina. Agora está pronto, e eu o divido em seis pedaços antes de levá-lo à geladeira.

– Desculpa. Não sabia que viria para o jantar – Jeannie lamenta. – Só preparei comida para duas pessoas.

Ele franze a testa.

– Mandei uma mensagem. Você não recebeu?

Jeannie pega o celular em cima da mesinha e verifica as notificações. Depois sorri constrangida.

– Recebi. Esqueci que deixei o celular no vibra.

Ele enlaça os ombros de Jeannie.

– Bom, não se preocupe. Vou encontrar umas pessoas daqui a pouco. Só lembrei que você comentou que a Liza vai embora em breve e quis passar aqui para me despedir.

– Tem certeza de que não é porque ouviu dizer que eu ia fazer sobremesa? – brinco.

– Eu não sabia – ele responde com a mão sobre o coração. – Mas... se tiver um pouco a mais, não vou reclamar de levar um pedaço.

Reviro os olhos, mas vou procurar um pote de plástico. Ponho dois pedaços de bolo de gelatina na vasilha e entrego a ele. Nathan espia através da tampa transparente.

– Essa é uma das suas famosas receitas?

– Na verdade, é a primeira vez que faço, espero que tenha ficado bom.

– Vamos descobrir.

Ele abre o recipiente e dá uma mordida em um dos pedaços. Prendo a respiração enquanto ele mastiga.

– Hum, hum, sim. Isso. Isso é *incrível* – ele geme. – É tão leve, e não é muito doce. Muito melhor que algumas coisas que minha mãe faz, mas não conta isso para ela.

– Ela tem o dom – Jeannie diz a ele.

– Sua mãe gosta de fazer doces? – pergunto.

Ele assente.

– Ela fazia o tempo todo, mas hoje em dia não. Está ocupada demais com o trabalho. – Nathan aponta para mim com um pedaço de bolo na mão. – Agora que conheço seu segredo, insisto para que fique mais uns dias, para eu poder me empanturrar da sua comida.

– Desculpa, já comprei a passagem. Se quiser comer mais, vai ter que ir a Houston.

Nathan come o pedaço de bolo em mais duas mordidas, depois faz que sim com a cabeça.

– Negócio fechado. Vou mesmo. Especialmente se eu puder achar um curso fácil para fazer enquanto estiver lá.

– Ótimo. A Jeannie vai poder te mostrar a cidade – digo. – Ela vai passar o verão todo lá.

Nathan sorri para nós duas.

– Sobremesa *e* uma guia turística particular? Essa ideia só melhora.

Jeannie fica vermelha. Contenho uma gargalhada. Agora ela sabe como me sinto quando minha mãe tenta me juntar com alguém.

– Bem, tchau por enquanto, Liza.

Nathan me abraça. Torço o nariz para o cheiro defumado e de sândalo da colônia que ele usa.

– Tchau, Nathan.

Ele sorri, sai e fecha a porta.

– O peixe! – Jeannie exclama de repente. – Ah, não. Esfriou.

Ela o devolve ao forno por mais alguns minutos. Depois sentamos e jantamos em silêncio. Quando Jeannie devora um pedaço inteiro do meu bolo, fica eufórica.

– Nathan tem razão, Liza. Isso é impressionante. Devia fazer para a mamãe.

– Sabe de uma coisa? Vou fazer – respondo. – Outro dia ela me pediu ideias novas.

– Viu? Sei que acha que a mamãe não acredita em você, mas não é verdade. Por isso acho que você deve entrar no concurso. Mostra para ela do que você é capaz.

Não respondo, mas uma semente de esperança brota dentro de mim. Talvez eu possa fazer isso.

Capítulo 12

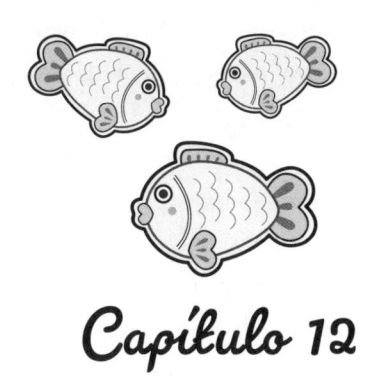

Depois de me divertir tanto com Jeannie, demoro uns dias para me reacostumar a estar em casa. Tinha esquecido como era bom ter minha irmã por perto o tempo todo, sem mencionar os sete dias maravilhosos sem receber críticas de minha mãe. O fato de ela me bombardear com perguntas sobre Jeannie no minuto em que passo pela porta só piora minha desgraça. Faço o possível para responder tudo, mas não menciono Nathan.

– Diga à sua irmã que ela precisa passar mais tempo aqui na próxima vez que vier – minha mãe ordena, enquanto me observa desfazer as malas. – Seis semanas não é o suficiente.

– Por que você mesma não fala?

– Não quero que ela pense que estou cobrando – minha mãe responde imediatamente.

Sufoco uma resposta enquanto tiro as coisas da mala.

– Tudo bem. Vou mandar uma mensagem para ela.

– Não esqueça.

Mesmo que eu quisesse, não teria como. Minha mãe deve ter anotado na agenda.

Outra coisa que não conto para ela é que a viagem me inspirou a voltar a cozinhar. No mesmo dia do meu retorno, tiro o pó do meu caderno de receitas, que tem capa de couro como o da minha mãe, presente dela para mim, e começo a trabalhar. Várias noites por semana, fico acordada até tarde praticando. Minhas mãos se acostumam a trabalhar a massa, e minhas papilas gustativas começam a se aguçar. Quando minha mãe convenientemente esquece de contratar novos funcionários, me forçando a trabalhar quatro dias por semana, não falo nada. Não posso contrariá-la, ou ela não vai me deixar competir.

Todos os dias da semana, a loja fica cheia do nascer ao pôr do sol. O segredo do nosso sucesso recém-conquistado é o *taiyaki*. É uma das únicas coisas da lista que fiz para minha mãe que ela aceitou testar. Um dia depois de postar uma foto dele no nosso Instagram e no Facebook, as pessoas começam a chegar e pedir a novidade.

Como a ideia foi minha, minha mãe me põe para trabalhar nos waffles em forma de peixe. Atendo com prazer, porque sempre adorei o cheiro de waffles frescos. Quando cobertos com sorvetes tipicamente asiáticos – taro, matcha, chá com leite –, ficam ainda melhores.

Felizmente, o verão não é só trabalho. Posso encontrar meus amigos nos dias de folga. Minha mãe até estende meu horário de voltar para casa durante o verão, como recompensa.

Mais ou menos uma semana depois de eu voltar, Grace traz Sarah para experimentar nossa nova receita, pouco antes da hora de a loja fechar. Sarah examina com cautela a iguaria, depois dá uma mordida. Ela guincha tão alto que as pessoas mais próximas se viram para nos olhar.

– Onde você esteve durante toda a minha vida? – ela pergunta ao waffle.
– E como vocês conseguem inventar tantas coisas maravilhosas?
– Bom, não inventamos – explico. – É uma tendência no Japão. Só a trouxemos para cá.

Quando Sarah termina seu *taiyaki*, Grace se aproxima e cochicha:
– Falou com sua mãe sobre participar do concurso este ano?
– Ainda não – respondo baixinho, de olho na minha mãe. – Estava pensando em conversar com ela hoje à noite.
– Boa sorte, mas acho que nem vai precisar. Aquele bolo de gelatina estava delicioso.

Fiz uma versão ligeiramente diferente dele alguns dias atrás, acrescentando uma camada de manga com leite de coco, como imaginei desde a primeira vez. Grace e Sarah adoraram o bolo, por isso dei um pedaço para cada uma levar para casa, antes de esconder o restante na geladeira. Já faz dois dias, e ainda não encontrei coragem para mostrá-lo à minha mãe.

Assim que Grace e Sarah vão embora, trancamos a loja e vamos para casa, e penso em um milhão de maneiras de perguntar sobre o concurso. Estou tão imersa em meus pensamentos que quando me dou conta minha mãe está entrando com o carro na garagem. Ela já está na cozinha quando a alcanço.

– Mãe! Espera. Quero te mostrar uma coisa.

Ela suspira.

– O dia foi longo, Liza. Não pode ficar para amanhã?

– Só vai levar um minuto. Prometo.

Minha mãe demonstra tanto entusiasmo por minha revelação quanto eu quando ela solta a ladainha sobre o último garoto asiático. Mesmo assim, atende ao meu pedido. Puxo uma cadeira perto da mesa para ela sentar e vou buscar o bolo de gelatina na geladeira. Ponho o mais bonito dos dois pedaços em um prato, pego um garfo e posiciono na frente dela.

Ela olha com ar intrigado para o prato.

– O que é isso?

– Frutas frescas em gelatina de ágar. Fiz para a Jeannie quando estava em Nova York.

Minha mãe examina a criação por vários minutos. Depois, ela pressiona a ponta triangular com a lateral do garfo. O doce é mais macio que manteiga e treme alegre quando ela o pega. Fico tensa quando ela põe o pedaço na boca.

Ela mastiga pensativa antes de engolir.

– É...

"Por favor, gosta. Por favor, gosta. Por favor, gosta."

– ... delicioso. Muito bom.

Comemoro sacudindo o punho embaixo da mesa. Um passo dado. Outro bem grande pela frente.

Minha mãe inclina a cabeça de lado.

– Como pensou nisso?

– Jeannie me contou que tem mantido uma alimentação muito saudável por causa do trabalho de modelo. Queria fazer alguma coisa gostosa para ela antes de vir embora, então adaptei uma receita que vi na internet.

– Estou impressionada. Isso é um ótimo lanche de verão. Leve, não é muito doce, a textura é interessante.

Ela come mais duas garfadas em uma sucessão rápida. Ok, chegou o momento.

Respiro fundo.

– Fico muito feliz por ter gostado, mãe, porque queria conversar com você sobre uma coisa.

– Que coisa?

– Eu... quero participar do concurso este ano.

Ela comprime os lábios.

– Você vai participar. Vai me ajudar a organizar e realizar tudo, como sempre.

"Por que achei que isso seria fácil?" Tento de novo.

– Não, mãe. Não foi o que eu quis dizer. – Sento direito na cadeira. – Quero competir.

– E não quer me ajudar?

O tom acusador me atinge em cheio.

– Não foi isso que eu disse. Ainda posso ajudar na organização, mas quero muito participar do concurso.

Ela me encara por um bom tempo. Estou preparada para a recusa antes mesmo de ouvi-la.

– Não. Você não pode competir.

Meu coração fica apertado.

– Por que não? Sou boa o bastante para vencer.

– Liza. Parece que você esqueceu uma coisa muito importante. Eu organizo e julgo esse concurso. Se você competir e vencer, as pessoas vão me acusar de ter te favorecido.

Não quero admitir, mas ela tem razão. Minha mãe é a última pessoa a me dar tratamento especial, mas ninguém sabe disso.

Apoio as mãos sobre a mesa.

– Mas, se eu criar pratos melhores que os outros, isso não vai ter importância.

– É claro que tem importância. Basta um boato de parcialidade para estragar tudo – minha mãe insiste. – Esse concurso é importante demais para a nossa família para assumirmos esse risco.

– E eu? E o que é importante para mim?

Ela se inclina para a frente na cadeira.

– Liza, vai ter outros concursos para você participar. Além do mais, isso é só diversão. Seu foco deveria ser a preparação para a faculdade.

– E se convidarmos outro juiz? Não haveria imparcialidade.

– Mesmo que eu considerasse essa ideia, e não considero, descobrir um juiz qualificado a essa altura do jogo é impossível.

– E a senhora Lee? Ela também é confeiteira.

Fecho os olhos assim que as palavras saem da minha boca. Minha mãe arregala os olhos, dilata as narinas e tenta se controlar. Meu pai entra nesse momento. Ele sente a tensão imediatamente e olha para mim e para ela, depois para mim de novo.

– O que está acontecendo?

– Sua filha pediu para participar do concurso. Eu disse que não – minha mãe responde com frieza. – E essa decisão é definitiva.

Abaixo a cabeça, e ela se levanta e sai. Meu pai senta na cadeira que ela abandonou, e meus olhos se enchem de lágrimas, que eu engulo.

– Liza...

– Só queria provar para ela que sou boa o bastante – explico, mantendo os olhos fixos no chão.

– Boa o bastante para quê? – ele pergunta em voz baixa. – Para a escola de culinária?

Engulo e confirmo com um movimento de cabeça. Ele se encosta na cadeira.

– Liza, não dissemos *não* por acharmos que você não é boa o bastante para ter sucesso. Talvez você não acredite, mas sua mãe já me disse que você é uma confeiteira melhor do que ela jamais sonhou ser.

Isso não chega nem perto de parecer alguma coisa que ela diria, mas não vou contestar meu pai.

– Então, por que não me deixam tentar?

Ele coça a cabeça.

– Porque queremos mais para você na vida. Olhe o que sua mãe e eu temos que fazer só para manter o Yin e Yang funcionando. Trabalhamos de catorze a dezesseis horas por dia, seis dias por semana. Não temos férias. Não fechamos na maioria dos feriados. É trabalho exaustivo. Fazemos tudo isso para que você não precise fazer.

Fico em silêncio. Confeitaria não é um trabalho. É minha paixão. Nunca vou me cansar de obter sabores complexos de ingredientes simples. Sonho que crio formatos lindos com a massa, que transformo frutas e vegetais em animais e flores. Por que eles não entendem isso?

Meu pai suspira.

– Estou vendo que isso é importante para você. Vou falar com sua mãe. Talvez possamos chegar a um acordo. – Ele me interrompe antes que eu possa responder. – Mas quero que tente ver as coisas do ponto de vista da sua mãe. Seja como for, ela quer o melhor para você, e eu também.

Depois disso, meu pai sai da cozinha e me deixa a sós com meus pensamentos.

• • •

No dia seguinte, quando acordo do meu sono ressentido, vejo que estou duas horas atrasada para o trabalho. Meu pai e minha mãe já saíram, e eu vou com meu carro para a confeitaria. Entro e encontro o caos. Com Houston derretendo de calor no meio de junho, os clientes reclamam da longa fila do lado de fora. Tina está cuidando do caixa, mas não consegue fazer a maquininha de cartão de crédito funcionar. Atrás dela, uma pilha de produtos frescos pede atenção, e metade das prateleiras está vazia.

Vou para trás do balcão e reinicio o leitor de cartões. Tina vai reorganizar as prateleiras, enquanto eu atendo a fila. Quinze minutos depois, temos um novo grupo de clientes no interior da loja, no ar refrigerado.

Quando as coisas finalmente se acalmam, Tina me abraça.

– Ah, senti sua falta! Foi isso o tempo todo!

Afago as costas dela.

– Vou dar um oi para a minha mãe e já volto.

Encontro minha mãe na cozinha, cercada por ingredientes e assadeiras. Ela olha rapidamente para mim, antes de voltar aos pãezinhos de vegetais que está recheando, e vejo um esboço de sorriso em seus lábios.

– Essas assadeiras precisam ir para o forno por vinte minutos.

Obediente, ponho os pãezinhos nos fornos. Fecho a porta e armo um dos timers que ela mantém sobre a mesa. Minha mãe designa a próxima tarefa, e outra, até que se passa quase uma hora. Com os fornos cheios e quatro timers em uso, ela aponta a banqueta mais próxima com o queixo, e eu me empoleiro ali.

– Conversei com seu pai. Ele disse que você ficou muito magoada por não poder participar do concurso.

Sei que é melhor não confirmar nem negar, por isso fico quieta.

– Não vou mudar de ideia sobre isso – ela continua. – No entanto, decidi que você pode ser a jurada técnica.

Fico paralisada.

– Vai me deixar julgar?

– Você sabe como funciona e me viu julgar durante anos – ela diz com pragmatismo enquanto limpa a bancada. – Podemos repassar os pontos em que você se sente menos confiante e treinar, se quiser. Assim, você vai saber o que precisa olhar no concurso.

Não tenho palavras. Juíza? Não era o que eu queria, mas talvez possa tirar proveito disso. Vai ser ótimo em uma futura candidatura para a escola de culinária.

– Posso propor algumas receitas também? – pergunto num impulso.

– Não. Precisa aprender a julgar primeiro. Além do mais, um bom desafio técnico depende de uma receita confiável. Não tem espaço para experimentação.

Bem, eu tinha que tentar.

Olho nos olhos dela.

– Tudo bem. Eu aceito ser juíza.

– Que bom. Vai se juntar à celebridade que vou trazer para o júri este ano.

Mais uma grande surpresa. Minha mãe não é do tipo que delega.

– Que celebridade?

Ela enxágua o pano na pia antes de responder:

– A senhora Lee.

Quase caio da cadeira.

– Sério?

– Bom, por mais que eu deteste admitir, você teve uma boa ideia. Não tivemos tantos inscritos como nos anos anteriores, e ela tem muitos seguidores – minha mãe explica, quase como se falasse para si mesma. – Vai ser uma boa publicidade para o concurso. Ela também aceitou doar mais dez mil para a bolsa de estudos.

— Dez mil dólares? — pergunto, boquiaberta. — Isso significa que você vai ampliar o prazo de inscrição?

— Só mais duas semanas. Quero garantir que haja tempo para gerar interesse. A senhora Lee conseguiu uma entrevista em um dos grandes canais de notícias, e já paguei pelo anúncio no *Chinese Times*.

Ela para um momento para verificar o forno quando o primeiro timer dispara. Satisfeita, calça as luvas e tira as assadeiras uma a uma. Assim que os pãezinhos vão para o rack de resfriamento, minha mãe senta em sua banqueta.

— Estou pensando em acrescentar mais um prêmio.

— Qual?

— Talvez... cinco aulas particulares de confeitaria no inverno.

Ela me encara atentamente. Já fui alvo de muitos de seus olhares característicos, mas esse eu não reconheço. É inquietante.

Dou de ombros.

— Acho ótimo. Tenho certeza de que o vencedor vai adorar.

Ela sorri.

— Que bom que gostou. Vou acrescentar.

Os três timers restantes disparam com um intervalo de segundos entre um e outro, encerrando nossa conversa. Quando tudo esfria, minha mãe me encarrega de embalar os produtos frescos, mas não antes de lançar mais um olhar misterioso em minha direção.

Não deve ser nada.

• • •

No dia em que vai participar do programa de notícias locais *Space City Live* para falar sobre o concurso, minha mãe acorda às quatro e meia da manhã para se arrumar. A Sra. Lee vai estar vestida de maneira impecável, e ela não quer parecer desleixada ao seu lado. Como eu sei disso? No momento, estou empoleirada na cadeira do banheiro da suíte vendo minha mãe revirar o closet que ela divide com meu pai, enquanto ele dorme tranquilamente no quarto ao lado.

– E este aqui? – ela pergunta.

Minha mãe mostra um tailleur que, de longe, parece um vestido. Rosas azuis estampam o tecido branco.

Ela olha para mim.

– Gosta deste?

– Dos que você experimentou, é meu favorito – respondo em tom neutro.

Ela se examina no espelho de corpo inteiro.

– Que bom. Vou usar este, então.

Levanto, pronta para me render ao canto de sereia da minha cama. No entanto, a voz de minha mãe me mantém no lugar.

– Preciso da sua ajuda com a maquiagem.

Maquiagem? Ela não usa maquiagem. A menos que se considere o hidratante com filtro solar que ela usa para não ter câncer de pele. Volto a desabar na cadeira. Uns trinta minutos mais tarde – dez dos quais ocupados por minha mãe me acusando de tentar furar seu olho com o delineador –, ela finalmente está pronta para a câmera. Sai para o estúdio, e eu desisto da ideia de voltar a dormir. Quando me encontra sentada na cozinha quase uma hora depois, os olhos do meu pai ficam do tamanho de pratos.

– A mãe me tirou da cama de manhãzinha para ajudá-la a se arrumar – explico.

– Ah.

– Vou assistir ao programa. Quer ver comigo?

Ele assente. Passamos para a sala de estar e ligamos a televisão. Bem na hora. Os apresentadores estão voltando de um intervalo comercial e apresentam a Sra. Lee e mamãe. A Sra. Lee, como prevíamos, usa um belo terninho azul-marinho. A blusa de seda azul-clara aparece sob o blazer abotoado, com um laço na gola dando um toque feminino. Os sapatos pretos de bico fino espiam além da bainha da calça social ajustada. Hoje ela deixou o cabelo solto, ondulado em volta do rosto, e um batom vermelho completa o visual poderoso.

Apesar de todo o esforço da minha mãe, em seu tailleur matronal e sapatilhas pretas, ela parece quase uma década mais velha que a outra juíza de seu concurso. Minha mãe espreme um pouco os olhos sob as luzes intensas do estúdio quando as duas entram no palco. Quando senta, sua coluna fica tão ereta que é possível hastear uma bandeira nela. Tiffany, uma das apresentadoras do programa, as cumprimenta com um sorriso.

– Então, senhora Yang, conte um pouco sobre o concurso.

Minha mãe se anima e começa o discurso que seria capaz de recitar até dormindo.

– Este é o quinto ano da Competição de Confeitaria Júnior da Yin e Yang. Todos os anos, escolhemos dez estudantes do ensino médio para competir em um concurso de confeitaria. Cada etapa consiste em um desafio de criatividade e um técnico, e o vencedor recebe um troféu e uma bolsa de estudos. Como bônus, neste ano especialmente, o confeiteiro vencedor também ganhará cinco aulas particulares para aprimorar suas habilidades.

– Que maravilhosa oportunidade! – diz Kirk, o outro anfitrião. – E soubemos que este também é o primeiro ano em que uma celebridade foi convidada para integrar o júri.

Só quem conhece bem minha mãe percebe a ligeira tensão em seu maxilar antes de ela responder:

– Sim. Como confeiteira e empresária de sucesso, a senhora Lee foi uma escolha natural. Estou muito animada para ser jurada ao lado dela este ano. E minha filha Liza também vai participar da avaliação dos desafios técnicos.

Eu me assusto. Ela falou meu nome ao vivo na televisão! E não me constrangeu! Meu pai ri quando bato no braço dele com empolgação. Minha mãe troca um sorriso falso com a Sra. Lee, a quem Tiffany se dirige.

– Soube que também tem uma surpresa para anunciar, senhora Lee.

– Sim, eu tenho – ela responde, antes de olhar diretamente para a câmera. – Este ano, a Fundação Mama Lee vai fazer uma doação para aumentar o valor da bolsa de estudos de cinco mil para quinze mil dólares.

Tiffany e Kirk aplaudem como se fosse a melhor notícia que já tivessem ouvido. A Sra. Lee se anima quando eles perguntam sobre sua nova loja. Para piorar a situação, a câmera corta minha mãe do enquadramento e foca sua jurada convidada. Assim que entra o intervalo comercial, meu pai desliga a TV. Ficamos sentados em silêncio por vários minutos. Depois ele dá uma sacudida em si mesmo e se levanta.

– Preciso me arrumar para o trabalho.

Minha mãe chega em casa minutos depois de ele ter saído para o restaurante. Ela entra com os ombros caídos e uma expressão séria. Meu estômago se contrai. Sei exatamente como é ficar à sombra de alguém mais bem-sucedido. Começo a falar, mas mudo de ideia rapidamente. A porta do quarto dela se fecha, e fico olhando para ela por um tempo antes de ir para o meu quarto.

Capítulo 13

Depois da participação no *Space City Live*, começamos a receber uma enxurrada de inscrições. Não demora muito para nossa caixa de correspondência lotar. Com a pilha crescendo sobre nossa mesa de jantar, minha mãe guarda seus favoritos como se fossem envelopes vermelhos no Ano-Novo Chinês. Tina passa uma tarde inteira dobrando os panfletos novos, que minha mãe deposita na sacola dos clientes enquanto eu fico no caixa. Até meu pai e Danny entram em ação, colocando panfletos dentro dos cardápios do restaurante e das sacolas para viagem. O restante, levamos em caixas para as empresas que nos patrocinam.

– Como escolhe quem vai participar ou não? – pergunto à minha mãe uma noite.

– Por que quer saber agora, de repente?

– Só pensei que seria bom saber mais sobre os concorrentes, se sou juíza.

– Se quer ser uma boa juíza, aprenda as receitas e pratique suas avaliações.

Um dos motivos para o concurso ter ganhado popularidade é a insistência de minha mãe em privilegiar receitas de inspiração asiática. Dos dez confeiteiros, um será eliminado durante cada uma das sete primeiras rodadas. Os três melhores vão para a final. Até agora, testei as receitas que ela planejou para pão, bolo, biscoito e pãozinho com recheio doce. Só faltam as tortinhas, os puffs, as roscas e a especialidade.

– Ok, ok. Vou fazer tudo.

Minha mãe me imobiliza com o olhar.

– Não deixe de me mostrar todas as anotações. É importante que você julgue no mesmo nível da senhora Lee.

Desde a entrevista, ela tem se mostrado mais determinada do que nunca a garantir que tudo saia perfeito. Não é mais apenas sobre os confeiteiros ou a comunidade. Agora é pessoal, e ela não vai perder para alguém cuja ideia de controle de qualidade se resume a escolher o tipo de letra certo para sua marca.

Palavras dela, não minhas.

• • •

Dois dias antes da data marcada para o início do concurso, volto ao Boba Life. Grace e eu viemos encontrar Ben e James, com o que concordei só porque ela me subornou com o último livro da Julia Quinn. Não fiquei exatamente empolgada com a ideia, depois do encontro desagradável em Nova York. Enquanto espero, anoto algumas coisas que pensei sobre as tortinhas de minha mãe. Quando Grace senta à mesa, tomo um susto.

– Desculpa, não queria te assustar.

– Estava só pensando uma coisa – respondo depois de abraçá-la.

– Que coisa?

– Algumas anotações para o concurso – respondo, e fecho o caderno. – Minha mãe vai me deixar julgar os desafios técnicos este ano.

Grace olha para mim de boca aberta.

– Espera. Por isso você está desaparecida há dias? Ela concordou mesmo com isso?

– Desculpa. As coisas estão bem malucas ultimamente. – Encosto na cadeira e suspiro. – E, sim, mas só porque ela me proibiu de concorrer. Ela disse que o concurso atraiu muita atenção este ano e não pode correr nenhum risco.

Com minha xícara vazia, vamos para o fim da fila para pedir mais uma rodada. Enquanto esperamos, sinto olhares como agulhas de acupuntura.

– Todo mundo está olhando para mim – sussurro para Grace.

– Não deve ser nada. É só ignorar.

Fico olhando o cardápio na parede até chegarmos ao caixa. O funcionário ruivo sorri.

— Voltaram, é?

— Você sabe que não conseguimos ficar longe, Lance — Grace responde.

— O de sempre?

Confirmamos com um gesto de cabeça. Ele faz os pedidos, e saímos da fila para esperar. O dono da loja, Kevin, contorna o balcão.

— Liza! Grace! — Ele pisca para mim. — Ei, você está famosa! Eu devia pedir seu autógrafo e pendurar na parede.

— Do que está falando?

Kevin me encara por um momento com a testa franzida.

— Não viu os panfletos, viu?

Olho para Grace.

— Hum... não. Por quê?

— Melhor ver por você mesma. Espera um instante.

Kevin vai buscar um panfleto de uma pilha ao lado das máquinas seladoras. Quando me entrega, Grace o lê por cima do meu ombro. O panfleto começa como o esperado, anunciando o concurso, as regras, quem pode participar e os juízes. Continuo lendo até a parte em que os prêmios são relacionados. Ali, ocupando a parte inferior da página e toda colorida, tem minha foto na formatura. Grace lê em voz alta a legenda, porque eu mesma perdi a capacidade de falar.

— "O ganhador também terá cinco aulas particulares com nossa juíza técnica Liza Yang, tricampeã da Competição de Confeitaria Júnior de Houston. Segundo lugar na turma de 2019 da prestigiada Salvis Private Academy, Liza fala três idiomas e gosta de leitura, da natureza e, é claro, de confeitaria."

Sinto o sangue se esvair do meu rosto e engulo o palavrão que tenta subir por minha garganta.

— Liza? — Kevin se aproxima de mim. — Liza, tudo bem?

Sem responder, pego minhas coisas e me dirijo à porta.

— Liza! Liza! — Grace chama. — Espera!

Saio ofegante. Meu peito se recusa a colaborar, como se estivesse sendo esmagado por um elefante.

Grace se aproxima correndo.

– Liza, você está bem?

– Não consigo respirar – arfo.

– Ai, meu Deus. Chamo uma ambulância?

Sirenes estridentes só vão atrair a única coisa que não quero agora: mais atenção.

Balanço a cabeça desesperada.

– Não... não faz isso... só preciso sentar.

Grace olha em volta, depois me puxa para uma das mesas ao ar livre. Ela me empurra para uma cadeira.

– Só... conta até dez, ou alguma coisa assim, Liza.

Olho para o papel amassado ainda em minha mão. Minha cabeça começa a latejar.

– Não acredito que ela fez isso comigo! Eu sabia que ela era determinada, mas isso... isso é um perfil de site de relacionamento!

– Talvez ela não tenha percebido o que parece – Grace sugere.

– Ela sabia exatamente o que estava fazendo. – Apoio a cabeça nas mãos. – Todas aquelas pessoas lá dentro... vão pensar que concordei com isso.

– Duvido muito, mas e daí se pensarem? Quem liga para o que elas pensam?

– É fácil falar quando não é o seu rosto estampado em todos os panfletos que circulam na cidade.

"Todos os panfletos."

Penso na maneira como ela cedeu e sugeriu que eu fosse juíza. Acreditei que as coisas estavam mudando, mas agora... isso.

– Grace, ela imprimiu centenas deles – choro. – Pusemos um em cada sacola do Yin e Yang!

– As pessoas não prestam atenção a essas coisas. Provavelmente jogaram o papel fora – ela diz.

– Preciso ir para casa – respondo, e levanto para procurar meu carro no estacionamento.

Grace me segura pelo braço.

– O que vai fazer?

– Preciso conversar com minha mãe. Dessa vez ela foi longe demais.

Viro para ir embora, mas quando meu pé vai descer o meio-fio, a alça da minha bolsa enrosca em alguma coisa e me puxa para trás. Perco o equilíbrio e agarro a primeira coisa sólida que encontro.

– Mas o que...

Esbarro num corpo quente, e vamos para o chão juntos. Passos se aproximam correndo.

– Você está bem?

Estremeço. Eu reconheceria essa voz em qualquer lugar.

– Ben...

Grace está logo atrás dele, olhando para mim com os olhos arregalados. Um gemido de dor me lembra que alguém amorteceu minha queda. Viro para pedir desculpas e dou de cara com James.

"Ah, não."

Tento levantar depressa, e meu joelho o atinge acidentalmente entre as pernas. Ele uiva.

– Ah, não! Desculpa, desculpa!

– Não se mexa – ele sussurra.

Depois me segura pelos ombros e me tira com todo o cuidado de cima dele antes de ficar em pé. Grace me ajuda e me espana, enquanto James ajeita as roupas.

– Precisa olhar por onde anda – ele fala mal-humorado.

– James, é óbvio que foi um acidente – Ben argumenta. – Ela não te viu.

– Desculpa – repito. – Eu não queria...

Meu olhar instintivamente se volta para baixo e eu o desvio de forma brusca. Meu rosto queima como os fornos da confeitaria.

– M-machucou? – gaguejo.

James balança a cabeça, reunindo todas as suas forças para mostrar que está ileso. Seus olhos castanhos encontram os meus.

– E você? – ele pergunta.

Isso em sua voz é... preocupação?

– Depende do que está falando – respondo sem pensar.

– O que você...

Antes que eu consiga pensar em alguma coisa, Ben se abaixa para pegar o papel que derrubei ao cair. Sufoco um gemido. Por que esse dia continua piorando? Os olhos dele passam pela página, parando na metade inferior. Ben olha para mim, depois para o panfleto, e depois para mim de novo. Ele abre a boca, mas não emite nem um som.

James tira o panfleto da mão do primo.

– O que tem aí de tão interessante?

Torço para o chão se abrir e me engolir. James lê o panfleto, e seus lábios se descolam quando os olhos chegam à minha temível biografia. Isso é tão ruim que só consigo ficar olhando para ele.

– Pode me devolver isso, por favor? – peço com a voz esganiçada.

James me entrega o panfleto. Em silêncio, eu o dobro e guardo no bolso.

Depois me agarro ao orgulho que me resta e endireito os ombros.

– Com licença.

Grace ameaça me seguir, mas faço um sinal para ela ficar. Ben segura sua mão e a puxa para perto. Sinto os olhos deles em minhas costas enquanto caminho atordoada para o carro.

• • •

Mal dou atenção para o carro desconhecido parado do lado de fora antes de abrir a porta e entrar em casa.

– Liza!

– Jeannie?

Ela me abraça. Seu suave perfume floral ameniza a amargura da traição de minha mãe. Alguns minutos se passam até que eu a solte. Meus pais entram na sala e minha mãe congela.

– Liza! Não disse que ia passar a tarde com a Grace?

O som de sua voz me tira do sério.

Eu a encaro com uma expressão fechada.

– Preciso falar com você em particular, mãe.

Jeannie olha para nós.

– Hum, vou para o meu quarto.

– Na verdade, por que não vem para a cozinha comigo? – meu pai pergunta. – Deve estar com fome, depois de viajar o dia todo.

– Pai, eu não...

– Venha comer.

O tom dele não admite contestação. Jeannie olha para trás e abre um sorriso animador antes de acompanhar meu pai. Espero que se afastem e então me aproximo de minha mãe.

Sacudo o panfleto diante do rosto dela.

– Como teve coragem de fazer isso comigo?

Ela demora um segundo para entender.

Então levanta o queixo.

– Você concordou em dar as aulas.

– Não! Você me perguntou se eu achava que aulas particulares eram uma boa ideia. Em nenhum momento disse que *eu* daria as aulas!

– Pensei que fosse óbvio – ela responde, voltando-se para os livros sobre a mesinha de centro. – Estou muito ocupada com a confeitaria, e a senhora Lee tem negócios para administrar. Como juíza técnica, você é a única pessoa qualificada para isso.

Que tipo de lógica materna é essa? As aulas não acontecem enquanto o concurso não acaba. Além disso, foi ela quem me ensinou tudo que sei sobre confeitaria.

"Calma, Liza. Lembre, isso é pela escola de culinária."

Inspiro profundamente entre os dentes cerrados.

– Tudo bem, mas por que precisava escrever essa biografia?

– Qual é o problema com ela? Achei boa.

– Achou... – Paro chocada. – Não precisava mencionar quantos idiomas eu falo ou como me saio no colégio! Por que alguém precisa saber disso?

Ela dá de ombros.

– As pessoas precisam saber que você é qualificada.

Paro bem na frente dela para obrigá-la a olhar para mim.

– E os meus hobbies? O que leitura e natureza têm a ver com minha capacidade de julgar um concurso de confeitaria?

Minha mãe não diz nada – não que isso faça diferença. Nós duas sabemos o motivo, embora seja óbvio para mim agora que ela nunca vai admitir. Chega. A vida é minha, e não vou permitir isso.

– Esqueça. Pode dizer a todo mundo que você se enganou, que eu não vou dar as aulas.

– Não vou fazer isso, Liza! – Ela cruza os braços. – Temos menos de dois dias para o início do concurso, e escolhi quase todos os concorrentes.

– Ou você volta atrás, ou eu desisto!

Minha mãe recua. Nunca gritei com ela desse jeito.

Ela me encara furiosa.

– Não vou voltar atrás, e você *vai* participar do concurso. Está decidido.

Viro e saio da sala. As paredes tremem quando bato a porta do quarto. Pouco depois, murmúrios soam no corredor, mas não tento ouvir. Alguém bate na minha porta.

– Liza? Posso entrar?

É Jeannie. Eu a ignoro, mas, como todo mundo nessa casa, ela entra mesmo assim. Fecha a porta e vem sentar ao meu lado na cama. Fico tensa quando ela puxa minha cabeça sobre seu ombro.

– Lamento, Liza.

Depois de um segundo, relaxo.

– Por que ela tem que fazer isso comigo?

Jeannie suspira.

– Não sei. Acho que ela acredita que está ajudando.

– Bem, ela é péssima nisso – respondo, e me encolho junto dela.

A risada de Jeannie retumba em seu peito.

– Nisso eu concordo com você.

Levanto a cabeça e olho para ela.

– O que vou fazer? Não posso encarar essa gente.

– E o que gostaria de fazer?

– Fugir? – respondo com uma expressão esperançosa.

– Duvido que funcione.

Sentamos lado a lado, olhando pela janela com a cabeça apoiada na parede. Então, me viro para olhar para Jeannie.

– Queria poder sair do estado como você fez.

– Não é tão divertido quanto parece, acredite em mim. Sinto falta de ter alguém cozinhando e limpando para mim o tempo todo. – Jeannie desliza a mão sobre o cobertor. – Tenho que fazer tudo, e ainda ir à faculdade e trabalhar como modelo.

– Quer trocar?

Ela faz uma careta.

– De jeito nenhum.

A risada escapa da minha boca como água de uma torneira quebrada. Quando recupero o fôlego, Jeannie me abraça.

– Vamos pensar em uma solução. Você e eu.

– Promete?

Ela enrosca o dedo mindinho no meu.

– Prometo.

Capítulo 14

Passo os dois dias antes do concurso em um exílio autoimposto. Felizmente, Grace se oferece para ser minha linha de comunicação com o mundo exterior. Ela traz chá do Boba Life e aparece com Sarah para me ver uma tarde. São as histórias que ela conta o que mais me anima. Aparentemente, as pessoas têm afirmado que me viram circulando por Chinatown.

Acho que isso faz de mim o novo Pé-Grande.

Infelizmente, quando chega a manhã do concurso, tenho que dar as caras de verdade. Com toda a atenção extra neste ano, alguns canais de notícias aparecem para cobrir o dia de abertura. Depois de me revirar na cama a noite toda, meus olhos estão mais sem brilho que um pãozinho doce sem uma pincelada de gema de ovo. Então peço a ajuda de Jeannie para me maquiar. A última coisa de que preciso agora é aparecer com cara de quem acabou de sair do túmulo. Sento paciente enquanto ela aplica os produtos com a mão firme. Finalmente ela recua, com um sorriso quase imperceptível.

– Dá uma olhada.

Olho no espelho e respiro fundo. É um milagre! Em vez de um palhaço de circo, vejo uma versão melhorada de mim mesma. Meus olhos estão maiores e mais brilhantes, o rosto está corado e os lábios têm formato de arco. Encontro o olhar nervoso de Jeannie no espelho.

– O que acha? – ela pergunta. – Gostou?

Se meus olhos pudessem tomar o formato de corações, teriam tomado. Eu a abraço.

– Adorei!

Eu a solto e examino o resultado de seu trabalho com mais atenção. Como ela transformou tantos produtos em algo com uma aparência tão natural?

– Você é minha fada madrinha da vida real, Jeannie.

Ela ri.

– Nesse caso, vamos fazer magia com seu guarda-roupa.

Ela examina os cabides no meu closet e joga em cima da cama as peças de que gosta. Faço um desfile improvisado para ela decidir o que fica melhor.

– Não, esse não. Muito comprido.

– Não gosto desse. Faz você parecer maior do que é.

– De onde veio *isso*?

Quando ela finalmente escolhe as peças, estou me sentindo pronta para voltar a dormir. Não sei como ela consegue viver disso.

– Agora vai se vestir. – Jeannie põe as peças em meus braços. – Não vai querer a mamãe gritando com você por estar atrasada, vai?

Sozinha no quarto, abandono a euforia momentânea provocada pela maquiagem. Meu estômago ferve quando visto o vestido azul-marinho, presente de Jeannie no meu aniversário de dezesseis anos. Depois ponho o colar que ela me emprestou para a ocasião, uma corrente comprida. O peso do pingente descansa sobre o meu peito, na altura das costelas.

Jeannie também me emprestou sapatos de salto baixo, mas troco o par por meus melhores tênis brancos. Ao calçá-los, me sinto instantaneamente mais calma. Todo mundo está esperando lá fora, e eu vou para a garagem depois de examinar meu reflexo no espelho pela última vez.

Minha mãe arqueia uma sobrancelha ao me ver. Ela abraça a bolsa de lona com seu caderno de receitas como se fosse seu maior tesouro. Jeannie assobia e pisca para mim. Quando estamos todos no carro, meu pai olha para mim pelo retrovisor.

– Você está ótima, Liza.

– Obrigada, pai.

• • •

Quando entramos no campus do Instituto de Culinária Bayou City, fecho os olhos por um instante. A voz irritante de minha mãe interrompe meu último momento de paz.

– Desce do carro, Liza! Não podemos nos atrasar!

– Temos muito tempo, *lǎo pó* – meu pai interfere, a mão no ombro dela. – Não precisa apressá-la.

Resisto ao impulso de gritar e sigo meus pais pelo estacionamento amplo, mas vazio. Jeannie me dá o braço e bate o quadril no meu, e segue batendo até eu sorrir. Estamos no alto da escada da frente quando alguém a chama pelo nome. Ela vira e sorri.

– Nathan?

Ele corre ao nosso encontro com um sorriso largo.

– Surpresa!

Jeannie olha por cima do ombro para nossos pais.

– O que... o que está fazendo aqui?

– Vi seu post sobre o concurso no Insta ontem à noite, e estava por perto. Além do mais, prometi que faria uma visita, não?

Mordo a boca por dentro para segurar a risada. É evidente que ele quer sair da *friend zone*. Por que mais viria a Houston?

Ela sorri hesitante.

– Não precisava ter feito isso.

– Bom, fui contratado para um trabalho aqui, e vou fazer um curso de fotografia na Universidade de Houston, já que vou passar um período na cidade. – Nathan se inclina para mim e pisca. – Talvez eu treine fotografando você na cozinha.

Ele pode estar a fim de Jeannie, mas eu ainda fico vermelha quando ele olha para mim.

– Quem é esse?

A voz de minha mãe está entre a curiosidade e a desconfiança. Jeannie fica pálida, mas não tem motivo para se preocupar. Nathan é mais liso que o famoso creme de leite do Yin e Yang.

Ele sorri.

– A senhora deve ser a mãe de Jeannie, senhora Yang. Meu nome é Nathan. Ela fala muito sobre a senhora, mas esqueceu de dizer que parece tão jovem.

– Ah! Bem, obrigada – minha mãe hesita. – Como se conheceram?

– Em um desfile de moda. Jeannie e eu desfilávamos para estilistas diferentes, mas ficamos no mesmo camarim.

Ela olha para o meu pai com os olhos brilhando.

– Eles se conheceram no trabalho! Não é maravilhoso?

Ele responde com um grunhido incompreensível antes de olhar para Nathan com uma expressão firme.

– E o que o traz aqui, Nathan?

– Vim trabalhar, mas lembrei que Jeannie falou sobre o concurso. Vim dar uma olhada e desejar boa sorte a Liza.

– Que amor! Obrigada – minha mãe responde, e toca o rosto dele. – E é bonito também.

Jeannie exclama:

– Mãe!

– Quê? Que foi que eu disse? É verdade. Ele é muito bonito.

Jeannie olha para meu pai como se pedisse ajuda, mas ele dá de ombros. Ninguém se coloca entre minha mãe e um possível marido para suas filhas.

– Obrigada, senhora Yang. É muita bondade sua – Nathan reage sem se abalar.

– Vocês dois deviam pegar seus lugares antes de começarmos! – Minha mãe empurra Jeannie na direção dele. – Jeannie, por que não mostra para ele onde fica o laboratório de confeitaria?

Nathan abaixa a cabeça.

– Lamento, mas acho que não posso ficar. Tenho que atravessar a cidade para minha aula.

É difícil dizer quem está mais decepcionada, minha mãe ou Jeannie. Minha mãe se recupera primeiro.

– Então, vamos guardar um lugar para você caso consiga voltar. Espero que consiga.

Nathan olha para o celular, como se reconsiderasse.

– Na verdade, talvez eu consiga entrar para uma visita rápida, se Jeannie puder, claro.

– É claro que ela está disponível – minha mãe responde por ela. – Vão, divirtam-se.

– Obrigado mais uma vez, senhora Yang. Senhor Yang. Liza.

Ele acena com a cabeça para cada um de nós antes de oferecer o braço a Jeannie. Entramos juntos no prédio, meus pais na frente, eu no meio e Jeannie e Nathan atrás. Minha mãe cochicha no ouvido de meu pai enquanto percorremos corredores enfeitados por prêmios emoldurados e cartazes anunciando organizações estudantis. É difícil ouvir o que ela está dizendo, porque o barulho do salto de seus sapatos ecoa nas paredes. Mesmo assim, imagino que seja alguma coisa relacionada aos planos para o casamento de Jeannie.

Passamos pelo laboratório de confeitaria, onde vai acontecer o concurso. Estico o pescoço para espiar pela porta aberta. Embora a sala ainda esteja vazia, as mesas de aço inox já estão preparadas com instrumentos e ingredientes para as receitas do dia. Jeannie leva Nathan lá para dentro, enquanto nós seguimos para a sala de descanso, que vai ser nosso camarim. Armários de metal cobrem uma das paredes, e há utensílios sobre uma fileira de armários de cozinha. No canto do fundo, uma geladeira vibra baixinho.

Minha mãe deixa a bolsa em cima do balcão, ao lado de uma pilha de material do concurso. Jeannie se junta a nós pouco depois, sem Nathan. Ela é salva do interrogatório pela chegada da Sra. Lee. Sua armadura do dia é um terno preto e elegante com blusa branca de babados. Os sapatos têm sola vermelha e salto capaz de perfurar o coração de quem ousar desafiá-la. Com Jeannie em seu macacão amarelo de mangas curtas, é fácil pensar que são mãe e filha.

– Senhora Yang! – exclama a Sra. Lee. – Adorei o vestido. Parece tão... confortável.

Minha mãe não se abala com o insulto sutil. Ela recebe a jurada com um sorriso frio.

– Senhora Lee, tome cuidado perto dos concorrentes. Eles são menos previsíveis do que suas modernas máquinas. Seria horrível se um deles arruinasse esse seu lindo traje.

Os lábios de meu pai tremem para conter um sorriso. Os olhos da Sra. Lee se estreitam, mas ela não tem tempo de dar uma resposta indelicada, porque o diretor do Instituto aparece na porta. Chef Anthony, um afro-americano de estatura impressionante e simpatia cativante, vai apresentar o concurso novamente este ano.

– Senhoras! Prontas para dar o pontapé inicial?

Minha mãe, que está estudando as receitas em seu valioso caderno de capa vermelha, não ouve a pergunta. A Sra. Lee se aproxima dele com um sorriso sedutor.

– É uma honra conhecer o homem que está por trás do Instituto de Culinária Bayou City! Muitos confeiteiros que trabalham para mim são formados pelo seu programa.

– É mesmo? Nesse caso, agradeço por dar a eles uma oportunidade – responde Chef Anthony.

– Já conheceu minha mais nova loja? Foi inaugurada há um mês.

Ele massageia a nuca.

– Infelizmente, com o concurso e as aulas, ainda não tive tempo.

– Você *leciona*, além de tudo? Que homem admirável!

Os elogios da Sra. Lee passam do ponto, mas ele estufa o peito.

Ela toca seu braço na altura do bíceps.

– Não deixe de me avisar quando for lá. Faço questão de acompanhá-lo na visita.

– Obrigado, senhora Lee. É muita generosidade!

Minha mãe finalmente levanta a cabeça e nota a presença dele.

– Chef Anthony, tudo pronto para começarmos?

Ele endireita as costas e puxa o colarinho.

– Ah, sim, senhora Yang. Absolutamente pronto.

– Hum. Queria dar mais uma olhada para garantir.

Ao longo dos anos, Chef Anthony se acostumou com as tendências neuróticas da minha mãe. Apesar disso, a resposta dele tem uma nota ríspida.

– Pode olhar, se achar necessário, senhora Yang.

Minha mãe fica tensa. Percebendo que todos a observam esperando por sua reação, ela abana a mão.

– Não é necessário. Tenho certeza de que deu atenção a cada detalhe.

Uma jovem vestida com uma polo com o nome da escola bordado aparece de repente na porta.

– Chef Anthony? Posso falar com você? Estamos tentando decidir onde vão ficar as câmeras.

– Com licença – ele nos diz. – Esta é Gloria, ela é aluna e está ajudando hoje.

Todo mundo a cumprimenta antes de os dois saírem para conversar. Ainda falta um tempo para o concurso começar, e eu peço licença para ir ao banheiro. Na verdade, quero dar uma olhada nos concorrentes. Meus tênis guincham no piso de linóleo dos familiares corredores, e chego à entrada do laboratório, onde os concorrentes estão esperando para começar. Fragmentos de conversas flutuam até o corredor quando espio pela porta para ver quem está lá dentro.

– Sabia que ia tentar dar uma olhada.

Viro e vejo Grace sorrindo para mim.

Bato no braço dela.

– Quase me matou de susto!

– Só porque você não estava prestando atenção. Ou teria me escutado a um quilômetro de distância.

E ela bate com as botas de camurça no chão.

– Sarah está atrasada – ela diz antes de eu pensar em perguntar –, mas está a caminho.

Assinto antes de me afastar da porta.

Ela ri.

– Sua mãe não contou quem ela selecionou?

– Está brincando? Tenho quase certeza de que ela trancou as fichas no cofre do restaurante. Procurei em todos os lugares.

Ela comprime os lábios.

– Nesse caso, acho que tem o direito de dar uma olhada. Vamos lá.

Viro para sair dali, mas paro ao ver dois rostos conhecidos andando em nossa direção.

– Ben? James? – diz Grace, e olha para mim antes de sorrir.

– Oi, Liza! – Ben me dá um abraço rápido. – Você está ótima!

À sua moda típica, James fica parado sem dizer nada. Grace se coloca ao lado de Ben, e as mãos deles se encaixam como peças de um quebra-cabeça. Eles são enjoativamente fofos, e adoro isso.

– O que estão fazendo aqui? – pergunto.

Ben sorri.

– Grace, quer contar para ela?

Espera. Grace tem alguma coisa a ver com isso? Olho para ela, que me evita e cutuca o ombro dele.

– Conta você.

– Ok. – Ele olha para mim. – Lembra quando encontramos vocês na saída do Boba Life outro dia?

– Hum, sim. Vagamente – minto.

Como poderia esquecer? Foi o dia mais mortificante da minha vida até agora.

– Bom, depois que você saiu toda apressada, perguntei a Grace qual era o problema com o panfleto.

– E eu expliquei tudo – ela complementa. – Que é o concurso da sua mãe, que você queria competir mas ela não permitiu, e, ah!, que ela escreveu aquela biografia esperando arrumar um namorado para você.

Olho pra ela. *Jura?* Mas ela está olhando para Ben.

– Enfim – Ben continua, afastando a mecha de cabelo que cai sobre sua testa –, como o Eastern Sun Bank é um dos patrocinadores, fiz meu pai mexer uns pauzinhos e colocar o James e eu no concurso. Sabe como é, vai ter menos dois com que se preocupar.

Não sei bem o que ele quer dizer com a última parte, mas tenho assuntos mais importantes com que me preocupar.

Olho para os dois.

– Vocês sabem cozinhar?

– Não se preocupe com a gente. Vamos dar um jeito.

Ben olha para o primo, que obviamente quer estar em qualquer lugar, menos aqui.

– Lamento que tenha sido envolvido nisso – digo a James.

– Do que está falando? – Ben ri. – Foi ele quem teve a ideia.

Meus olhos se movem como um bumerangue entre ele e James.

– Sério? A ideia foi sua?

– Bom, eu... isto é, tem um...

Seu rosto fica vermelho, e ele passa a mão no cabelo e resmunga alguma coisa. Eu me aproximo para ouvir, mas ele dá um pulo para trás.

– Eu... preciso... ver uma coisa – gagueja. – Com licença.

E corre para o laboratório. Olho para Ben e Grace com uma expressão confusa.

– O que foi isso?

Eles se olham e começam a rir. Quero perguntar qual é a graça, mas meu celular vibra. Leio a mensagem de texto.

– Minha mãe quer que eu a encontre na sala de descanso.

– Eu vou com você – diz Grace. – Vejo você mais tarde, Ben?

Ele levanta a mão dela e a beija, antes de soltá-la.

– Vou ficar esperando.

Assim que ele entra, ela se apoia em mim.

– Ai, dá para ser mais fofo?

Reviro os olhos e a conduzo pelo corredor. Somos recebidas por um turbilhão de atividades no instante em que entramos. No canto mais iluminado da sala, a Sra. Lee está sendo entrevistada por uma equipe de televisão. Meu pai e o Chef Anthony estão revendo a programação, e Jeannie não está por ali. Minha mãe se aproxima apressada assim que nos vê.

– Ah, aí estão vocês! Disse que ia ao banheiro!

– Desculpe, senhora Yang! Encontrei a Liza quando ela estava voltando – Grace afirma e a abraça rapidamente. – Perdemos a noção do tempo, a culpa foi minha.

Se fosse a situação contrária, minha mãe estaria me dando um sermão. Em vez disso, ela perdoa Grace imediatamente e aponta para sua bolsa.

– Pode tomar conta para mim até a Jeannie voltar, Grace? Liza vai estar ocupada julgando, e meu marido é muito distraído.

– É claro! Pode me dar.

Ela pendura a bolsa no ombro ao mesmo tempo que Chef Anthony guarda o celular.

– Ok, pessoal! Todos os concorrentes chegaram! Vamos começar!

Os repórteres tomam a nossa frente para se posicionarem no laboratório de confeitaria. Chef Anthony se dirige para lá, e Grace e eu o seguimos. Meu coração bate mais forte a cada passo, e uma fina camada de suor se forma em minha testa. Quando nos aproximamos da porta, Jeannie aparece e acena para nós. Grace me abraça e vai ao encontro de Jeannie.

As paredes dos dois lados da porta estão ocupadas por operadores de câmera, cada um escolhendo o melhor ângulo. Chef Anthony espera que eles terminem para entrar e fazer seu discurso ensaiado.

— Concorrentes, bem-vindos à Quinta Competição Anual de Confeitaria Júnior da Yin e Yang! Sou o Chef Anthony e dou as boas-vindas a todos ao Instituto de Culinária Bayou City. Este ano, tivemos um recorde de quinhentas inscrições! Dessas, selecionamos os dez confeiteiros juniores mais talentosos que Houston tem a oferecer. Sem dúvida, essa será nossa melhor competição até hoje, e estamos muito animados para descobrir do que vocês são capazes.

Ele para e olha para a porta, para criar um efeito dramático antes de continuar:

— Antes de começarmos, quero apresentar a vocês nosso estimado corpo de jurados. Em primeiro lugar, temos a mulher que, sozinha, mudou o cenário da confeitaria na cidade, sócia do Restaurante e Confeitaria Yin e Yang em Chinatown, a senhora Janet Yang.

Minha mãe entra na sala com uma altivez de realeza e um sorriso de boas-vindas. Chef Anthony espera até os aplausos cessarem antes de prosseguir.

— A seguir, temos o grande privilégio de contar com uma celebridade no júri este ano. Conhecida por proporcionar aos famintos do mundo todo deliciosos produtos de confeitaria, e sempre se apresentando com uma aparência fabulosa, por favor, recebam calorosamente a própria Mama Lee, senhora Teresa Lee!

Quando a vejo entrar com um ar de confiança que jamais terei, minhas mãos começam a tremer.

"Controle-se, Liza. Ou sua mãe nunca vai te perdoar."

E assim, do nada, meu cérebro começa a funcionar. Nada é mais motivador que o medo de desapontar sua mãe tigresa. Além do mais, se eu fizer alguma bobagem, posso esquecer qualquer possibilidade de ela concordar com a escola de culinária.

— E agora, se sintonizaram o *Space City Live* ao longo desta semana, sabem que há outra mudança empolgante no concurso este ano. Pela primeira vez, os desafios técnicos serão julgados também pela tricampeã da Competição de Confeitaria Júnior de Houston...

"Por favor, não fala. Por favor, não fala."

– ... Liza Yang.

Não acredito. Sem apresentação constrangedora? Sem a reprodução daquele perfil humilhante? Estou tão perplexa que esqueço de me mover, mas o olhar fixo de minha mãe finalmente me faz seguir em frente. Entro na sala quase correndo, e me obrigo a reduzir a velocidade nos últimos passos. Quando me aproximo de minha mãe, ela olha enfaticamente para minha boca. Demoro um instante para entender que quer que eu sorria. Distendo os lábios quando as câmeras se voltam para mim. Só então consigo ver os concorrentes deste ano.

– Put...

Engulo o resto do palavrão quando minha mãe segura meu braço com força.

– Não se atreva a me fazer passar vergonha – ela cochicha em meu ouvido.

Fazê-la passar vergonha? Eu? É brincadeira? Olho para as bancadas. Atrás de cada uma, tem um garoto asiático. A maioria olha diretamente para mim, e estremeço ao sentir os olhares vagando por meu corpo. Olho para Ben, que sorri e diz oi movendo os lábios.

"Sabe como é, vai ter menos dois com que se preocupar."

A gratidão me invade quando finalmente compreendo as palavras dele. De algum jeito, Ben sabia que isso aconteceria e fez o que pôde para me ajudar. Porém... ele não disse que a ideia foi de James? Me inclino um pouco e olho além dele, para a estação de James. Ele está ocupado organizando seu material na bancada de preparo, mas acho que percebe meu olhar, porque levanta a cabeça. Quando nossos olhares se encontram, ele desvia o dele.

Dirijo minha atenção ao restante da sala. Além das equipes de cinegrafistas, temos uma plateia pela primeira vez. Três fileiras de cadeiras se alinham diante da parede do lado esquerdo, e quase todos os assentos estão ocupados. Além de minha família e dos amigos, a família dos garotos, ou, mais precisamente, a mãe de cada um deles veio torcer. Lidar com elas não é menos difícil, já que me inspecionam como se eu fosse uma vaca premiada.

Ótimo. Isso vai ser muito divertido.

Chef Anthony pigarreia.

— Agora que as apresentações foram feitas, vamos às regras.

Eu me distraio enquanto ele explica as normas aos concorrentes. Por mais que eu esteja grata pela presença dos dois, Ben não me passou confiança quando perguntei sobre suas habilidades culinárias. Nenhum dos dois parece ser do tipo que sabe a diferença entre uma colher e uma espátula. Isso vale em dobro para James, que não parece nada entusiasmado com a ideia de sujar as mãos. Só um milagre os levará até o fim da competição. A voz retumbante do Chef Anthony me assusta e interrompe meus pensamentos.

— Agora, vamos ao momento que todos estamos esperando! Vamos conhecer os concorrentes!

Fecho os olhos e rezo por salvação.

Capítulo 15

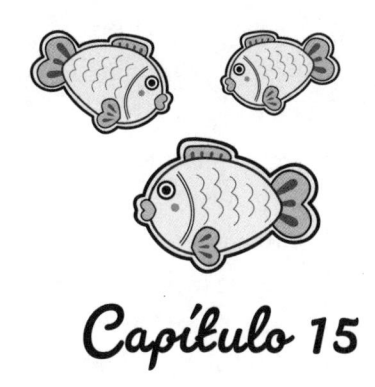

Vou para a primeira estação com minha mãe e a Sra. Lee. O concorrente número um tem um metro e sessenta e cinco de altura, mais ou menos, o que significa que os olhos dele batem no meu queixo. Com cabelo preto e desgrenhado e um brilhante aparelho ortodôntico, ele é definitivamente memorável. Meu sorriso falha quando noto a sujeira embaixo de suas unhas.

– Concorrente um, fale um pouco sobre você – minha mãe pede.

Ele coça a cabeça.

– Hum... meu nome é Harold Chang. Tenho dezessete anos e estudo na Memorial High School.

– Bem-vindo à competição, Harold! Há quanto tempo cozinha?

– Hum, não sei – ele resmunga. – Talvez alguns meses?

Como é que é? Ele disse alguns *meses*? Olho para minha mãe, que evita meu olhar enquanto faz mais perguntas.

– E o que mais o empolga na confeitaria?

Alguém aponta uma câmera para a cara dele, e o garoto encara a lente e abre e fecha a boca como um peixinho dourado em um aquário. A Sra. Lee pigarreia, mas ele nem se move.

– Hum... voltamos mais tarde, Harold! – ela diz. – Vamos continuar.

Na estação dois, conhecemos Jay Huang. Todo de preto, ele é magro e tem as laterais da cabeça raspada. O cabelo, na parte superior, está preso em um rabo de cavalo. As unhas pintadas combinam com o figurino, mas nos impedem de ver se são mais limpas que as de Harold.

– Tem... tem certeza de que você é Jay?

Ele dá de ombros.

– Sim.

– Mas sua foto... – Minha mãe engole em seco. – Você parece muito... diferente nela.

– Que foto?

– Aquela em que está de camisa branca e gravata preta.

– Ah, sim, essa é, tipo, muito antiga... Do ano passado, talvez? – ele admite, revirando os olhos. – É a que a gente manda para a minha avó todo Natal, porque ela tem o coração fraco. Mas este aqui sou eu de verdade.

Perplexa, minha mãe tenta pensar em uma resposta adequada.

"Bem feito por tentar arrumar namorados para mim."

Felizmente, a Sra. Lee interfere com seu sorriso controlado.

– Bem, Jay. Como acha que vai se sair na competição?

Ele pega uma colher de medida e franze a testa.

– Tenho certeza de que vou ser o primeiro eliminado. Só estou aqui porque minha mãe me obrigou.

– Quer dizer... que não tem muita experiência com confeitaria, então?

– Só se considerar as coisas boas – ele responde, mexendo as sobrancelhas. – Tipo brownie, sabe?

Alguém na plateia solta um guincho alto. Viramos e vemos uma mulher – imagino que seja a Sra. Huang – balançando um dedo para ele. Quando a câmera a enquadra, ela inclina a cabeça e mexe no brinco.

Jay revira os olhos.

– Estou brincando, é claro. Meu corpo é um templo.

Minha mãe não consegue decidir se dá risada ou faz cara feia. Eu faço o possível para evitar rir, e a Sra. Lee nos conduz à terceira estação. O concorrente três veste uma camisa social quase no mesmo tom de azul do meu vestido. Ele é alto, pelo menos uns seis centímetros maior que eu, e usa óculos de moldura fina. Os olhos castanhos cintilam quando ele sorri, e reconheço: ele é bonitinho de um jeito meio *geek*.

Não que eu vá dizer isso à minha mãe, nunca.

– Bom dia, juradas.

Ele estende a mão para cada uma de nós, mas segura a minha um segundo além do necessário.

Minha mãe relaxa visivelmente.

– Seu nome é Edward, certo?

Ele olha rapidamente para a câmera por cima do ombro dela antes de responder:

– Sim. Meu nome é Edward Lim. Acabei de me formar no ensino médio, e vou para a Universidade Rice no outono. Quero ser médico. No passado, a confeitaria era só uma diversão, mas minha intenção é fazer de tudo para ganhar.

Edward recita a última frase olhando diretamente para mim. Lim... Lim... espera. Ele é parente do Reuben? Olho com mais atenção. Não. Ele é muito... normal.

– Maravilhoso! – responde a Sra. Lee. – É um prazer conhecê-lo. Estamos ansiosas para ver o que vai apresentar.

A seguir, temos um par de gêmeos, David e Albert Kuan. Honestamente, não sei quem é quem. Eles usam roupas idênticas e dividem o cabelo exatamente do mesmo jeito. A Sra. Lee os cumprimenta com o sorriso que é sua marca registrada.

– Olá, rapazes.

– Olá. É um prazer estar aqui, senhora Lee, senhora Yang e Liza.

Eles falam como se fossem uma só pessoa, em uníssono a cada sílaba, e me arrepio com a vibe *O Iluminado*. Minha mãe deve ter escolhido a dupla pensando que as chances de sucesso dobrariam. Eu acho que ela tem o dobro de chances de fracassar.

O concorrente na estação número seis é consideravelmente mais baixo que nós três. Com pouco mais de um metro e meio, ele passa todo o tempo da apresentação olhando para o meu peito. Sim, ele faz a mesma coisa com as outras duas juradas, mas não deixa de ser muito incômodo. Escuto o nome dele – Timothy alguma coisa – e decido que vou eliminá-lo o mais depressa que puder. Prefiro o Harry Sujo da estação um. Minha mãe faz uma careta.

– Timothy. Sua inscrição diz que você tem dezoito anos.

– Sim, porque tenho.

Ele lança um olhar desafiador. Se minha mãe pudesse exigir de forma educada uma comprovação, já estaria com a carteira de motorista do garoto na mão. Em vez disso, ela oferece um sorriso desanimado.

– Hum, boa sorte hoje.

Ela passa à estação número sete antes que a Sra. Lee possa perguntar alguma coisa. Quando a luz é apontada para o menino, ele parece pronto para sair correndo. Seus olhos escuros são grandes, e o nariz achatado. As bochechas redondas são cobertas de sardas que me fazem pensar nas sementes de gergelim que salpicamos nos pãezinhos. A Sra. Lee leva alguns minutos para tirar uma resposta dele.

– Eu... – Ele fala tão baixo que todas nós chegamos mais perto para ouvi-lo. – Hum, meu nome é Michael... Zhou. Dezesseis anos. Mudei para Houston no mês passado. Espero fazer alguns amigos aqui.

Sinto pena dele. Nem todo o talento do mundo vai salvá-lo se ele ceder à pressão. A Sra. Lee deve se sentir como eu, porque bate de leve na mão dele.

– Não fique nervoso, Michael. Relaxe e respire fundo. Vai ficar tudo bem.

Ele sorri acanhado.

– Obrigado, senhora Lee. Vou tentar.

Mal chegamos à estação número oito quando o concorrente nela começa a falar.

– Meu nome é Sammy Ma. Vou fazer dezoito anos em setembro e estou ansioso pelo desafio do pão, porque vou usar a receita da minha avó. – Ele vira para a câmera e acena sorrindo. – Oi, vó!

Sammy tem as bochechas mais redondas que já vi. Elas dominam o restante dos traços e imploram por um beliscão. Ele parece muito o filho naquele curta da Pixar, *Bao*.

– Muito bom. Vamos torcer para você chegar lá – minha mãe declara. – Vamos ao nosso próximo concorrente.

Finalmente é a vez de Ben. Ele sorri para mim e para minha mãe, mas vacila quando olha para a Sra. Lee. Sem perceber isso, minha mãe o cumprimenta.

– Olá! Conte um pouco sobre você.

O Ben charmoso reaparece, mas seus olhos permanecem fixos em minha mãe enquanto fala:

– Meu nome é Ben Chan. Tenho dezoito anos e me mudei recentemente da cidade de Nova York.

A Sra. Lee o interrompe, porém fala tão baixo que chego a me perguntar se ouvi direito o comentário.

– Há quanto tempo, Ben.

Ele assente educado.

– Olá, senhora Lee. É um prazer revê-la.

– Se me lembro bem, você leva jeito para a confeitaria. Vou acompanhar seu trabalho de perto.

Talvez seja imaginação minha, mas tem uma nota ríspida em seu tom. Quando Ben sorri, percebo que o sorriso é falso.

– Obrigado.

Tento atrair sua atenção, mas ele abaixa a cabeça. Sem opção, sigo para a última estação. O avental de James é curto demais para sua estatura, algo que eu não tinha notado até agora. Apesar disso, sua postura ereta e a expressão séria não abrem espaço para brincadeiras.

– Eu devia saber que, se Ben está aqui, você também estaria.

Olho para a Sra. Lee. A hostilidade em sua voz é inquestionável. Minha mãe e eu nos olhamos. Ela não costuma abandonar a persona empolgada, especialmente diante de uma câmera. O olhar de James é igualmente intenso quando ele responde:

– Tenho a impressão de que é a senhora quem está sempre nos seguindo.

– Ah, concorrente número dez – minha mãe interfere em voz alta. – Qual é o seu nome?

– James Wong.

A Sra. Lee ameaça dizer alguma coisa, mas ele a silencia com um olhar afiado. Estou chocada demais para rir. Chef Anthony corta a tensão batendo palmas.

– Então, vamos começar?

A Sra. Lee encara James por mais um segundo antes de ir ao encontro de nosso apresentador. Minha mãe e eu a seguimos e paramos do outro lado dele.

– Muito bem, concorrentes, ouçam! O tema da primeira rodada é cookie. Senhora Yang, por favor?

Minha mãe dá um passo à frente e projeta a voz para ser ouvida por todos os presentes.

– O desafio técnico é reproduzir minha receita de cookie de matcha. Os cookies devem ter uma textura aerada, não podem ser excessivamente doces e devem ter a dose exata do sabor de matcha. Lembrem-se: fornecemos a vocês a maior parte da receita, mas ela não está completa. Vocês têm uma hora e meia a partir de... agora!

Assim que os dez concorrentes começam o preparo, ela olha para mim. Leio a provocação em seus olhos.

Ok, mãe.

Que comecem os jogos.

• • •

Pouco mais de uma hora depois, já estamos nos aproximando do fim do tempo destinado ao preparo da receita. Minha mãe e eu aguardamos no corredor para garantir que a avaliação seja impessoal, enquanto a Sra. Lee e Chef Anthony ficam dentro da sala para evitar trapaças.

– O que acha dos concorrentes este ano, Liza? – minha mãe pergunta.

Cerro os punhos no colo e engulo a resposta automática.

– Acho que é cedo demais para fazer previsões. Vamos ter uma ideia melhor depois dessa rodada.

Ela franze a testa.

– Não foi isso que eu perguntei.

– Eu sei.

Continuo olhando para a parede à frente. O silêncio entre nós fica tenso, pesado. Quando Chef Anthony faz a contagem regressiva, eu me levanto.

– Três, dois, um, afastem-se da estação!

O barulho de vasilhas e utensílios sendo largados marca o fim da primeira rodada técnica. Damos aos concorrentes alguns minutos para arrumar seus pratos sobre a mesa. Minha mãe substituiu o altar xadrez por uma toalha de mesa com o logo da confeitaria. Ela estava muito orgulhosa quando me mostrou a toalha que chegou pelo correio.

– É uma boa publicidade.

Eu acho que o concurso levar o nome do Yin e Yang já é suficiente, mas ela sempre faz algo a mais.

Mexo na manga do vestido até o Chef Anthony aparecer no corredor. Minha mãe e eu assumimos nossos lugares atrás da mesa, enquanto os concorrentes ficam de frente para nós em ordem aleatória. Combato a náusea quando vejo as unhas sujas de Harold. Tem mais dois concorrentes com problemas igualmente sérios de higiene, sem contar Jay, o Gótico.

Sem hesitar, minha mãe pega o biscoito do lado direito da mesa. Ela o segura e examina.

– Queria ver um formato mais parecido com uma flor – comenta –, mas vamos analisar o sabor.

Se esse biscoito é do Harry Sujo, ele está disfarçando muito bem. Sinto o impulso de bater na mão da minha mãe para jogar o biscoito longe, mas resisto enquanto ela mastiga. Ela olha para mim e, com grande relutância, pego um biscoito. Mordo um pedacinho suficiente para julgar e nada mais.

Ela me encara.

– O que acha, Liza?

Vai ficar tudo bem. Tem uns setenta por cento de chance de o confeiteiro que fez esse cookie ter as mãos limpas, afinal. Mas esse pensamento não ajuda muito a me tranquilizar.

"Sempre se pode resolver com antibiótico."

Me obrigo a engolir o pedaço ofensivo antes de falar:

– A consistência poderia ser melhor. Acho que não peneirou os ingredientes secos. O sabor é aceitável, mas doce demais. E a decoração... não existe.

Minha mãe sorri quase com orgulho.

– Concordo. Vamos ao próximo.

O prato seguinte contém porções moles de massa tão crua que chego a duvidar que tenham ido para o forno. Ninguém se anima com a ideia de experimentar os cookies, mas minha mãe se sacrifica por mim. Seu rosto me diz tudo que preciso saber. Olho para os concorrentes.

– Ficaram pouco tempo no forno, não assaram. Também não têm o formato solicitado. O que vemos aqui é resultado de dificuldades para administrar o tempo.

Prato após prato, vamos experimentando e julgando. Minha mãe não discorda de mim nem uma vez, e isso me deixa surpreendentemente desconfortável. Na oitava receita, finalmente encontro biscoitos feitos com precisão. Minha mãe arqueia as sobrancelhas quando os experimenta, num gesto promissor. Quando mordo um pedaço, é como se o céu explodisse na minha boca.

— Quem fez este aqui sabia o que estava fazendo. A massa tem a espessura certa para manter o formato do cortador. Foi perfeitamente assado, e o sabor de matcha está equilibrado. As tiras de chocolate branco com infusão de laranja sobre o biscoito são precisas. Ficou delicioso.

Os cookies no prato ao lado são quase igualmente deliciosos, mas a decoração não tem a elegância do meu favorito. Classificamos os biscoitos com base na degustação e anunciamos os resultados. Minha mãe faz as honras.

— Número dez é este aqui — ela diz, apontando para a massa crua. — Quem preparou?

Jay levanta a mão. Elas estão cobertas de farinha, e vejo restos de alimento colorindo o rosto e os braços. Apesar da primeira impressão que nos passou, ele deve ter se esforçado.

— Ah. Você não foi bem nesta rodada, mas sempre tem a prova criativa — minha mãe diz a ele.

O nono lugar é do Timothy. Suspiro aliviada ao descobrir que os biscoitos crus não eram dele. Minha mãe anuncia o restante da classificação rapidamente, até chegarmos ao primeiro e segundo lugares.

Ela aponta para o último prato que provamos.

— O segundo lugar é do confeiteiro que preparou este biscoito.

Ben levanta a mão com um sorriso gigantesco, superando o nervosismo.

— Muito bom. Só um pequeno problema com a textura. Quando encontra a língua, o biscoito deve quase se desfazer.

O vencedor é óbvio antes de ser anunciado. Balanço a cabeça incrédula.

— Isso significa que o vencedor de nossa primeira rodada técnica é James. Parabéns!

Ele sorri. Os lábios unidos se distendem ligeiramente, e a covinha faz uma rápida aparição. Desvio o olhar rapidamente, irritada comigo por notar.

— Ok! Uma hora de intervalo — minha mãe anuncia. — Sugiro irem ao banheiro, porque, depois que começarmos a próxima rodada, não terão outra chance.

Os dez garotos saem da sala acompanhados pelas famílias. Uma energia nervosa domina o corredor, com os concorrentes trocando olhares. Chef Anthony se afasta para atender a um telefonema, enquanto a Sra. Lee sai para saber como estão as coisas em sua nova loja. Jeannie, Grace e Sarah continuam sentadas perto de uma parede. Meu pai entra na sala alguns minutos depois. Ele sorri e mostra suas sacolas de plástico branco.

– Trouxe o almoço. Vamos para a sala de descanso.

Nós quatro corremos atrás dele, mas eu paro na porta.

– Você não vem, mãe?

Ela balança a cabeça.

– Não estou com fome. Podem ir.

Saio da sala para o corredor vazio. Ou melhor, quase vazio. Ouço passos se aproximando da outra ponta. Quando vejo quem é, fico animada.

– Nathan?

Espero ele me alcançar. Nathan sorri.

– Oi de novo.

– Pensei que tivesse compromisso.

– Eu tinha, mas a aula de fotos acabou mais cedo, uma câmera quebrou. Vim buscar a Jeannie para almoçar, mas ela acabou me convidando para comer aqui.

– Ah, então você se deu bem – aviso. – Meu pai que fez a comida.

• • •

Terminamos de comer vinte minutos antes do horário previsto para o retorno dos concorrentes. A essa altura, Nathan e meu pai já partilharam piadas ruins suficientes para o resto da vida. Apesar das gracinhas, Grace e Sarah decidiram que ele é bom o bastante para escapar do martelo de carne no futuro. Jeannie o acompanha de volta ao carro, enquanto nós retornamos ao laboratório de confeitaria.

Minha mãe pode não ter comido nada, mas também não ficou sentada nem ociosa. Pelo menos cinco das dez estações foram completamente limpas e preparadas para a receita criativa.

– Você podia me ajudar. – Ela aponta para os carrinhos vazios ali perto.

– Não temos muito tempo antes de eles voltarem.

Meu pai e Jeannie limpam uma estação cada, e eu cuido de outra. Tiramos todos os recipientes e utensílios sujos e limpamos as superfícies. Depois substituímos tudo e medimos os ingredientes relacionados na receita original de cada participante. Grace e Sarah se oferecem para me ajudar, o que minha mãe percebe. Faltam só as últimas duas estações quando Sarah sai para ir ao banheiro. Ela passa por Ben e James na volta. Ben arregaça as mangas para limpar sua estação.

Minha mãe faz um ruído de reprovação.

– Ben, não precisa fazer isso. Você é competidor. Esse trabalho é nosso.

– Por favor, senhora Yang, eu faço questão.

Ele a encara com tanta franqueza que minha mãe concorda. Percebo que ela já está tramando alguma coisa, e sorrio para mim mesma. Em algum momento ela vai perceber. Como previ, alguns minutos depois, Ben ajeita o cabelo de Grace atrás da orelha, e o brilho se apaga nos olhos de minha mãe, que suspira enquanto eles conversam em voz baixa, bem perto um do outro.

Estou tão ocupada saboreando minha satisfação que demoro para perceber a presença de James do outro lado da estação onde estou. Ele desabotoa os punhos da camisa, e surpreendentes ondas de calor percorrem meu corpo. Fico tão certa de que o forno da estação está ligado que verifico os botões. Estranho, tudo desligado.

James pigarreia.

– Como posso ajudar?

Hesito por um instante, depois aponto um pano limpo no carrinho.

– Vou tirar tudo, e você limpa a bancada.

Ele concorda com a cabeça. Remove tudo o que foi usado e os restos de ingredientes, e ele passa o pano na superfície de aço inox. Enquanto ele limpa a bancada com grandes movimentos circulares, observo fascinada como sua camisa se estica sobre os músculos. Demoro um segundo para perceber que ele me fez uma pergunta.

– O... o quê?

Ele inclina um pouco a cabeça.

– Posso ajudar em mais alguma coisa?

– Ah, hum... Só preciso pegar utensílios limpos e seus ingredientes.

– Eu cuido dos ingredientes. Conheço a receita de cor.

Alguns dias atrás, eu teria percebido vaidade em sua voz. Hoje tem alguma coisa... diferente em suas palavras. Me pego olhando para ele de novo e tusso constrangida.

– Ok, é isso. Confere suas coisas, e eu cuido do resto.

Na pressa de pegar um novo jogo de utensílios, tropeço no cadarço desamarrado. Meu corpo cai para a frente em velocidade vertiginosa, mas sou amparada e salva de cair de cara. Meu coração está batendo no dobro da velocidade normal quando James me põe em pé. Ainda com um braço em torno da minha cintura, ele olha para mim.

– Tudo bem?

Seu hálito, quente como o vapor de um *bao* que acabou de sair do forno, toca meu rosto. Assinto uma vez. Não me sinto capaz de falar. Ele diminui a pressão do braço, e eu me afasto. Com medo do que vou ver se olhar para ele, uso o carrinho como apoio ao me dirigir ao local onde são armazenados os utensílios limpos. Quando tudo está dentro do carrinho, repasso minha lista mental antes de voltar à estação.

Concentro-me em colocar tudo na mesma posição de antes. Os dedos de James tocam os meus quando ele alcança o último objeto, uma tigela de vidro. Removo a mão e a fecho junto do corpo. Alguma coisa perpassa por sua expressão antes de ele encaixar a vasilha na batedeira com todo o cuidado.

– Obrigado.

– Não foi nada – resmungo.

O sorriso dele é uma surpresa, e sigo a curva ascendente de seus lábios. Os olhos castanhos de James pousam nos meus por um breve segundo, e outra onda de calor me invade. Confusa e desesperada por um pouco de ar, interrompo o contato visual e empurro o carrinho para o canto. Saio da sala, mas não antes de ver Ben e Grace sorrindo para mim.

Uma vez lá fora, fecho os olhos e me apoio na parede fria. Pouco depois, sinto Grace ao meu lado. O perfume de baunilha e mel invade meu olfato.

– Então...

– Nem vem.

Ela ri.

– Como sabe o que eu vou dizer?

– Você é minha melhor amiga. Eu te conheço.

Ela faz uma pausa, depois inspira.

– Quer que eu fale com o Ben sobre isso?

– Não, a menos que queira que este seja seu último dia na Terra.

– Ah, fala sério! Vocês dois ficariam fofos juntos!

Finalmente abro os olhos e a encaro.

– Grace, para, por favor. Já tem uma casamenteira no meu pé.

– Só queria te ver tão feliz quanto eu estou.

– Quem disse que não estou feliz? Tenho a melhor amiga do mundo. – Eu a abraço. – Isso é suficiente para mim.

Grace tenta me empurrar, mas eu a seguro com força. A voz dela soa abafada contra o meu ombro.

– Você é muito tonta.

– Mas você me ama.

Ela se afasta e ri.

– Mas eu te amo.

Olho para a porta e estufo o peito.

– Muito bem. Vamos acabar com isso.

Capítulo 16

Quando o intervalo termina, os outros competidores voltam e se juntam a Ben e James no laboratório de culinária. Edward é o último a entrar, acompanhado por Sarah. Ela ri de alguma coisa que ele diz, mas minha mãe o encara e ele abandona minha amiga imediatamente e assume seu posto atrás da estação. Sarah o segue com um olhar confuso, antes de voltar ao seu lugar no fundo da sala.

Os jornalistas ocupam suas posições quando Chef Anthony entra com a Sra. Lee. Com minha tarefa do dia cumprida, decido assistir à etapa na plateia. Jeannie mostra uma cadeira vazia ao lado dela na fileira do fundo.

– Guardei para você.

Sorrio agradecida.

– Obrigada.

Grace senta ao meu lado, e Sarah troca de lugar para sentar na nossa frente. De onde estou, tenho uma visão completa das dez estações móveis. Jeannie baixa a voz, de forma que só nós três possamos ouvi-la:

– Estou imaginando coisas, ou tem algo rolando entre a senhora Lee e os concorrentes nove e dez?

Balanço a cabeça.

– Não está imaginando.

– Ouviu a conversa entre eles? – Grace me pergunta.

– Ouvi, mas não tem nada que valha a pena repetir. – Então, penso melhor e franzo o cenho. – Isso não é verdade. A senhora Lee comentou alguma coisa sobre James estar sempre perto de Ben, e ele ficou irritado.

– Sério? O que ele respondeu?

– Alguma coisa sobre a senhora Lee ter seguido os dois até Houston. Ela também fica intrigada.

– Isso é estranho. Temos que perguntar a eles sobre essa história mais tarde.

– Competidores – grita o Chef Anthony –, esta é a etapa criativa! A senhora Lee e a senhora Yang esperam que nos brindem com sua interpretação de um biscoito decorado. Todas as partes devem ser comestíveis, e oitenta por cento da arte deve ser feita com massa de biscoito. Elas esperam pelo menos dois sabores, e a peça deve ser decorada com capricho. Vocês têm três horas. Podem começar!

Os repórteres permanecem nos primeiros quinze minutos para registrar o preparo, depois vão saindo um a um. Harold, que nunca lava as mãos – agora tenho certeza –, não demora vinte minutos para fazer uma tremenda bagunça em sua área de trabalho. Ele acrescenta e mistura grandes quantidades de ingredientes sem nenhum cuidado, o que não resulta em uma boa massa. Mesmo assim, meu coração para quando ele derruba uma fornada inteira de biscoitos no chão ao tirar a assadeira do forno com as mãos desprotegidas.

Imediatamente, as pontas de seus dedos são cobertas por bolhas brancas, e ele dá um grito que faz todo mundo parar o que está fazendo. Chef Anthony o manda para o atendimento médico, no corredor. Segundos depois, uma mulher meio histérica percorre com dificuldade nossa fileira para ir atrás dele. Deve ser a mãe do Harry Sujo. Chef Anthony volta e cochicha algo para minha mãe e a Sra. Lee. Pena eu não saber ler lábios, porque, pela primeira vez, elas parecem estar de acordo, e ambas exibem a mesma expressão preocupada.

De repente, alguém solta um palavrão à nossa esquerda. Timothy, no canto mais afastado, joga furioso na lata de lixo uma fornada de biscoitos mal assados. Ele pega uma bola de massa e ameaça descartá-la também quando uma mulher que poderia ser sua irmã mais velha levanta da cadeira e grita:

– Para com isso! É só começar de novo!

O protesto é ignorado. Timothy joga a massa no lixo. Depois pega o que sobrou dos ingredientes e olha diretamente para ela.

A mulher se levanta de novo.

– Não se atreva a jogar isso fora, Timothy Allen Gao! Você veio para vencer!

– Senhora, não permitimos interferência – avisa o Chef Anthony. – Se voltar a se manifestar, terá que se retirar.

– É, mãe – Timothy acrescenta debochado. – Não precisa me dizer o que fazer. Eu desisto!

Depois ele arranca o avental e o joga no chão. Um silêncio perplexo recai sobre a sala conforme ele sai. A Sra. Gao tenta diminuir a importância do ocorrido.

– Ele fica desse jeito quando não dorme o suficiente.

A mulher corre atrás dele, e mal termina de atravessar a porta quando grita o nome do garoto:

– Timothy! Volte aqui imediatamente!

Chef Anthony olha para os concorrentes restantes e abre um sorriso tenso.

– Continuem, por favor.

Por alguns segundos, nem o barulho de várias batedeiras ligadas é suficiente para abafar a gritaria da briga do lado de fora. Depois de um tempo ouvimos uma porta bater, e a Sra. Gao reaparece na entrada da sala. Está vermelha e descabelada, como se tivesse tentado arrastar o filho de volta. Ela acena para Chef Anthony, que se aproxima dela. Dessa vez consigo captar algumas palavras.

– Timothy... não se sente... desculpa... outro dia... recomeço...

Ele balança a cabeça lentamente de um lado a outro. A Sra. Gao insiste em falar com as juradas, e repete para elas o que disse a ele. A Sra. Lee transfere a responsabilidade da decisão para minha mãe, que dá de ombros como quem não pode fazer nada para ajudar. Esgotadas as opções, a mãe de Timothy se retira bufando. Nenhum dos dois volta. Sinto uma batida no meu ombro.

– O que acha que a mamãe vai fazer agora? – Jeannie cochicha.

– Sei tanto quanto você.

Sarah se vira para nós.

– Isso já aconteceu antes?

— Não. Nunca tivemos desistentes, muito menos no primeiro dia.

Mordo o lábio inferior. Depois de fazer tanta questão de um concurso perfeito, por que minha mãe escolheu confeiteiros tão claramente incompetentes? Ou ela está convencida de que vou levar para casa aquele sósia tatuado do Ed Sheeran, ou esses garotos mentiram sobre suas habilidades de confeiteiro. Por outro lado, sei que algumas dessas mães, se não todas, seriam capazes de preencher o formulário de inscrição dos filhos.

O restante da etapa criativa transcorre sem dramas. Ben, James, Edward e Sammy parecem ir bem com os biscoitos. Jay mistura uma quantidade absurda de cobertura preta na batedeira, enquanto Michael fala sozinho e olha para as mãos trêmulas. Os gêmeos estão atrasados, e um deles – talvez Albert – ainda está assando os biscoitos enquanto o irmão se esforça para obter a consistência e a cor certas do glacê.

— Vocês têm quinze minutos! – Chef Anthony anuncia. – Faltam quinze minutos!

A sala é tomada pelo caos. As mães na plateia não se contêm e incentivam os filhos, gritando palavras de encorajamento enquanto os garotos dão os últimos toques em seus biscoitos decorados. James está sentado em sua banqueta, bebendo tranquilamente um copo de água, como se sua estação fosse o olho de um furacão. Não tem um grão de farinha ou mancha de comida colorindo seu avental, e sua estação está limpa e organizada. Tento enxergar os biscoitos, mas seu corpo está na frente. Pouco tempo depois, Ben levanta as mãos após espalhar a última camada de cobertura, e os dois primos se cumprimentam com um high five.

— E... tempo esgotado! – Chef Anthony anuncia. – Afastem-se dos biscoitos!

Alguns concorrentes jogam a espátula em cima da bancada, enquanto outros olham para suas criações como se esperassem vê-las ganhar vida. Chef Anthony dá um passo adiante.

— É hora de nossas juízas avaliarem o desempenho de vocês. Harold...

Ele para, lembrando o problema de Harry Sujo com o forno.

— Ah, é verdade. Hum... Jay, por favor, traga seu biscoito decorado à mesa.

Engulo uma gargalhada quando ele apresenta uma aranha preta e peluda com as letras R.I.P. rabiscadas em vermelho. O manejo do bico de confeiteiro deixa muito a desejar, mas esse é o menor dos problemas. A Sra. Lee e minha mãe se negam a chegar perto do prato.

— Hum, Jay... o que o inspirou a preparar essa peça? — minha mãe pergunta, a voz meio esganiçada.

— Gosto muito do Aragogue, de *Harry Potter*. É uma homenagem a ele.

Chef Anthony é obrigado a fazer as honras. Ele corta o biscoito em dois pedaços e os oferece às juízas. Minha mãe precisa fechar os olhos para dar uma mordida, enquanto a Sra. Lee vira de costas para o biscoito. Esperamos o veredicto em silêncio.

— É... muito criativo — a Sra. Lee diz finalmente. — Mas um pouco exagerado, para mim. A aparência não é das mais atraentes.

Minha mãe encara Jay.

— Fez... fez os olhos com gotas de chocolate?

— Sim — ele responde orgulhoso. — Acho que dão vida a ele.

— É verdade — Chef Anthony concorda com simpatia. — Obrigado, Jay. Pode se sentar.

Jay vira para voltar à sua estação, mas minha mãe o chama.

— Leve o seu... Arago.

— O nome dele é Aragogue.

— Sim, sim, que seja. — Ela acena. — Por favor, leve.

Jay atende ao pedido, mas passa o restante da avaliação olhando feio para minha mãe. Empoleirado em sua banqueta com delineador preto nos olhos e o queixo para dentro, a única coisa que lhe falta para lançar uma Maldição Cruciatus é a varinha. Chef Anthony chama o próximo concorrente:

— Edward, mostre para nós o que fez.

Edward se dirige à frente e deposita seu prato na mesa. Ele fez um camafeu com o biscoito e pintou seu modelo apenas com glacê de cobertura. É impressionante, mas seria mais ainda se ele tivesse colorido o glacê, em vez de deixá-lo branco. Grace estreita os olhos e então bate no meu braço.

— Ai, meu Deus. Acho que é você!

— Não, não é. De jeito nenhum...

Minha negação se desfaz imediatamente quando o Chef Anthony ergue o cookie gigante para todo mundo ver. A garota retratada nele é uma cópia perfeita da minha foto no panfleto, inclusive com o sorriso tenso. Começo a enxergar tudo turvo, e minha mãe aplaude.

– Que coisa linda! A semelhança... é tão impressionante!

No minuto em que ela diz isso, todos na sala olham para mim. Não sei como não entro em combustão espontânea de tão vermelha que fico.

"Tocha Humana, ativar."

Olho para minhas mãos. Droga. Nem uma fagulhinha.

Felizmente, a Sra. Lee pigarreia e atrai a atenção para a frente da sala.

– É bem minucioso, Edward. Estou impressionada com a quantidade de detalhes. Mas é claro que tudo depende do sabor.

Me contraio quando Edward quebra a cabeça do Biscoito Eu para dar os pedaços às juradas. Minha mãe mastiga com entusiasmo um olho, e o meu treme em solidariedade. Supero o fator macabro e me concentro na qualidade do preparo. O biscoito esfarela com muita facilidade, na minha opinião, e a camada de glacê é espessa demais.

– De que sabor é o cookie? – a Sra. Lee pergunta educadamente.

– O cabelo é cookie americano tradicional, e o rosto é amanteigado de canela.

– Acho que foi um erro escolher dois sabores tão semelhantes – ela diz, devolvendo ao prato o restante de seu pedaço. – Se não tivesse me contado, eu teria presumido que era um sabor só.

Minha mãe sorri.

– Eu consegui distinguir os dois sem problema nenhum – ela comenta. – Devia ter tirado um pouco do glacê da cobertura primeiro.

Um sorriso felino distende o rosto da Sra. Lee.

– Ah, concordo completamente. O glacê está bem pesado.

Os olhos de minha mãe focam rapidamente as facas da cozinha, enquanto a Sra. Lee olha para a sala. Para sorte dela, Chef Anthony oferece uma distração.

– Obrigado, Edward. Muito bom. Agora, David, gostaria de nos mostrar seu trabalho?

Ele faz uma careta.

– Na verdade, meu cookie é só metade da criação.

– E a outra metade?

– É o meu! – Albert anuncia, erguendo a mão.

Minha mãe aperta a ponte do nariz e suspira. Murmúrios ecoam pela sala.

– Que ideia singular.

– Isso não é justo! – grita uma das mães.

– Isso é permitido? – pergunta outra.

Chef Anthony ergue a mão para silenciar a plateia.

– Essa é uma situação incomum. Por favor, esperem um minuto enquanto consulto as juradas.

Eles conversam em voz baixa, enquanto os dois meninos esperam. Uma mulher desengonçada sentada na nossa frente tenta ouvir o que eles dizem. Ela parece ter uns quarenta e poucos anos e veste uma camiseta customizada com os nomes dos dois garotos nas costas.

– Deve ser a mãe deles – Jeannie fala baixinho.

– Nossa, o que fez você chegar a essa brilhante conclusão?

Ela me responde com uma cotovelada nas costelas, e eu cubro a boca com a mão e rio. A mãe dos gêmeos ouve mesmo assim e vira para trás de cara feia. Abaixo a cabeça, e Chef Anthony dá um passo à frente.

– As juízas tomaram uma decisão. Como hoje é o primeiro dia, elas vão permitir que David e Albert apresentem suas criações juntos. – E olha para os gêmeos. – No entanto, se seguirem na competição, cada um de vocês terá que preparar uma receita própria.

David se anima consideravelmente, enquanto os ombros de Albert caem. Os dois levam os cookies para a mesa e os colocam lado a lado. Minha mãe levanta as sobrancelhas.

– Yin e Yang. Que... bom.

– Não – Grace reage. – Eles não fizeram isso.

Sim, fizeram. Cada gêmeo tem metade do símbolo – David tem o yin, Albert, o yang.

– O meu cookie é de limão e glacê branco – Albert anuncia. – O de David é de chocolate com glacê preto.

– Entendo – diz a Sra. Lee. – E os pontos têm o sabor oposto?

– Ah...

– Viu? Eu disse que a gente devia ter feito isso! – David se irrita. – Mas não, você quis fazer do jeito mais fácil!

Os dois começam a discutir como crianças. A mãe fica sem fala, ou está acostumada com as brigas, porque assiste a tudo sem mover um músculo. Minha mãe finalmente os interrompe:

– David! Albert! Esse comportamento não é aceitável para os nossos concorrentes!

Eles recuam ao mesmo tempo. Albert olha para a mãe, que desvia o olhar. Ele cruza os braços e bufa, enquanto David o encara com uma expressão provocativa. A Sra. Lee tenta recuperar o controle da situação.

– Gosto da iniciativa que adotaram na prova, usando o nome da competição como inspiração. Muito criativo.

Albert fica radiante, ao passo que David – provavelmente o gêmeo mais reservado – se acalma apenas um pouco. A Sra. Lee pega um pedacinho de cada lado, e minha mãe a imita. O cookie de Albert é mais desafiador, e nós vemos as duas mastigando por um tempo, antes de engolir. A Sra. Lee bebe um gole de água e olha para sua colega de júri.

– Senhora Yang, o que acha?

Minha mãe endireita as costas até chegar à sua estatura máxima – um metro e cinquenta e oito – e levanta o queixo. Os dois meninos são mais altos que ela, mas se acovardam sob aquele olhar.

– Teria sido melhor se tivessem aromatizado o glacê, em vez de apenas colorir a cobertura. Albert, seu cookie assou demais e ficou muito seco. David, o seu tem a textura certa, e o chocolate se destaca. Bom trabalho.

Nenhum dos irmãos esperava uma avaliação tão objetiva. As orelhas de Albert ficam vermelhas, as bochechas tremem como um balão inflado pela metade. David, por outro lado, finalmente sorri.

– Concordo com a senhora Yang sobre o glacê – começa a Sra. Lee –, mas gostei do intenso sabor de limão no seu cookie, Albert. Se passar para a próxima etapa, espero que preste mais atenção ao tempo de forno.

Chef Anthony os manda de volta a seus respectivos lugares, e Albert desmorona. Depois, gesticula chamando Michael, mas o concorrente balança a cabeça com vigor. Chef Anthony se aproxima da estação dele.

– Precisa de ajuda para levar...

As palavras morrem em sua garganta quando vê a criação de Michael.

– Esses não são seus cookies da etapa técnica?

— Eu me esforcei muito, mas derrubei água no papel — ele explode, quase chorando. — Minha mãe passou a noite toda...

Uma mulher encorpada no fim da nossa fileira começa a tossir de repente, uma tosse violenta. Michael abandona sua estação e corre para perto dela.

— Mamãe! Você está bem, mamãe?

— Estou bem, amorzinho — ela diz com as bochechas vermelhas. — Vou ficar bem. Volte lá e apresente seu prato.

— Mas ele não chega nem perto do que você planejou para a decoração!

Exclamações ecoam pela sala. Não é proibido usar receitas de família, mas os concorrentes devem criar a própria decoração. Com o rosto de Michael molhado de lágrimas, Chef Anthony o chama de volta à mesa com sua bandeja. Minha mãe ajeita as mangas enquanto pensa no que dizer. A Sra. Lee dá um passo à frente e bate de leve no ombro dele.

— Estava tentando pensar por conta própria. Reconheço e admiro seu esforço.

— Hum... é isso mesmo — minha mãe concorda. — Boa tentativa de se recuperar de um tropeço.

Apesar da bondade das duas, Michael se dobra como uma caixa de papelão. Ele deixa a bandeja em cima da mesa e volta para o seu lugar. Chef Anthony leva os cookies de volta à sua estação.

— Sammy, sua vez...

Ele chega à mesa das juradas antes de o Chef Anthony concluir a frase. Sammy — ou Lil Bao, como prefiro chamá-lo — sorri com uma alegria tão escancarada que é contagiosa.

— Minha criação se chama "Se eu caibo, eu entro". É um biscoito de pasta de amendoim com cobertura de glacê de chocolate branco e ao leite. Dedico ao meu gato, Amendoim.

Eu me inclino para a frente para enxergar melhor. Ele pintou um gato sentado sobre uma caixa de papelão. É rústico, mas adorável. As juradas provam o biscoito e então dão uma segunda mordida.

— Isso é muito bom — minha mãe anuncia. — Pasta de amendoim e chocolate combinam, e você conseguiu um bom equilíbrio entre os sabores.

A Sra. Lee concorda.

– Preenche a boca. Uma experiência muito agradável.

Os elogios são seguidos de aplausos da plateia. Sammy volta à sua estação com o peito estufado. Agora restam só dois, Ben e James. Ben é o primeiro, e ele carrega sua criação com cuidado. Grace e eu ficamos em pé para enxergar melhor, e ela assobia baixinho.

– Uau.

Concordo. Ben fez cookies em formato de blocos para criar um cenário de *Minecraft*. Ele é habilidoso com o bico de confeiteiro, e a coloração é precisa. Minha mãe não conhece a referência, por isso fala de forma genérica.

– Você é o primeiro na competição a tentar biscoitos 3-D, Ben. É uma habilidade mais avançada, e você se saiu muito bem.

– É uma pena termos que desmontar isso – lamenta a Sra. Lee –, mas esse é um desafio de biscoitos, então vamos experimentar.

É divertido ver as duas tentando pegar um pedaço sem desmontar toda a estrutura. Ben a colou com uma solução de açúcar, mas as peças se separam com facilidade. Fico tensa quando minha mãe morde um dos biscoitos.

Seus olhos se abrem.

– Ei, isso é interessante! Eu esperava algo como biscoito de gengibre, mas é mais parecido com um *biscotti*.

– Escolha arrojada, Ben – a Sra. Lee comenta, mastigando. – Crocante, mas não está seco. Reduziu o tempo de forno?

Ele fica corado.

– Na verdade, mudei um pouco a receita para ficar mais macia.

Os comentários tentam o Chef Anthony a experimentar um pedaço também. Ele faz um som de satisfação depois de pôr o *biscotti* na boca.

– Agora só preciso de um pouco de café ou leite!

Acontece que Ben veio preparado. Tem duas xícaras de leite em sua bandeja, e ele entrega uma ao apresentador, que bebe tudo em três goles.

– Obrigada, Ben – diz minha mãe. – Por favor, volte à sua estação. James, por favor, traga o seu biscoito.

Todos os olhos se voltam para James enquanto ele leva os cookies para a frente da sala. Como o primo, ele escolheu assar vários cookies em vez de uma única peça grande. Em vez de fazer uma construção, no entanto, ele os decorou com ramos de flor de cerejeira reidratada. Minha mãe se aproxima para um exame mais minucioso. Ela ama uma apresentação minimalista; se o sabor for impactante, ele vai conquistar sua preferência. Com a Sra. Lee, a história é totalmente diferente. Considerando a interação tensa de antes, estou curiosa para saber como ela vai julgá-lo.

– Fale sobre seus biscoitos – pede o Chef Anthony.

– São inspirados nas minhas viagens ao Japão. A receita é uma variação de cookies de manteiga com flor de cerejeira na massa.

Três cookies desaparecem da bandeja quando juradas e apresentador se servem. É difícil decifrar o desfile de emoções no rosto deles enquanto comem. A sala fica completamente silenciosa, exceto pelo som de mastigação.

– O equilíbrio de sabores é excepcional – minha mãe declara. – Levemente salgado, provavelmente por causa das flores, e é esse toque que tira o peso do cookie. Excelente.

A atmosfera na sala muda à medida que a inveja transborda dos outros concorrentes. E só se intensifica quando a Sra. Lee concorda relutante.

– Preciso dizer, James... este é um dos melhores cookies que já comi, e experimentei muitos ao longo dos anos.

Era de esperar que o elogio provocasse ao menos um sorriso, mas James se mantém inabalável. Ele se vira e volta ao seu lugar. Chef Anthony ameniza o clima com um sorriso gigantesco.

– O primeiro dia da Quinta Competição Anual de Confeitaria Júnior da Yin e Yang está encerrado. Nossas juradas farão um intervalo para decidir quem continua na competição e quem vai ser eliminado. Boa sorte a todos!

Capítulo 17

A TENSÃO DA COMPETIÇÃO EVAPORA NO INSTANTE EM QUE MINHA MÃE, A Sra. Lee e o Chef Anthony saem da sala para deliberar. As mães invadem a área de preparo para falar com os filhos, alguns desanimados em suas estações. Grace caminha até Ben, e Jeannie olha para mim com um brilho de empolgação nos olhos.

– Nathan acabou de me mandar uma mensagem. Ele quer me levar para jantar!

– Não faça nada que eu não faria – brinco.

– Não sobra muita coisa, Liza.

Ela sai para telefonar para Nathan antes que eu consiga dar um soquinho em seu braço. Sarah se aproxima e balança as sobrancelhas para mim antes de olhar para Ben e James, que estão admirando a criação um do outro.

– Então, qual dos dois é o gostoso que te ajudou a lidar com o Brody?

Aponto discretamente para James.

– Aquele ali.

– Uau – Sarah exclama, examinando-o da cabeça aos pés. – Não acredito que não está a fim dele. Ele é lindo até para um garoto asiático.

Faço uma careta.

– Isso é horrível, Sarah.

Ela balança a cabeça freneticamente.

– Só estava tentando dizer que ele é muito...

– Gostoso. Sei, entendi. Mas você fala como se os asiáticos não fossem tão bonitos quanto os outros.

– Não foi isso que eu quis dizer. – Sarah inclina a cabeça para um lado. – Só quis dizer que normalmente não curto asiáticos, mas...

– Para. Está piorando tudo.

Ela faz uma cara de desânimo e torce as mãos.

– Sou péssima nisso, não sou? – ela resmunga. – Nunca sei como me explicar. Minha mãe diz que sofro de diarreia verbal.

– Em primeiro lugar, eu não precisava dessa imagem mental – respondo. – Em segundo, se você não tem certeza se deve ou não dizer alguma coisa, não diga. Pense em como se sentiria ouvindo alguém dizer isso para você.

– Como assim?

Viro na cadeira para encará-la.

– Por exemplo, como se sentiria se eu dissesse que alguém de quem você gosta é bonito até para um branco?

– Bom, agora que colocou nesses termos... – Sarah congela. – Espera. Você gosta do James! Acabou de admitir!

– Do que está falando? Eu só usei suas palavras para dar um exemplo.

– Não, não! Você que acrescentou a parte do "alguém de quem você gosta", o que prova que você gosta do James!

Minha cabeça dá piruetas tentando acompanhar a mudança repentina na conversa.

Reviro os olhos para ela.

– Está desviando do assunto.

– Não, eu ouvi alto e claro.

A risada de Sarah chama a atenção das pessoas à nossa volta, inclusive do cara em questão. Felizmente lembro de uma coisa que me coloca em posição de vantagem.

– Você não pode falar muito. Eu te vi com o Edward mais cedo.

Ela arregala os olhos.

– Edward?

– Sim. Estava flertando com ele.

– Não estava – ela nega, torcendo uma mecha de cabelo vermelho. – Ele só estava... Estávamos conversando, só isso!

Cada vez que ela gagueja, sua voz fica mais aguda, até alcançar frequências que só os cachorros podem ouvir. Eu me inclino para ela com uma careta.

– Isso significa que você acha que Edward é bonito até para um asiático?

O rosto de Sarah fica vermelho como um tomate. Fico com pena e estendo a mão para ela.

– É brincadeira. Trégua? Eu te apresento para os garotos.

Ela faz um biquinho, mas aperta minha mão. Bato o ombro no dela várias vezes até ver um sorriso. Em seguida, eu a puxo até ela se levantar e a conduzo para perto dos outros. Estão todos reunidos em torno da estação de Ben. Ele e Grace estão de mãos dadas e cochichando, enquanto James paira por perto como um falcão. Fico ao lado dele, mas mantenho certa distância.

– Oi, gente. Essa é a nossa amiga Sarah. Sarah, esse é o Ben, e aquele é o primo dele, James.

Ela estende a mão.

– É um prazer conhecer vocês! Nunca ouvi absolutamente nada sobre nenhum dos dois.

Ben balança a cabeça e ri baixinho. James assente educadamente.

– Vocês foram incríveis hoje! – Sarah comenta com um sorriso. – Todos os cookies que fizeram parecem deliciosos.

– Quero experimentar seu cookie, Ben – Grace avisa.

Ele sorri para ela, um sorriso de fazer o coração derreter.

– Vou pegar o melhor para você.

Ben oferece pedaços para mim e Sarah sem que tenhamos que pedir. Como disse a Sra. Lee, é um pouco mais macio que um *biscotti* típico, mas isso definitivamente não é um defeito. Com o último pedaço derretendo em minha boca, olho para ele.

– Adicionou canela?

Ele arregala os olhos.

– Como sabe?

– Porque ela é boa nisso – responde Grace. – Um dia, Liza vai ser uma confeiteira famosa.

Faço um gesto como que para diminuir a importância do comentário.

– Ela é exagerada. Quando você passa tanto tempo quanto eu em uma confeitaria, aprende a perceber coisas que as outras pessoas não percebem.

– Não sei se concordo – Ben insiste.

– Grace tem razão – James opina, e se aproxima. – Ninguém mais percebeu, nem sua mãe nem a senhora Lee, e elas são as profissionais.

As palavras dele me atingem em cheio. Não havia pensado dessa forma. Um sorriso aparece em meu rosto. Meus olhos encontram os dele, mas nós dois desviamos o olhar rapidamente.

– E o seu? – Grace pergunta ao James. – Podemos experimentar?

– Podem – ele responde, dando de ombros.

James põe os quatro biscoitos em um prato e o empurra pela superfície de aço inox da mesa. Grace e Ben imediatamente pegam um biscoito cada, enquanto Sarah escolhe um e o examina antes de comer. Ao mesmo tempo que estendo a mão para o prato, James o empurra em minha direção. Seus dedos roçam os meus, provocando fagulhas na pele como se tivesse sido riscada com um fósforo. Levanto o olhar, mas ele não parece ter notado.

"Foco, Liza. Você está aqui pelos biscoitos."

"E por outras coisas", acrescenta uma voz travessa.

Tenho certeza de que meu rosto está mais vermelho que um *char siu*, por isso me concentro no cookie. Por instinto, eu o ergo e cheiro. O suave aroma floral instiga minhas narinas. Depois dou uma mordida no cookie e o deixo repousar na língua, em vez de mastigar. A manteiga derrete na boca e libera os sabores em camadas.

– E aí... o que acha?

Levanto os olhos e vejo James me encarando atentamente. Uma pequena linha se forma entre suas sobrancelhas grossas. Olho para Ben e Grace, mas eles estão muito ocupados se admirando. Sarah solta um gemido de satisfação quando dá outra mordida.

– Humm – murmuro. – Tem um sabor muito delicado. A infusão de flor de cerejeira na manteiga deu um toque muito bom.

– Espera, como sabe que ele fez a infusão na manteiga? – Sarah pergunta.

Dou de ombros.

– É só um palpite. Acho que senti os dois sabores exatamente ao mesmo tempo, em vez de um e depois os outros.

Ben olha para o primo.

– Ela acertou, James?

– Sim... acertou.

A voz dele tem uma nota de surpresa, como se chegasse à conclusão enquanto fala. Dessa vez os olhos castanhos e profundos de James permanecem nos meus por um longo momento antes de se voltarem para a mesa.

– Espero que tenha gostado. Já que nunca viu flores de cerejeira pessoalmente.

Não sei o que dizer primeiro. Não esperava que ele lembrasse de um comentário aleatório que fiz tentando puxar assunto no Dumpling Dinasty. Por outro lado, os cookies que ele fez evocam mesmo a imagem de uma caminhada entre cerejeiras.

– Sim. Gostei – admito, depois de engolir o restante do biscoito. – São muito... bem pensados.

"Bem pensados? De todos os adjetivos possíveis, você escolheu bem pensados?"

Fico esperando ele dizer alguma coisa condescendente ou torcer o nariz para mim.

Em vez disso, ele sorri.

Não é um sorriso largo, mas é o suficiente para exibir uma covinha na bochecha esquerda. É um parêntese aberto esperando por um parceiro, e meus dedos formigam de vontade de desenhar uma covinha igual do outro lado. Seus traços, antes duros, se alongam e suavizam, compondo uma imagem que faz meu coração disparar.

– Liza, não é?

Viro e vejo Edward parado ao meu lado. Aparentemente, ele decidiu que esse é o momento ideal para se aproximar.

Forço um sorriso.

– Sim?

– Eu... hã... só queria me apresentar apropriadamente. – Ele estende a mão. – Não tivemos a chance de conversar antes.

– Ah. Muito prazer – respondo, e aperto a mão dele.

Edward olha por cima do meu ombro a todo instante. Resisto ao impulso de virar e ver o que James está fazendo atrás de mim.

— Sua mãe é muito competente. E muito agradável também.

— Sim. É claro — respondo com ar surpreso.

— Ei, não quis dizer que você não é. Eu só... isto é...

Edward implode em tempo real quando esquece o discurso que tinha preparado para a ocasião. Grace interfere com um sorriso brilhante:

— Oi. Sou a Grace.

— Desculpe... devia ter perguntado seu nome — ele resmunga.

— Tudo bem. Agora já sabe.

Sarah o encara sem falar nada, e eu a empurro delicadamente na direção dele.

— Lembra da Sarah, não?

— Sim — ele reconhece, mas não olha diretamente para ela. — Nós nos conhecemos no corredor mais cedo, não é?

— Parabéns pelo desempenho — Ela sorri acanhada. — Especialmente no desafio criativo.

Ele se anima.

— Sério?

— Com toda a certeza! Quero dizer, o uso do glacê para desenhar o rosto de Liza e tal...

Sarah começa a fazer uma avaliação completíssima do cookie. Sua tendência para gesticular muito enquanto fala incomoda bastante gente, mas Edward não parece se importar. De fato, em poucos minutos ele está rindo. Grace e eu nos entendemos com um olhar. Talvez eu não tenha que me preocupar com Edward.

Pouco tempo depois, Chef Anthony entra na sala acompanhado por minha mãe e pela Sra. Lee.

— Por favor, voltem a suas estações e aos seus assentos para ouvir a decisão das juradas.

Grace, Sarah e eu vamos para nossas cadeiras. Jeannie se junta a nós segundos depois. Ela está com o batom borrado, e metade do cabelo escapou da presilha.

Eu a cutuco para chamar sua atenção.

— Vejo que Nathan passou por aqui.

Ela pisca.

— Como assim?

— Melhor conferir a maquiagem.

Jeannie tira um espelho da bolsa. Arregala os olhos e cobre o rosto com as mãos.

— Ai, que vergonha!

— Agradeça por eu ter visto antes da mamãe.

Ela olha para a frente da sala.

— Vai contar para ela?

— É claro que não. — Sorrio. — Ainda não, pelo menos.

Ela olha para mim desconfiada.

— Se não jurar que não vai tocar nesse assunto com a mamãe, vou contar para ela sobre os garotos que você tem namorado escondido.

— Você não teria coragem.

— Quer arriscar?

Levanto as mãos como se me rendesse.

— Tudo bem, tudo bem. Juro que não vou contar.

Chef Anthony pigarreia alto e espera paciente até todos estarem acomodados.

— Obrigado. Agora vou passar a palavra às nossas juradas.

Minha mãe é a primeira. Ela estufa o peito e alcança sua estatura máxima — mas ainda uns quinze centímetros menor que sua colega de júri e seu salto agulha.

— Bem, esse foi um primeiro dia incomum para a nossa competição. Infelizmente, por causa das queimaduras nas mãos, Harold não vai continuar conosco. A mãe de Timothy nos informou que ele também não vai voltar. Como isso nos deixa com dois concorrentes a menos, decidimos não eliminar ninguém esta semana.

A Sra. Lee dá um passo à frente, unindo as mãos diante de si enquanto olha para a plateia.

— No entanto, como as regras determinam explicitamente que todas as receitas da prova criativa devem ser originais, receio que tenhamos que desclassificar Michael Zhou.

— Isso não é justo! — uma voz aguda grita da plateia. — Meu filho trabalhou duro hoje!

A Sra. Zhou se levanta e caminha para a frente da plateia como uma treinadora revoltada com a decisão do árbitro. Chef Anthony tenta interferir, e ela direciona sua ira para ele.

— Meu problema é com você mesmo! O Michael ensaiou a semana inteira para isso. Se alguém tem culpa, é você e essas suas estações de trabalho medíocres. Se a mesa estivesse nivelada, ele teria vencido a etapa criativa!

É uma mentira deslavada, é claro, mas ninguém vai contradizer a mulher. Michael, por sua vez, implora para ela parar. Ele sai de trás de sua estação e levanta as mãos diante dela como um domador de leões.

— Mamãe, tudo bem. Deixe-os em paz. Eu não teria vencido de qualquer jeito. Há confeiteiros muito melhores aqui.

— Não fale assim de você mesmo! Você é tão bom quanto todos esses incompetentes aqui!

As coisas estão escapando ao controle rapidamente. Ainda bem que todas as equipes de TV foram embora, ou apareceríamos nos telejornais da noite. Bom, vamos acabar nos trending do Twitter, provavelmente.

— Senhora Zhou, não há nenhum culpado a não ser seu filho — minha mãe declara com firmeza. — Quando se inscreveu, ele aceitou as regras do concurso.

— Bem, ele não me contou!

— Isso não justifica as ações dele ou as suas. Não podemos mudar as regras por seu filho, nem por nenhum outro concorrente. Lamento, mas ele está desclassificado.

— Não precisamos da sua competição idiota mesmo! — a Sra. Zhou dispara. — Vamos, Michael.

Michael a segue, murmurando pedidos de desculpas. Eles deixam para trás um silêncio inquietante, rompido apenas quando Albert fala de repente:

— Isso sim é uma *torta de climão*!

Toda a sala explode em gargalhadas, sinal de que os momentos ridículos do dia nos esgotaram. A Sra. Lee ri tanto que lágrimas escorrem por seu rosto. Minha mãe é a primeira a se recompor.

— Por que não encerramos o dia com uma nota positiva? Antes de sermos interrompidos, eu me preparava para anunciar o brilhante confeiteiro que ficou em primeiro. James, seus cookies de matcha foram executados perfeitamente, e fizemos uma viagem ao Japão com seu preparo inspirado nas flores da cerejeira. Parabéns!

A declaração dela provoca aplausos. Os outros concorrentes também aplaudem, menos os gêmeos, que voltaram a discutir. James sorri sem muito entusiasmo e sem olhar para ninguém.

– Aproveitem o resto do dia, competidores – acrescenta Chef Anthony. – Fizeram por merecer. Voltaremos a nos encontrar para a próxima etapa em cinco dias, e o tema do dia será bolo. Esperamos ansiosamente por suas criações!

Encerrado o primeiro dia de competição, as pessoas começam a sair. Sarah e Edward saem juntos. A Sra. Lee anuncia que também precisa ir embora, porque tem uma reunião com seu estafe sobre a inauguração de uma segunda loja em Katy. Os lábios de minha mãe ficam mais finos quando ela assente uma única vez. É difícil dizer se está brava com o sucesso da Sra. Lee ou com o fato de ela sair correndo depois de julgar os concorrentes. Meu pai, Jeannie e eu ficamos para ajudar na limpeza. Grace sai com Ben e James, mas volta correndo alguns minutos mais tarde.

– O que está fazendo aqui?

– Vim ajudar – ela responde sem rodeios. – É óbvio.

Eu a empurro de volta para a porta.

– Não precisa fazer isso. Vai ficar com o Ben.

– Eu vou. Isto é, nós vamos.

– Como assim, "nós"?

Ela dá de ombros meio indiferente.

– Vamos encontrar os dois mais tarde.

– Grace – gemo –, nem sei se posso sair hoje à noite. Minha mãe fica muito estressada na época do concurso e sempre quer a gente por perto.

Jeannie, com um rolo de papel-toalha e um borrifador, se aproxima.

– Do que estão falando?

– Estou tentando convencer a Liza a sair comigo e os garotos hoje à noite – Grace responde antes de depositar algumas vasilhas sujas no carrinho da limpeza.

– Que garotos?

Olho para Grace, mas ela não entende a mensagem.

– Ben e James. Os concorrentes nove e dez. Conhecemos os dois pouco antes da formatura.

Jeannie olha para mim com uma expressão magoada.

– Você não me falou deles. Agora guarda segredos de mim?

– É claro que não. – Mantenho os olhos fixos na estação que estou limpando. – Não tinha nada para contar.

– Talvez não tivesse antes – insiste Grace. – Mas agora tem algo rolando entre ela e James, com certeza.

– Não tem!

– Não tem o quê?

"Ah, não." Minha mãe. Grace fecha a boca, e eu tento pensar em uma mentira razoável. No fim, é Jeannie quem nos salva.

– Estamos falando sobre os concorrentes. Grace acha que já podemos prever um ganhador, mas Liza discorda.

Minha mãe olha para cada uma de nós antes de assentir.

– Bem, Liza está certa. Não importa quanto um desses garotos tenha se saído bem, ainda tem muitas chances de meter os pés pelas mãos.

Grace dá de ombros.

– Tem razão – mente de um jeito convincente. – Acho que vou ter que esperar, afinal.

– Temos que terminar de limpar tudo, meninas – minha mãe diz, apontando para as estações ainda sujas. – Chef Anthony precisa fechar o lugar.

– Sim, mãe.

– Sim, senhora Yang.

Nenhuma de nós relaxa até ela se afastar o suficiente para não conseguir nos ouvir. Me debruço sobre a mesa.

– Essa foi por pouco.

– Bem pouco – Jeannie concorda.

Agimos depressa. Gloria e as outras alunas limpam as vasilhas, os utensílios e as máquinas, enquanto nós limpamos as estações. Mesmo com todas trabalhando, demora quase uma hora para a sala ficar pronta. Saímos em grupo, mas Grace, Jeannie e eu atrasamos o passo para conversar sem que ninguém nos ouça.

– Jeannie, fala para a Liza que ela precisa sair comigo hoje.

Suspiro.

– Grace, já falei. Não posso sair. Esse é um momento de estresse para minha mãe. Ela vai ter um ataque se eu pedir para sair.

– Eu cuido disso – Jeannie se oferece, e encaixa o braço no meu. – Se uma de nós estiver em casa, ela vai ficar bem. E o papai vai me ajudar a mantê-la calma.

– Mas você está de férias! Além do mais, não vai jantar com o Nathan hoje?

– Deixamos para amanhã. E não mude de assunto. Você merece relaxar. É verão.

Bato com o ombro no dela.

– Tem certeza?

– O mundo não vai acabar só porque Liza Yang vai se divertir uma vez. Vai. Aproveite sua nova condição de adulta.

Dou risada.

– Você fala como se isso fosse uma coisa boa.

– Agora é, mas não será sempre. Aproveite ao máximo seu último verão antes da faculdade. Nunca mais vai ter um tempo como esse. Acredite em mim, eu sei.

Tem algo de melancólico em seu tom, mas no instante seguinte Jeannie volta à sua versão alegre e animada e me empurra na direção da saída.

– Tudo bem, tudo bem. Eu vou. – Passo um braço em torno da cintura dela. – Obrigada, Jeannie.

– Disponha.

Chegamos ao estacionamento e Grace me puxa para seu carro. Eu me solto.

– Espera! Quero passar em casa para trocar de roupa. Não aguento mais este vestido.

– Na verdade, devia ir com ela – Jeannie comenta. – Vai ser mais fácil convencer a mamãe a deixar você sair se já tiver saído.

– Além do mais, você está ótima – diz Grace. – Parece que o James gostou muito.

Fico feliz por já estar escuro do lado de fora, porque meu rosto fica vermelho quando lembro do sorriso dele.

– Ok, vamos acabar logo com isso.

Capítulo 18

— QUE NOITE LINDA!

Ben olha para o céu ao dizer isso. Paro e olho em volta. Houston foi atingida por uma tempestade dois dias atrás, e a chuva lavou parte do calor grudento de junho. Não que isso ajude no presente momento: acabamos de encher o estômago de noodles fumegante no Kingu Ramen e saímos todos com a testa coberta de suor.

— Vamos dar uma volta pelo Hermann Park — Grace sugere.

Ben se anima.

— Vamos! Ainda não fui lá.

Imaginando o ataque dos mosquitos, me preparo para recusar o convite.

— Você não vem?

A pergunta vem da última pessoa que eu esperava, e a resposta é automática.

— É claro. — Ouço minha voz.

James sorri. Vejo a covinha e esqueço de respirar. Grace sorri com malícia, mas eu a ignoro.

— Talvez a gente deva ir de carro — ela sugere, apontando na direção de seu pequeno sedã.

— Eu posso levar — Ben se oferece. — Meu carro tem espaço para todos.

James não se opõe, o que é uma novidade. Nós quatro seguimos a fileira de carros estacionados na frente das lojas até chegarmos a um SUV preto da Mercedes. Ben destrava a porta e ajuda Grace a se acomodar no banco do passageiro. Isso me deixa com James no banco de trás.

Dou um pulo quando ele se aproxima e segura a maçaneta.

– Ah, eu não...

Tarde demais. James já segura a porta aberta. Sorrio acanhada e entro no carro. Ben liga o motor e olha para nós pelo retrovisor.

– Cinto de segurança, por favor.

Levo a mão ao encosto acima do meu ombro direito, mas, quando puxo o cinto sobre o peito, ele trava na metade do caminho. Deixo o cinto se retrair um pouco e puxo mais uma vez, e outra, mas não consigo aproximar a extremidade da trava no banco.

– Posso?

Pressiono o corpo contra o encosto enquanto James estende um braço para segurar o cinto. Com um movimento fluido, ele o prende ao lado do meu quadril. O movimento faz seu rosto ficar tão perto do meu que consigo distinguir o anel externo de suas pupilas e sentir seu cheiro. O aroma me lembra o cheiro de roupa quente na secadora, misturado com ar puro. Não é parecido com o perfume intenso dos garotos que namorei.

– Está bom assim?

"Ah, sim. Melhor impossível."

Engulo em seco.

– Ahã.

Os olhos dele descem até meus lábios. Minha boca está mais seca que um pacote de bolacha água e sal.

Ben pigarreia.

– Tudo pronto aí atrás?

James volta ao seu lugar como se nada tivesse acontecido.

– Sim, podemos ir quando quiser – ele diz.

Olho pela janela quando Ben põe o carro em movimento e mantenho as mãos trêmulas unidas no colo. Ben e Grace conversam o tempo todo a caminho do parque, mas não é o suficiente para se sobrepor ao silêncio no banco de trás. O ar é denso, e quando finalmente chegamos tento sair do carro o mais depressa que consigo. Infelizmente esqueço que estou presa, e sou puxada para trás pelo cinto. Com o rosto queimando com o calor de mil sóis, solto o cinto rapidamente e saio.

Passamos pelo zoológico e chegamos ao caminho que contorna o lago artificial. A lua é brilhante, e estrelas salpicam o céu nebuloso, como sempre.

Ben passa um braço sobre os ombros de Grace e a puxa para perto. Eles andam na nossa frente, falando em voz baixa conforme avançamos pelo caminho parcialmente arborizado. No início, a distância entre mim e James é suficiente para um carro passar. Com os minutos, esse espaço vai diminuindo.

Quando chegamos à primeira curva, minha voz corta o silêncio.

– E aí, onde aprendeu a cozinhar daquele jeito?

James olha para mim, e um sorriso terno aparece em seu rosto.

– Minha mãe. Ela adora confeitaria – explica. – Era uma das coisas que minha irmã e eu sempre fazíamos com ela.

– Não sabia que você tem uma irmã – respondo, ajustando meus passos aos dele. – Como é o nome dela?

– Gigi. Ela é um ano e meio mais nova que eu.

– Também está aqui?

Ele balança a cabeça.

– Viajou com a escola para a Itália. Volta em duas semanas.

– Eu tenho uma irmã mais velha. O nome dela é Jeannie.

– É, eu sei – ele diz com os olhos brilhantes. – A gente se encontrou quando você foi visitá-la.

– Ah, é. Eu... sabia.

"Caramba, esse lago parece tremendamente refrescante. Talvez eu deva pular nele."

– E você, Liza, há quanto tempo cozinha?

Olho para a frente.

– Desde que me lembro. Minha mãe sempre reclama que passo mais tempo dobrando massa do que roupa limpa.

Ele ri, um som rouco que me convida a chegar mais perto.

Olho para ele.

– Sua mãe também é confeiteira profissional?

Ele dá de ombros.

– Ela era, mas minha tia, a mãe do Ben, precisava de ajuda para administrar seus negócios. Na verdade, é por isso que estamos aqui. Minha mãe e tia May estão supervisionando uma reforma importante em um complexo de apartamentos.

– É daí que vocês conhecem a senhora Lee? Por causa da sua mãe?

James hesita. Quando fala, sua voz é tensa.

— Não exatamente. As famílias frequentam os mesmos círculos.

— Ah, então conhece o filho dela? Ela mencionou...

Ele me interrompe:

— Acho melhor alcançarmos os dois.

James apressa o passo, e eu me obrigo a acompanhá-lo. Enquanto andamos, meus olhos voltam a ele frequentemente. Em parte, queria não ter mencionado a Sra. Lee. James estava se abrindo antes disso. Na verdade, ele estava bem...

Simpático.

Tropeço em uma fenda no chão, mas consigo me equilibrar antes de James perceber. Meu coração mal voltou ao ritmo normal quando ele olha para mim de repente.

— Você e Grace parecem ser muito próximas.

Confirmo com um movimento de cabeça, e as lembranças me invadem imediatamente.

— Conheço Grace há anos. Eu soube desde o primeiro dia que seríamos melhores amigas.

— Sério? Como?

— Bem, a gente se conheceu na piscina, no verão antes do sexto ano. Ela fazia parte de uma das equipes de natação e estava treinando no lado mais fundo. Eu não sabia nadar, estava fazendo aulas — respondo, olhando para a água. — Algumas crianças apontavam para mim e riam, porque eu era a mais velha ali. Grace não só me defendeu, como se ofereceu para me ensinar.

— Que legal.

— Foi mais que legal. É muita sorte ter uma amiga como ela.

James para por um momento embaixo de um carvalho. Paro ao lado dele.

— É como eu me sinto com o Ben. Às vezes até esqueço que somos primos. Sempre quis um irmão, mas meus pais não puderam ter outro filho depois da Gigi.

— Espero que não entenda mal — falo depois de um instante —, mas é engraçado ver vocês juntos.

Ele se apoia no tronco da árvore e olha para mim curioso.

— Por quê?

— Acho que é porque são muito diferentes. Ben é todo animado e expansivo, e você é...

Procuro as palavras certas. As que escolho não combinam com as que eu teria usado dias atrás.

— Você é quieto, mais reservado.

James sorri.

— Eu poderia dizer a mesma coisa sobre você e Grace.

Abro a boca para negar, mas não falo nada. Ele tem razão. Grace e eu somos bem diferentes. James sorri e se afasta da árvore, e voltamos a andar.

— Ben reclama que eu sou muito sério — ele admite. — Mas não consigo evitar. Eu me sinto responsável por ele, apesar de termos poucos meses de diferença de idade. Ben costuma mergulhar nas coisas sem pensar, e ele já se meteu em confusão por isso.

As coisas começam a fazer sentido em minha cabeça.

— Foi por isso que ele se mudou pra cá?

James não diz nada por um tempo. Começo a pensar que fui invasiva, mas então escuto sua voz.

— Ben confiou em quem não devia, e se prejudicou.

Essa é uma realidade que conheço bem. Como James bem testemunhou.

— E você? Por que veio?

Ele olha para Ben e Grace, alguns passos à nossa frente.

— Vim para cuidar dele.

A risada dos dois flutua no ar. Grace está feliz como há muito tempo eu não via.

Sorrio.

— Não precisa se preocupar com a Grace. Ela nunca o magoaria de propósito.

— Corações partidos são inevitáveis — ele comenta em voz baixa. — Mesmo quando você faz tudo o que é possível para se proteger.

Há uma nota de melancolia em sua voz que nunca percebi antes.

Meu coração se contrai.

— Está falando por experiência pessoal?

— Na verdade, nunca tive um relacionamento — ele admite, e massageia a nuca.

Quase tropeço em meus pés.

– Por que não?

James dá de ombros.

– Estive muito ocupado. Você sabe que Ben quer ser médico. Pode acreditar, ele escolheu isso. Os pais não o obrigaram. Meu pai, por outro lado, quer que eu siga os passos dele. – Ele para e vira para mim no escuro. – Ele tem me pressionado para incrementar meu currículo, por isso vim trabalhar na filial daqui. Acho que ele espera que eu assuma os negócios um dia.

Sei a resposta de antemão, mas pergunto mesmo assim:

– É o que você quer?

Ele abaixa a cabeça.

– Ainda não sei com certeza o que quero. Ben diz que eu também devia estudar Medicina, mas, como você deve ter percebido, não sou muito bom em conversar com as pessoas.

Comprimo os lábios para conter um sorriso, mas desisto quando ele mesmo sorri. Olho para o lago e dou de ombros.

– Sei como é. Adoro confeitaria, mas meus pais esperam que eu faça alguma coisa mais prática.

– O que você faria se pudesse escolher?

Tenho feito a mesma pergunta a mim mesma há semanas. O que eu quero fazer? E se meus pais nunca mudarem de ideia sobre a culinária? Pior ainda, e se eles estiverem certos e eu acabar trabalhando no Yin e Yang pelo resto da vida? Engulo em seco.

– Sempre imaginei que iria para a escola de culinária e seria uma chef confeiteira. Mas agora... não sei. Meus pais estão certos sobre uma coisa. Não quero passar o resto da vida trabalhando em uma pequena confeitaria local. – Suspiro. – Às vezes penso que é melhor perseguir novos sonhos.

– Você tem algum? Um novo sonho?

Não sei por que conto a ele. Talvez seja a magia da lua, ou a coragem que a noite escura me dá.

– Alguma coisa que eu possa chamar de minha. Talvez um livro. Não um romance, nada assim. Um livro de receitas criadas por mim.

Um longo silêncio segue minha declaração. Começo a me arrepender de ter contado. Então ouço a voz de James sobre meu ombro.

— Tem um motivo para eu nunca ter namorado ninguém.

Como se compelida por nossa recente conexão, me viro para encará-lo. Com a lua atrás dele, não consigo ler sua expressão, mas sinto a intensidade de seu olhar.

— Não conheci ninguém por quem valesse a pena pôr meu coração em risco.

As últimas palavras pairam pesadas no ar, e a frase parece estranhamente incompleta. James dá um passo em minha direção, e seu rosto finalmente se torna visível quando ele inclina a cabeça. Passo a língua nos lábios em um gesto de nervosismo, e o movimento de seus olhos até minha boca é como uma carícia. Talvez ele esteja se aproximando, talvez seja só a minha imaginação, mas o fato é que a distância entre nós evapora lentamente.

— Ei, vocês dois! Mais rápido!

Eu me assusto com a voz de Grace. Quando vejo Ben e ela acenando para nós de uma curva, minhas bochechas estão ardendo mais do que o frango *Sichuan* do meu pai. Forço um sorriso e aponto para eles.

— É melhor os alcançarmos.

Caminhamos até Grace e Ben, que nos esperam. Então seguimos, dois a dois, pela área arborizada, com a lua que atravessa os galhos como nossa única fonte de luz. As coisas não poderiam estar mais tranquilas, e eu não poderia estar mais tensa.

Pouco a pouco, Ben e Grace aumentam novamente a distância entre nós, mas eu quase não percebo. Minha cabeça repassa as palavras de James muitas e muitas vezes. Em determinado ponto, o caminho faz uma curva fechada, e, distraída, eu sigo em frente.

— Liza, cuidado!

James me segura pela mão e me puxa antes que eu afunde o pé em um lamaçal. Completamente vermelha, agradeço por estar escuro.

— Ai, caramba. Obrigada. Nem vi aquilo.

Ele ri.

— Vem. É por aqui.

Ele não solta minha mão ao voltarmos à trilha, mas não faz grande pressão, de forma que eu posso interromper o contato se quiser. Seguro sua mão com mais força. Definitivamente, é melhor me manter perto dele.

– Gente! Venham ver isso!

Apressamos o passo até que as árvores dão lugar a uma ponte que atravessa o riacho que deságua no lago. A lua brilha na superfície da água, que ondula com a brisa suave. A paisagem parece totalmente diferente à noite, com a água turva se transformando em um espelho índigo. Grace é a primeira a notar que estamos de mãos dadas, e ela cutuca as costelas de Ben. Ele arregala os olhos e encara o primo. Começo a afastar a mão, mas James entrelaça os dedos nos meus.

– Vamos ficar admirando a paisagem ou vamos terminar nossa caminhada?

Ben ri.

– Não precisa falar duas vezes.

Retomando a caminhada, contornamos o restante do lago e voltamos ao estacionamento. Solto a mão de James para entrar no carro. Antes que eu possa lamentar o desenlace, ele entra e imediatamente entrelaça os dedos nos meus de novo. Não me atrevo a olhar para ele, mas a tensão entre nós é inegável. O ar parece carregado, como se uma força invisível nos atraísse um para o outro.

Quando Ben estaciona ao lado do carro de Grace no centro comercial, alguma coisa vibra ao meu lado. É meu celular, que eu tinha esquecido no carro. Relutante, solto a mão de James para ver a notificação. É uma mensagem de Jeannie.

Cadê você? Mamãe está prestes a ligar para a polícia!

Vejo as horas. Ai, meu Deus. Quase meia-noite.

– Grace, preciso ir para casa agora, ou minha mãe vai me matar.

Saio do carro de Ben em pânico. James desce do automóvel atrás de mim.

– Liza...

Num impulso, fico na ponta dos pés e o abraço. Seus braços envolvem minhas costas, e sinto o aroma de manteiga e flor de cerejeira. Não cedo à tentação de enterrar o nariz em sua camisa, e me afasto com um sorriso tenso.

– Boa noite, James.

Grace beija o rosto de Ben.

– Eu mando uma mensagem mais tarde.

Ela e eu entramos no carro e vamos embora. A última coisa que vejo é James acenando.

• • •

Sou emboscada no instante em que passo pela porta. Por meia hora, minha mãe descarrega toda a ansiedade e o estresse da noite gritando comigo. Se a preocupação dela não fosse culpa minha, eu já teria me trancado no quarto. Aguento tudo sem me abalar.

– Vá para o seu quarto! – ela finalmente ordena com a voz embargada. – Vá!

• • •

Acordo assustada e com os olhos vermelhos umas seis horas depois e me arrasto até o banheiro para tomar uma ducha. Enquanto a água escorre pelo meu corpo, penso no passeio pelo parque. Minhas mãos ainda formigam com a lembrança dos dedos de James nos meus. É muito estranho pensar que, semanas atrás, eu teria lhe dado um tapa se ele tivesse feito exatamente a mesma coisa.

Quando a ponta dos meus dedos começa a enrugar, desligo o chuveiro e me enxugo. Envolvo o cabelo com uma toalha e sento na cama com as costas apoiadas na parede. Meu celular, que estava carregando, vibra de repente. É uma mensagem. E outra. E mais duas seguidas. Toco na tela e vejo que fui incluída em um grupo com Grace e dois números desconhecidos.

Liza já acordou?, pergunta o primeiro número.

Não, ela não é uma pessoa matutina, Grace responde. **Talvez apareça em uma hora, mais ou menos.**

Tomara que ela não tenha tido problemas sérios ontem à noite, escreve o outro número.

Não vou mentir... a mãe dela é bem severa. Mas foi a primeira vez que ela desrespeitou o horário, então acho que vai ficar tudo bem.

Não preciso me esforçar muito para deduzir que Ben e James são as outras duas pessoas no chat. A conversa cessa, e eu decido me manifestar.

Eu: Oi, pessoal. É a Liza.
Grace: Liza! Acordou cedo!
Eu: Não consegui dormir. Minha mãe ficou muito brava ontem.
ND1: Desculpa, seguramos você até tarde.
ND1: É o Ben aqui.

Isso significa que o outro número é do James. Salvo os dois nos meus contatos.

Eu: Tudo bem. Minha mãe estava estressada com a competição, o que piorou as coisas.

James: Você está bem?

Ver as palavras dele na tela é suficiente para me fazer sorrir.

Eu: Sim, vou ficar bem. Só estou esperando o castigo.

Grace: Imagino que vai passar um tempo sem sair de casa.

Eu: Isso é certo. LOL

Grace: Alguma ideia de quanto tempo?

Eu: Tenho certeza de que ela acha que até o fim dos tempos é pouco.

Grace responde com um gif aborrecido. James manda um emoji de carinha triste, e Ben escolhe os chorosos. Dou risada. É a cara deles. Ouço meus pais se movendo no quarto ao lado. É hora de enfrentar meu destino. Deixo a última mensagem no grupo.

Tenho que ir. Minha mãe acordou. Mando notícias.

Jogo o telefone em cima da cama e volto para o banheiro. Depois de secar o cabelo, eu o escovo e prendo em um rabo de cavalo. Visto uma camiseta, mas a combino com um short jeans velho que só uso em casa. Jeannie, que sempre acordou cedo, já está sentada à mesa. Ela afaga minha mão quando sento, e sorrio agradecida. Minha mãe está diante do fogão preparando o café e não nos cumprimenta.

– Bom dia – diz meu pai depois de sentar-se. – Acordou cedo. Dormiu o suficiente?

Encolho os ombros.

– Dormi o bastante.

Todos nós pulamos quando minha mãe bate contra a mesa uma panela de arroz ensopado. Ela vai buscar os rabanetes em conserva, a carne de porco seca e o arroz glutinoso. Tudo é posto na mesa com a mesma força, e eu me sobressalto. Em vez de sentar com a gente, ela vai para o quarto.

Meu pai suspira.

– Comam. Vou falar com ela.

Ele se retira da mesa. Um minuto depois, ouvimos o barulho da porta. Eu me encosto na cadeira.

– Dessa vez ela ficou brava de verdade, não é?

– Você sabe que não é só com você, Pãozinho – Jeannie garante. – A competição saiu completamente do controle ontem, e você sabe como ela fica quando as coisas não...

– Sim, eu sei. Perfeitamente.

Não devia dizer mais nada, mas as palavras transbordam da minha boca.

– Isso só aconteceu porque ela decidiu reunir um bando de garotos para me apresentar a eles. Normalmente, ela escolhe os concorrentes pela habilidade e pela experiência.

– Mesmo que isso seja verdade... – Jeannie argumenta.

– Nós duas sabemos que é.

– Mesmo que seja verdade – ela repete –, ela não poderia ter previsto a queimadura de Harold ou o surto de Timothy, sem mencionar a desclassificação de Michael. E também tem o fato de dividir o júri com a senhora Lee, que não deve ser fácil.

– Isso é outra coisa que não entendi. Por que ela convidou a senhora Lee para ser jurada?

O garfo de Jeannie para a caminho da boca.

– Você não sabe?

– Não sei o quê?

– Ela me contou que vários patrocinadores pretendiam se retirar este ano – ela diz, esquecendo a comida. – Achavam que o concurso não atraía publicidade o bastante. Incluir a senhora Lee no evento foi o único jeito de convencê-los a manter o patrocínio.

– Por que ela não me contou?

– Aparentemente, vocês duas não estavam se falando na época.

– Deve ter sido logo depois de eu ter pedido para entrar na competição. – Com um gemido, apoio a cabeça nas mãos. – Também usei a senhora Lee contra ela.

Meu pai volta logo depois, acompanhado por minha mãe. Ela senta rígida na cadeira que meu pai oferece. Mantenho os olhos na minha tigela e espalho os condimentos de forma homogênea sobre meu arroz, para que cada porção tenha o mesmo sabor.

– Você está de castigo.

Não levanto a cabeça, mas assinto para demonstrar que a ouvi.

– Até a competição acabar. Só vai poder sair para ir à confeitaria com sua família.

– Grace ou Sarah podem vir aqui pelo menos? – arrisco.

– Não. Acho que elas não são mais boas influências para você. Principalmente Grace. Muito americanizada.

Cerro os punhos. Minha mãe está exagerando, como sempre, mas sei que não adianta discutir com ela. Jeannie faz o que pode para convencê-la a mudar de ideia, mas assim que ela deixa escapar que eu estava com dois concorrentes, perco as esperanças.

– Onde estava com a cabeça? Não entende a importância de se manter imparcial como jurada? Se alguém tivesse visto você com eles, o concurso estaria acabado!

– Desculpa, mãe. Não pensei...

– Tem razão! Não pensou! – Minha mãe empurra a cadeira para trás de repente, fazendo um barulho estridente. – Eu não devia ter incluído você no júri. Foi um erro confiar em você.

As palavras dela me ferem mais do que o esperado. Eu reajo.

– E *você*? Por que transformou isso em um ridículo serviço de relacionamento? – grito, agitando as mãos na minha frente. – Não preciso da sua ajuda para arrumar um namorado, e definitivamente não a quero!

– É mesmo? E por que estava com aqueles garotos ontem à noite?

Abro a boca para dizer que foi por Grace, mas envolvê-la nessa história não vai resolver meu problema. Jeannie interfere:

– Mãe, eu disse para ela se divertir um pouco. Se quer culpar alguém, a culpada sou eu.

Minha mãe aponta um dedo para ela.

– Você tem culpa! Devia dar um exemplo melhor para sua irmã mais nova. Mas é isso que ensina a ela?

– *Hăo le*, chega – meu pai finalmente intercede. – Sei que está zangada, *lăo pó*, mas está sendo dura demais. Elas são boas meninas, nunca nos deram problemas de verdade. Liza já pediu desculpas e você a castigou. Chega.

Apesar das palavras gentis, o tom dele é firme. Meu pai raramente se impõe dessa maneira, e todas nós paramos de discutir e o escutamos.

— Você tem trabalhado sem parar para organizar esse concurso — ele continua. — Precisa se acalmar e descansar um pouco.

— Tem razão. Tenho tido muita dor de cabeça. — Minha mãe leva a mão à testa. — Acho que vou deitar um pouco.

Minha mãe se desculpa e sai sem tocar na comida. Meu coração se contorce no peito.

Meu pai olha para Jeannie.

— Não falou que tem planos com aquele rapaz hoje, o Nathan?

— Ah... hum, sim.

— Então vai. Mas volta para jantar.

Ela olha para mim antes de assentir.

— Obrigada, pai.

Ele espera até minha irmã sair e só então se debruça sobre a mesa, apoiando os antebraços nela, e olha para mim.

— Você sabe que sua mãe só quer seu bem, Liza. Quando você não chegou no horário, ela pensou que algo horrível tivesse acontecido.

— Eu sei. — Abaixo a cabeça. — Sinto muito.

Ele suspira.

— Se quer mesmo que sua mãe pare de tentar arrumar um namorado para você, tem outros caminhos.

— Como assim?

— Precisa começar a pensar mais como ela e menos como você.

— Isso é impossível, pai.

— Escuta. Como sua mãe escolhe os garotos que tenta apresentar a você?

— Bom, ela tem uma lista de condições. Alto, inteligente, asiático, tradicional, vai ganhar muito dinheiro etc.

— Exatamente. Use essa lista a seu favor. Elimine os garotos descobrindo e expondo os defeitos deles. — Meu pai bate com os dedos na mesa. — Por exemplo, Timothy. Ele se comportou como um menino de dois anos, e desde então ela não parou de reclamar dele.

— Então ele está fora da lista.

Meu pai sorri.

— Pode apostar que sim.

— E Harold?

– Talvez não tenha notado, mas ele não é exatamente limpo.

Faço uma careta.

– Ah, eu notei, pode acreditar.

– Aí está, então. Dois fora, faltam oito.

Uma lâmpada se acende em minha cabeça, e o peso sobre meus ombros fica mais leve.

– Na verdade, quatro já foram. A mãe do Michael ficou furiosa demais para querer qualquer coisa com a gente. E o concorrente número nove, o Ben, está namorando a Grace.

Meu pai inclina a cabeça de lado.

– E o que está sempre com ele? O outro garoto com quem você estava ontem à noite?

– Ah... aquele é o James, primo dele.

No segundo em que pronuncio seu nome, minhas bochechas esquentam. Meu pai levanta as sobrancelhas.

– E não tem nenhuma objeção a ele?

– Hum... ainda não – respondo, olhando para baixo.

– Bem, ele se encaixa nos critérios da sua mãe – ele diz, e começa a enumerar as características. – Alto, bonito, e ganhou a primeira etapa da competição. Se você gosta dele, precisa descobrir o que mais ele tem.

Mordo a língua para não contar sobre nosso passeio ao luar.

– É, boa ideia.

– Tem mais uma coisa. – Ele olha para mim e pisca. – O concorrente número três... Edward. Acho que é o favorito da sua mãe.

– Eu sabia! Por que ela gosta tanto dele?

– Além de ter sua idade, pretende cursar Medicina e ir para a mesma universidade que você no outono?

Dou risada.

– Sim, além disso.

– Acho que ele pode ser parente daquele tal de Reuben. Ouvi sua mãe conversando com a senhora Lim outra noite. – Ele se inclina para a frente. – Além do mais... e não fui eu que te disse isso... acho que ela o está orientando um pouco.

– Por que isso não me surpreende?

– Acho que ela está tentando ajudar o garoto a te conquistar. Daí o famigerado retrato no biscoito.

Ótimo. Por alguma razão desconhecida, minha mãe está decidida a unir nossas famílias. Ok, eu menti. Sei muito bem por que ela está fazendo isso. O Sr. Lim é representante eleito por nosso estado. Descobri acidentalmente ao ouvir minha mãe lamentando com uma amiga pelo telefone o jantar cancelado com Reuben.

– Vai me ajudar a convencer a mamãe de que ele também não é uma boa opção? – peço.

– Ajudo, mas é segredo nosso, ok? Quero viver mais algumas décadas.

Dou a volta na mesa e o abraço. Ele ri e bate nas minhas costas.

– Prometa que vai tentar ser paciente com sua mãe até isso tudo acabar, Liza.

Cruzo os dedos às costas.

– Prometo.

– Tudo bem. Preciso ir para o restaurante. Por que não vem me ajudar hoje? Danny saiu de férias com a família, a equipe está desfalcada.

Seria bom sair de casa. Tremo quando penso no que mais minha mãe pode me dizer se eu ficar.

– Tudo bem – respondo. – Vou trocar de roupa.

Capítulo 19

Depois de três dias de desprezo da minha mãe, estou pronta para me aquecer na cozinha. Passo a maior parte da noite anterior à segunda etapa do concurso trabalhando na receita do bolo *chiffon pandan*. Tinha esquecido como era difícil alcançar aquela perfeita textura aerada. Apesar da tensão entre nós duas, conquisto um aceno positivo de cabeça de minha mãe quando ela vai para a cama. Ainda faltam algumas horas para eu deitar; quero me sentir apta a julgar essa receita técnica até dormindo.

Deito pouco depois das duas da manhã. Quando o alarme dispara, cinco horas mais tarde, pulo da cama. Sem câmeras nos seguindo, posso voltar a usar minhas roupas habituais. Quando vou me vestir, me pego examinando os cabides.

– Procurando alguma coisa para impressionar um certo confeiteiro?

Viro e vejo o sorriso provocador de Jeannie. A essa altura, minhas bochechas coradas viraram a norma. Pego um suéter azul-claro e minha calça favorita, um jeans skinny preto. Jeannie arqueia uma sobrancelha.

– Tem certeza de que a mamãe vai aprovar o figurino?

– É isso ou minhas camisetas *geek* – respondo rindo. – Você sabe quanto ela ama aquelas camisetas.

– Verdade.

Termino de me vestir, e ela me ajuda com a maquiagem. Como meus pais saíram cedo para verificar tudo no instituto, vou pegar carona com a Jeannie. Quando saímos de casa, vejo Nathan parado ao lado do carro. Ele assobia baixinho.

– Vejam só vocês duas! – Ele enlaça a cintura de Jeannie e a puxa para um beijo. – Principalmente você.

– Para – minha irmã protesta. – Vamos, a gente não pode se atrasar.

Assim que entramos no carro, Nathan pega a rampa de acesso para a estrada e vai ultrapassando os veículos na frenética hora do rush. Ele olha para mim pelo espelho retrovisor.

– Então, Liza, ouvi dizer que o primeiro dia foi muito interessante.

– É uma maneira de dizer – respondo rindo. – Fico contente por ninguém ter colocado fogo no laboratório.

– Está torcendo por alguém?

– Não. Isso não seria muito imparcial, como minha mãe diria.

Ele me encara pelo retrovisor e diz:

– Prometo que não vou contar.

– Honestamente, acho que três ou quatro concorrentes têm uma boa chance de ganhar – me esquivo.

– Talvez – Jeannie opina –, mas você não ficaria chateada se James ganhasse, não é?

– Ele é muito bom, é claro – gaguejo –, mas Ben também é.

Nosso carro muda de repente de faixa, e me agarro à porta. Jeannie grita. Os dedos de Nathan ficam mais brancos conforme ele recupera o controle do volante.

– Todo mundo bem? – ele pergunta.

– Ah, sim – consigo responder. – O que aconteceu?

– Alguém me fechou. Desculpem. – Ele olha para mim. – Estava falando alguma coisa sobre James e Ben?

Suas palavras carregam alguma tensão, e seus olhos estão cravados na estrada. Não o culpo por estar abalado. O trânsito de Houston é um dos piores do país.

– Ah, só que os dois foram bem no primeiro dia – falo.

– Eles são de Nova York, como você – Jeannie comenta enquanto toca seu braço. – Na verdade, encontramos James quando Liza estava lá comigo. Foi por isso que ela acabou encrencada há umas noites. Tinha saído com os dois.

– Encrenca que você incentivou – retruco, embora abaixe a cabeça.

– É, acho que sim.

Paramos no estacionamento. Nathan se oferece para acompanhar Jeannie ao laboratório de confeitaria, já que ainda faltam alguns minutos para sua aula. Depois de me despedir, vou para a sala de descanso. Minha mãe, a Sra. Lee e o Chef Anthony estão reunidos em volta da sala de jantar, finalizando a programação.

Minha mãe fica boquiaberta.

– Que roupa é essa?

Olho para mim mesma.

– Qual é o problema com ela?

– Eu falei para vestir alguma coisa bonita!

– Eu acho que ela está linda – diz a Sra. Lee. – E o traje é muito apropriado para a idade dela.

Isso só irrita ainda mais minha mãe. Sua ameaça de me remover do júri passa por minha cabeça. Felizmente ela está preocupada com os preparativos do dia para fazer mais do que me lançar um olhar mortal. Gloria, a aluna que conhecemos no primeiro dia, entra na sala.

– Chef Anthony! Um pr...

Ela para ao ver todo mundo reunido, e sua expressão fica tensa.

– Hum, posso falar com você, por favor?

– É claro – Chef Anthony responde imediatamente.

Ele olha para minha mãe e pede licença. Depois sai e fecha a porta, mas é possível ouvir as vozes abafadas do outro lado. Alguns minutos depois, Chef Anthony reaparece.

– Senhora Yang, temos um pequeno problema. As cópias do desafio técnico foram... extraviadas.

Minha mãe o encara com os olhos semicerrados, e sua voz se torna incisiva como uma lâmina.

– Extraviadas? Como? Não disse que estava tudo pronto?

– Estava. Até verifiquei tudo ontem à noite, antes de ir embora. Não sei o que aconteceu. Talvez um dos zeladores tenha jogado a pilha fora achando que era lixo.

Minha mãe pega seu caderno de receitas de capa de couro e se aproxima do homem. Antes de oferecê-lo, ela avisa:

– Não perca.

— Vou fazer as cópias pessoalmente — ele promete. — Não vou perder de vista.

Minha mãe segura o caderno por mais um segundo antes de soltá-lo. Ela continua olhando para a porta, enquanto o restante da sala volta a conversar. Tenho certeza de que conta os minutos até ele voltar, e, quando isso acontece, ela pega o caderno das mãos dele e o guarda no fundo da bolsa.

As coisas já estão bem mais calmas quando, meia hora mais tarde, Chef Anthony se dirige à porta.

— Podemos começar?

Respondo que sim, e vamos juntos ao laboratório de confeitaria. Como antes, Chef Anthony se encarrega da abertura do dia apresentando minha mãe, a Sra. Lee e, por último, eu. Quando me junto a elas, olho para James. Ele está todo vestido de preto, da camisa social justa sobre o peito largo ao jeans estreito. Os tênis Adidas são pretos também. É uma escolha arriscada para um confeiteiro, mas não estou reclamando. James me olha de cima a baixo também, e vejo sua boca se encurvar um pouco para cima, mostrando a covinha.

É fácil não tirar os olhos do cara que conseguiu provar que eu estava errada uma vez após a outra, mas desvio o olhar para Ben, que, como sempre, está vestido com simplicidade, com uma camiseta estampada e jeans de lavagem escura. Ele acena para mim balançando os dedos, e me permito apenas um sorriso rápido, para minha mãe não me acusar de ter uma atitude imprópria.

— Quem ainda estamos esperando? — a Sra. Lee pergunta do nada.

Chef Anthony nota a estação vazia e franze a testa.

— Alguém sabe onde está o concorrente número dois? Jay Huang?

Minha mãe olha para meu pai, que sai da sala apressado. Ela se inclina para além da Sra. Lee e murmura alguma coisa para Chef Anthony, que se dirige à sala.

— Estamos localizando Jay. Obrigado pela paciência de todos.

Cinco minutos se passam. Depois dez. Meu pai finalmente reaparece na porta. A esperança nos olhos de minha mãe morre quando ele balança a cabeça desolado.

— Devemos esperar um pouco mais? — pergunta Chef Anthony.

– Não – ela responde com a voz alterada. – Vamos começar.

Ele une as mãos e pigarreia para recuperar a atenção de todos.

– Muito bem, obrigado por esperarem. Bem-vindos ao segundo dia da Quinta Competição Anual de Confeitaria Júnior da Yin e Yang. O tema de hoje é bolo. Senhora Yang, o palco é todo seu.

Minha mãe dá um passo adiante, mas, quando abre a boca, não emite nenhum som. Vejo que suas mãos tremem um pouco. Ela deve estar mais abalada do que eu imaginava com os problemas da competição. A Sra. Lee olha para Chef Anthony com expressão de pânico. Antes que eu me convença a não fazer isso, ando até a frente da sala e respiro fundo.

– Para o desafio técnico de hoje, vocês receberam a receita de um *chiffon pandan*. A lista de ingredientes é pequena, mas prestem muita atenção à preparação. Um erro de cálculo, e o bolo vai ficar chato e denso. Vocês têm uma hora e meia. Boa sorte.

Os seis concorrentes restantes começam a trabalhar. Baixo os olhos ao passar por minha mãe a caminho do corredor. Meu pai aparece com duas cadeiras, que coloca junto da parede.

– É bobagem passar tanto tempo em pé.

– Obrigada, pai.

Ele toca minha cabeça.

– Vai com calma com a sua mãe hoje. Ela não dormiu quase nada na noite passada.

Essa é uma coisa que temos em comum. Meu pai começa a caminhar para a porta, mas olha para trás sorrindo.

– Já foram quatro, faltam seis.

Engulo a risada quando minha mãe aparece para sentar na cadeira ao meu lado. Olho para ela. Seus olhos perderam o brilho habitual, e trechos de pele seca destacam as linhas em seu rosto. Sinto uma inesperada onda de simpatia e bato de leve com o ombro no dela.

– Tudo bem, mãe?

Ela não responde por alguns minutos. Estou me preparando para perguntar de novo quando ela respira profundamente.

– Fez um bom trabalho dando as instruções. Muito profissional.

Sorrio.

– Eu falei que maratonar *The Great British Baking Show* seria útil.

– Não é bom para os seus olhos passar tanto tempo olhando para a tela – ela avisa, mas seu rosto se suaviza. – Precisa proteger sua visão.

– Ok, mãe.

Um bom tempo se passa antes de ela se virar na cadeira e olhar para mim.

– Precisamos conversar sobre aquela noite.

Eu preferia não tocar nesse assunto, mas fico tensa e espero pelo sermão iminente.

– Liza, sei que pensa que, por ser legalmente adulta, pode fazer o que quiser, mas ainda sou sua mãe. É meu dever proteger e cuidar de você. – Ela engole o choro. – Quando você não respondeu às mensagens e não atendeu o celular, só consegui pensar que estava machucada, precisando de mim, e eu não estava lá para te ajudar...

A culpa me invade. Seguro as mãos dela.

– Desculpa, mãe. Eu não percebi que o celular não estava comigo.

– É difícil ser mãe, sabe? Os filhos são nossa vida. – Minha mãe respira fundo. – Um dia você vai entender como é, Liza. Até lá, tente ter um pouco mais de consideração.

Abaixo a cabeça.

– Sim, mãe.

Ela afaga minhas mãos, depois toca meu queixo e o levanta.

– Muito bem. Agora, me conta um pouco mais sobre Ben e James.

• • •

Somos chamadas de volta quando o tempo se esgota. Assim que entro na sala, um olhar rápido é suficiente para saber quais confeiteiros fracassaram no desafio. Seus bolos parecem panquecas ou tijolos.

Minha mãe olha para mim de soslaio.

– Vamos experimentar?

Como o bolo *chiffon* pode ser uma receita difícil de dominar, minha mãe decidiu liderar o julgamento nessa rodada. Começamos com o prato mais à nossa direita. É bom, mas a superfície queimou ligeiramente. Quando o cortamos, o bolo só tem algumas poucas e ocasionais bolsas de ar. Ponho um pedaço na boca e espero um segundo para amolecer, antes de comer.

– É um bom bolo. Um pouco mais elástico do que deveria ser, mas o sabor está aí, e a altura é decente. – Olho para minha mãe. – O que acha?

– Concordo. As claras deveriam ter sido batidas por mais tempo para conferir a textura esponjosa que procuramos. Bom trabalho.

O segundo bolo é chato e sem forma, em vez de alto e fofo. Minha mãe tem que mover a faca como uma serra para tirar uma fatia, e decidimos dividir. O sabor é mais ovo que *pandan*.

– O confeiteiro que fez este aqui bateu demais as claras – explica minha mãe. – Por isso o bolo não cresceu.

Meu pedaço tem uma surpresa, um pedaço de folha de pandano. Mostro para todos verem.

– Ler as instruções com cuidado teria ajudado nisso também. As folhas deveriam ter sido peneiradas do suco, não picadas e adicionadas à massa.

Nosso terceiro bolo é mais plano que alto e não tem pedaços de folha. Fora isso, também não tem nada de impressionante. O quarto bolo é lindo. Mas, quando o provamos, não tem o aroma das folhas.

Minha mãe comprime os lábios.

– Acho que o confeiteiro esqueceu de diluir o suco com água e leite de coco. O leite de coco é muito forte, dominou o sabor delicado do pandano.

Abaixo a cabeça para disfarçar a surpresa. Eu também não teria pensado nisso, e devo ter assado uma dúzia desses bolos na noite passada.

Chegamos ao quinto bolo. Minha mãe distende os lábios em aprovação.

– A aparência é muito atraente. Vamos ver o sabor.

Quando o *chiffon* entra em contato com minha língua, alguma coisa não parece certa. O *pandan* e o açúcar estão lá, mas também tem um sabor desconhecido. Fecho os olhos e como mais um pedaço.

Ah, aí está.

– Esse confeiteiro não mediu corretamente a quantidade de bicarbonato de sódio – concluo.

Minha mãe olha para mim e arqueia as sobrancelhas.

– Liza está certa. Ela percebeu a nota amarga. Esse confeiteiro exagerou na medida do bicarbonato, ou não o misturou bem.

Quando paramos na frente do último prato, tenho certeza de que é de James. O bolo parece tão bom quanto os que minha mãe e eu fizemos.

Encosto nele com um garfo, e a superfície treme de leve. Sorrio e levanto a cabeça para fazer um comentário sobre isso, mas todos os pensamentos desaparecem quando meus olhos encontram os de James. Seu olhar para mim seria capaz de derreter açúcar mais depressa que um maçarico. Meu garfo cai em cima da mesa.

– Opa.

Desvio o olhar e me concentro em cortar duas fatias de bolo. Ofereço o primeiro para minha mãe sem olhar para ela. Se olhasse, ela logo perceberia o que estou sentindo. O bolo tremelica sob a pressão suave. Ela corta um pedaço da fatia e o leva à boca.

– Este bolo. A altura, a textura, o sabor. Está tudo aqui. Maravilhoso.

– Sim, é delicioso – murmuro.

Terminada a degustação, Chef Anthony toma a palavra.

– Fantástico. Agora nossas juradas vão se retirar por um minuto para classificar os bolos do ponto de vista técnico.

Minha mãe e eu não demoramos muito para chegar a um acordo, e ela me deixa anunciar o veredito. Quando anuncio a ordem em que classificamos os bolos, Albert fica na última posição, depois vêm David, Sammy, Edward e Ben. James é o último a ser anunciado, e, quando sua vitória é declarada, seu sorriso provoca reações de surpresa.

Chef Anthony pede os aplausos da plateia antes de se dirigir aos concorrentes.

– Ótimo trabalho, confeiteiros. Estão liberados até a tarde. Vão almoçar e nos encontrem aqui em uma hora.

Ben e Grace saem de mãos dadas. James olha para mim antes de ir atrás deles. Ameaço sair também, mas Edward aparece na minha frente com um sorriso radiante.

– Oi, Liza.

Engulo um palavrão.

– Ah, oi.

– Hoje você foi ótima no julgamento técnico. Aposto que seus bolos *chiffon* são perfeitos.

– Obrigada, mas os seus também podem ser bons, se praticar mais – respondo educada.

– Está muito bonita hoje. Quero dizer, sempre está muito bonita... – Ele puxa a gola. – Desculpe, me expressei mal.

Por cima do ombro esquerdo dele, vejo Sarah na ponta da fileira de cadeiras. Ela nos observa com atenção.

– Vou comer alguma coisa – digo, apontando para a porta com o polegar. – É melhor você ir também.

Viro para me afastar, mas minha mãe intervém rapidamente:

– Edward, não tinha uma pergunta para fazer para Liza?

Ele olha para mim nervoso.

– Hum, sim. Queria saber se pode me dar um... conselho.

– Conselho?

– É, sobre... uma coisa pessoal.

Ah, não. Ela não pode estar fazendo isso. Agora não. Enquanto Edward olha novamente para minha mãe, uma ideia surge em minha cabeça.

– Por que não vamos conversar ali no canto? Assim temos mais privacidade.

– Ah, eu...

Seguro seu pulso e o puxo para longe da minha mãe. Ela não tem alternativa a não ser nos deixar sozinhos, embora se aproxime lentamente enquanto faz a limpeza. Cochicho para Edward:

– O que minha mãe prometeu?

– Como... como é que é?

– O que minha mãe prometeu? – repito com mais firmeza. – Para tentar me convencer a namorar com você?

– Eu... hã... – ele gagueja, olhando para o chão e suspirando. – Não sou tão bom confeiteiro, ela prometeu me ajudar.

– De que maneira, exatamente?

– Ah, ela prometeu... me dar aulas. Mas só fiz isso porque minha mãe e minha tia me obrigaram. Juro.

Cerro as mãos junto do corpo. Quando eu achava que estava fazendo algum progresso com ela, minha mãe faz isso. Ele puxa a orelha.

– Pensei que bastaria flertar um pouco, convidar você para sair, e depois isso acabaria. Simples assim.

– Simples assim?

Ele parece encolher sob meu olhar.

– Sei o que parece. Por isso ainda não te convidei para sair. Bom, por isso e...

– E o quê?

Edward fica vermelho. Quando responde, seus olhos estão fixos em algum ponto atrás de mim.

– Eu... conheci alguém. Alguém de quem gosto muito. E não quero que ela pense que estou a fim de você.

Meu coração fica apertado.

– Por favor, me diz que não está a fim da Grace. Nem da Jeannie.

– O quê? Não, não... eu estava falando sobre... bem...

Ele murmura alguma coisa.

– O quê? – pergunto.

– Sarah – ele diz com esforço. – Estou falando sobre sua amiga Sarah.

Olho para ela, ainda sentada junto da parede, olhando sem interesse para o celular. Um sorriso levanta o canto da minha boca.

– Sarah merece um cara que não esteja fingindo gostar de outra garota.

– Eu sei. E sinto muito. – Edward abaixa a cabeça. – Só queria que minha mãe largasse do meu pé. Ela quer que eu namore uma asiática.

Suspiro. Isso é algo que entendo bem.

– Olha só, eu sou obrigada a ouvir minha mãe, mas você não. Diga a ela que me convidou para sair e eu disse não.

– Tem certeza? Não quero causar problemas para você.

– Estou acostumada com ela furiosa comigo. Não vai ser nenhuma novidade.

Ele suspira aliviado.

– Obrigado. Muito obrigado.

Edward sai antes que minha mãe possa interceptá-lo. Faço o mesmo, e ela olha para mim como se quisesse me perguntar algo, mas a ignoro. Para cumprir a promessa que fiz ao meu pai, preciso me afastar dela um pouco.

Sigo pelo corredor principal e empurro a porta do fundo, saindo em um pequeno pátio sombreado por árvores. Ouço uma risada que parece ser de Grace e sigo o som até o lado esquerdo do edifício em forma de U. Assim que faço a curva, paro. Grace está encostada na parede, com a boca colada à de Ben e os braços dele em volta de seu corpo.

– Ops – sussurro.

Desvio o olhar e giro para sair dali, mas tropeço em James. Desequilibrado, ele cambaleia, e minhas pernas enroscam nas dele. Nós dois vamos para o chão.

Ele geme.

– Será que você poderia pensar em um jeito menos doloroso de me cumprimentar?

Eu não devia, mas dou risada.

– Juro que não é de propósito.

Levantamos da grama. Ele tira algumas folhas do meu cabelo enquanto eu removo outras de sua camisa. Faço um movimento giratório com o dedo.

– Vira, deixa eu ver suas costas.

Ele suprime um sorriso e faz o que eu digo. Limpo as folhas de grama e me distraio por um momento com a maciez da camisa.

– Liza?

Quando ele vira para me encarar, abaixo as mãos. Sua respiração profunda atrai meu olhar, que encontra o dele, mas nenhuma palavra sai de sua boca.

– Parabéns pela segunda vitória – digo. – Foi um ótimo bolo.

– Acha mesmo? Duvidei que conseguiria terminar a tempo.

– Por que não terminaria?

Ele massageia a nuca.

– A primeira massa ficou salgada, e não consegui entender por quê. Tinha certeza de que todas as medidas estavam certas, então verifiquei os recipientes. E descobri que meu açucareiro tinha sal misturado ao açúcar.

– Quê? – Estranho. – Talvez um dos alunos da escola de culinária tenha se distraído ao preparar as coisas. Sinto muito.

– De qualquer maneira, estou contente por ter tido tempo de preparar uma nova massa e fazer um bom bolo.

– Muito melhor que bom. Ficou perfeito. Até minha mãe disse isso, e ela nunca diz isso sobre nada.

James sorri. Fico olhando hipnotizada para as rugas que se formam em torno de seus olhos e a covinha irresistível.

– Acho que essa é a coisa mais legal que já me disse.

Tento reagir com um movimento despreocupado dos ombros.

– Tecnicamente, eu elogiei seu bolo.

Quando ele se aproxima, meu coração dispara como um pássaro tentando voar.

– Isso significa que ainda não te fiz mudar de opinião sobre mim?

– S... sobre você?

– Sei que não provoquei a melhor primeira impressão, mas esperava que...

James se cala, e resisto ao impulso de gritar. Esperava o quê? Seu rosto se transfigura como se estivesse tentando escolher uma emoção, mas não se contenta com nenhuma. Em vez disso, ele endireita os ombros e passa a mão no cabelo.

– Enfim, que bom que gostou do meu bolo. Isso é muito importante, vindo de você.

Demoro uns instantes para responder. E só consigo falar olhando para os meus sapatos.

– Sério? Por quê?

– Eu... Bem, você é uma confeiteira incrível, para começar.

– Você nunca comeu nada que eu preparei – comento sorrindo.

– Nem preciso – James responde imediatamente. – Só de você ter notado que o bolo de Ben tinha bicarbonato de sódio a mais é suficiente para eu saber que você é incrível. Eu nunca teria notado.

– É, bom, você aprende muito sobre bolos *chiffon* depois de assar um monte deles em seguida – brinco.

Se ele pretendia responder, não teve oportunidade, porque Ben e Grace aparecem contornando o prédio.

– Aí estão vocês – diz Ben. – Estávamos procurando vocês dois!

Mantenho o tom leve.

– Na boca um do outro?

Ben fica vermelho, mas Grace só sacode os ombros.

– A oportunidade surgiu, então aproveitei.

Mordo o interior das bochechas para não rir. Isso é a cara da Grace. Ela nunca deixa de ir atrás do que quer. Além do mais, Ben provavelmente teria levado um ano para beijá-la. Grace olha para James e para mim.

– Interrompemos alguma coisa?

Olho para James. Ele abre a boca para falar, mas então a fecha.

— Só estávamos conversando sobre o desafio de hoje — respondo finalmente. — Aliás, temos que ir logo, se vocês quiserem comer. Temos só quarenta minutos.

— Conhece algum lugar por aqui que seja rápido? — pergunta Ben.

— Na verdade, conheço. O que acham de *pho*?

— Eu adoro. Mas James talvez...

— Tenho certeza de que vai ser deliciosa — ele interrompe. — Se Liza diz que é bom, é bom.

Ben e Grace partem de volta para o prédio. Viro para segui-los, mas James segura meu cotovelo.

— Espera. Tem grama nas costas do seu suéter.

Fico quieta enquanto ele desliza as mãos por minhas omoplatas e desce pela coluna.

James pigarreia.

— Tem... tem algumas na cabeça também.

Ele tira as folhas do meu cabelo antes de limpar a garganta de novo.

— Pronto.

Viro para agradecer, mas tudo que sai da minha boca é ar. Ele está muito mais perto do que eu esperava. Sigo o pescoço esguio até o queixo forte e finalmente encontro os olhos castanhos e brilhantes.

— É melhor... — Aponto para a escola.

James balança a cabeça.

— Tem mais uma coisa.

Minha respiração acelera.

— O que é?

Ele dá mais um passo à frente e inclina a cabeça. Fico na ponta dos pés, nossos lábios se encontram, meus olhos se fecham. Seus braços me envolvem e me puxam contra seu corpo. Meu cérebro demora um segundo para compreender o que acontece, e minhas mãos encontram o caminho até seu peito. Em algum lugar no fundo da minha mente, registro a leveza da boca contra a minha, o modo como ele me segura, como se eu estivesse prestes a quebrar. Ele tem sabor de açúcar e coco, e solto uma risadinha sem pensar. James recua.

– O que foi?

– Você... tem um gosto bom – admito, o rosto ardendo.

– Nesse caso...

Ele abaixa a cabeça e me beija de novo. Dessa vez seus lábios se movem como ele, confiantes, precisos e sem hesitação. Encontro rapidamente a receita que o faz me puxar para mais perto.

– Ben, olha!

A exclamação alegre de Grace nos afasta, embora não sem muita relutância. James sorri para mim, e sua covinha se mostra completamente. Escondo o rosto no ombro dele, enquanto Ben a censura em tom de brincadeira.

– Olha o que você fez.

– Ah, não! Desculpa. Voltem ao que estavam fazendo – ela diz. – Não quero interromper.

James acata a sugestão com entusiasmo, mas, quando tenta roubar outro beijo, viro o rosto.

Ele faz biquinho.

– Você é uma provocadora.

– Não distribuo beijos de graça, senhor. Quer outro, vai ter que fazer por merecer.

Os olhos dele brilham cheios de malícia.

– Adoro um desafio.

"Eu também."

Capítulo 20

O ALMOÇO PASSA VOANDO, E LOGO ESTAMOS DE VOLTA AO LABORATÓRIO de confeitaria. É hora da prova criativa dos bolos, e estou ansiosa para ver o que James vai apresentar. Tenho certeza de que será incrível. Pena eu não ter conseguido tirar a informação dele enquanto almoçávamos. Assim que os demais confeiteiros se posicionam em suas estações, começa a contagem de tempo. Minha mãe, a Sra. Lee e Chef Anthony observam de seus lugares na frente da sala, e de vez em quando cochicham entre si.

Sentada entre Jeannie e Grace perto da parede esquerda, faço o possível para prestar atenção em todos os concorrentes. É muito difícil, porque James é, de longe, o mais interessante. Ele está concentrado, sério, com as mangas dobradas acima dos cotovelos, e se abaixa para verificar a temperatura do forno. De vez em quando, vai até a geladeira e guarda alguma coisa.

— Ei, por que a mamãe está olhando feio para você? — Jeannie pergunta.

— Hum? O quê?

Olho para minha mãe e vejo que ela me encara ameaçadoramente. Me afundo na cadeira.

— Edward deve ter contado a ela que recusei seu convite para sair.

Grace vira para trás.

— Espera aí, ele te convidou para sair?

— Não. Acontece que ela está tentando armar para nós o tempo todo, e eu sugeri que ele dissesse isso a ela para acabar com a história.

— Ela não parece muito feliz — Jeannie observa, e seus lábios se distendem.

— Nada de novo.

— E se contar a ela sobre James? — Grace sugere. — Tenho certeza de que ela vai te desculpar.

Ela tem razão. James se enquadra em praticamente todos os itens da lista da minha mãe. Se ela descobrir que ele está interessado, talvez finalmente me deixe em paz. É perfeito.

Isto é, *se* eu decidir contar para ela.

A verdade é que ainda não estou preparada para contar. Não sei se é porque tudo ainda é muito novo com James, ou se é porque ela vai encontrar um jeito de se dar o crédito por ter nos aproximado. De qualquer maneira, sei que quero guardar isso para mim por mais um tempo.

Retomo o foco na competição. Edward está cortando pedaços de seu bolo, e é difícil saber o que ele tem em mente. Sammy trabalha determinado em sua criação de três camadas. Ele está fazendo um *naked cake*, uma escolha ousada. Vai ser impossível esconder defeitos. Porém, pelo que consigo ver das camadas, ele fez um bom trabalho.

David e Albert finalmente decidiram usar sabores diferentes, mas estão uns vinte minutos atrasados em relação ao grupo. Ben ficou sentado em sua banqueta enquanto esperava o bolo esfriar, e agora começa a decoração. Ele não percebe os olhos da Sra. Lee se movendo entre ele e James — não numa pegada Mrs. Robinson, mas definitivamente com uma energia meio sinistra. Naquela noite no Hermann Park, James admitiu que a conhece, mas deve haver algo mal explicado entre os dois para ele não dizer mais nada sobre ela.

— Confeiteiros! Vocês têm mais quinze minutos. Quinze minutos!

O alerta de Chef Anthony provoca uma correria. David faz o possível para cobrir seu bolo, porém o glacê está derretendo. Albert, por outro lado, cobriu o dele e agora está espalhando confeitos numa lateral. Edward está dando os últimos toques no bolo usando algumas flores que trouxe, e Sammy faz algo parecido. Ben preferiu criar suas flores com o bico de confeiteiro, e o *ombré* me lembra um que Selasi fez na sétima temporada de *The Great British Baking Show*. Não consigo ver direito o bolo de James, porque, como sempre, ele está bloqueando minha visão.

— Confeiteiros! Tempo esgotado! Afastem-se dos bolos!

Sacos de confeitar são largados, instrumentos são derrubados e suportes de bolo são limpos conforme os concorrentes preparam suas obras para o julgamento. A Sra. Lee e minha mãe se aproximam da mesa, e Chef Anthony gesticula para Edward. Ele se aproxima com sua criação e a coloca com cuidado sobre a mesa. Reconheço que é um lindo bolo. Ele nivelou a superfície e as laterais, dando à criação um acabamento impecável. Ramos de flores frescas foram arranjados no topo do bolo em um formato crescente, com o caractere chinês do amor escrito com glacê vermelho.

Tenho que admitir. Minha mãe é uma excelente professora.

– Muito bem-feito – ela proclama, como era previsto. – Que sabores escolheu?

– É um bolo *fudge* com recheio de morangos frescos. Usei morangos na cobertura também.

A Sra. Lee corta o bolo e retira a fatia com cuidado, mas o topo fica preso ao resto do bolo.

– Acho que ele cortou o topo para fazer as camadas parecerem iguais – comento com Grace em voz baixa.

– Tirar um pouco da parte de cima do bolo para nivelar as camadas é um bom atalho – a Sra. Lee comenta imediatamente –, mas gosto daquele aspecto levemente imperfeito em um bolo.

Minha mãe olha feio para sua parceira de júri. Escondo o sorriso com a mão quando Grace me dá uma cotovelada. Depois de comer um pedaço, as duas juradas concordam que o bolo está adequado, embora a Sra. Lee anuncie que está um pouco seco. Isso só provoca outra cara feia de minha mãe.

David é o próximo. Seu bolo é uma confusão, porque ele teve pouco tempo para resfriá-lo. A cobertura escorreu em porções enormes, deixando apenas uma camada separada no topo. Ele está tão perturbado que minha mãe e a Sra. Lee não sabem o que dizer.

– Às vezes as coisas não dão certo – minha mãe aponta em tom suave –, mas aparência não é tudo.

"É, sei."

Olho em volta, mas todo mundo está olhando para a frente da sala. Relaxo na cadeira. Por um segundo tive medo de ter pensado alto.

– A senhora Yang está certa. Vamos cortar seu bolo e ver o que temos – anuncia a Sra. Lee.

Apesar da aparência nada apetitosa, a textura e o sabor do bolo *red velvet* agradam. David volta à sua estação menos desapontado do que tinha saído dela.

— Albert, por favor.

O gêmeo de David cambaleia sob o peso do bolo com cobertura espessa. Chef Anthony o pega de suas mãos e acompanha o garoto até a frente da sala. Seu bolo foi assado em camada única e cortado em blocos irregulares, e cada bloco foi coberto com uma grossa camada de glacê. Chego à conclusão de que ele tentou imitar o *Minecraft* que Ben fez no primeiro desafio.

A Sra. Lee sorri educadamente.

— Albert... sua intenção era fazer *petit fours*?

— O que é isso?

Ela o encara incrédula por meio segundo.

— Hum, esquece. Qual é o sabor do seu bolo?

— Branco.

— Baunilha? — minha mãe pergunta.

— Acho que sim. É branco.

Sufoco um gemido. Minha mãe respira fundo e sorri.

— Certo. Vamos experimentar.

Cada jurada transfere um bloco para seu prato e o corta no centro para dar uma olhada. Como eu desconfiava, tem quase tanto glacê quanto massa, e meu estômago protesta ao ver aquilo. Minha mãe está igualmente empolgada com a ideia de pôr seu pedaço na boca, só que não, e acaba cavando apenas a massa para experimentar.

— Mas a cobertura é a melhor parte! — Albert protesta.

Se ele não for para casa hoje, vou ficar chocada. O silêncio domina a sala enquanto as duas juradas mastigam e engolem. A Sra. Lee faz um gesto pedindo alguma coisa para beber, e Chef Anthony serve água para as duas. Depois de um longo gole, ela respira fundo.

— Lamento, Albert, mas seu bolo está seco. Assou demais, e a cobertura é muito grossa. Não foi a sua melhor receita.

Ele ainda não apresentou nada bom, mas guardo minha opinião para mim. Minha mãe assente ao lado dela.

— Foi uma boa tentativa, Albert, mas a senhora Lee está certa.

Se minha mãe está concordando com sua inimiga, a coisa é séria. O rosto de Albert fica vermelho, e ele cerra os punhos. A tensão invade a sala, e ficamos na expectativa do que ele vai fazer.

– Albert.

O aviso baixo mas firme da Sra. Kuan penetra sua raiva, e Albert murcha. Ele volta para a estação pisando firme e resmungando. Balanço a cabeça. É difícil acreditar que ele é só um ano mais novo que eu.

Como no primeiro dia, Sammy se dirige à mesa e deposita seu preparo nela antes que Chef Anthony anuncie seu nome. Seu *naked cake* tem uma decoração linda, com flores de verdade descendo pelas camadas.

– Sammy! Que surpresa maravilhosa – diz a Sra. Lee. – Seu bolo poderia estar exposto na vitrine da minha confeitaria.

Ele leva as duas mãos ao peito.

– Obrigado, senhora Lee! Fico muito honrado.

A expressão de minha mãe talvez seja ilegível para a maioria, mas eu sei que ela queria ter dito isso primeiro. No entanto, ela se recompõe com um sorriso radiante.

– Estou empolgada para experimentar. Que sabor escolheu?

– Limão e semente de papoula, com recheio de *cream cheese*.

Ah, parece incrível. Vou ter que pensar em um jeito de conseguir um pedaço mais tarde. Dessa vez, minha mãe toma a frente depois da degustação.

– Seu bolo ficou bastante úmido, Sammy! E o *cream cheese* não encobriu o sabor leve do limão.

– Como eu disse – acrescenta a Sra. Lee –, eu venderia esse bolo na minha loja. Sem dúvida.

Minha mãe e a Sra. Lee se encaram, enquanto Sammy flutua de volta à sua estação com um sorriso enorme, explodindo de orgulho.

– Ben, por favor, traga seu bolo – diz Chef Anthony.

Ben olha para nós quando vai pegar seu bolo, mas fica tenso ao ver alguém atrás de mim. Viro e vejo Nathan encostado na parede atrás de Jeannie, mas é difícil ver seu rosto embaixo da aba do boné de beisebol. Ele parece uma celebridade que não quer ser reconhecida. Eu sabia que os dois tinham almoçado juntos, e ela deve tê-lo convencido a assistir à etapa criativa.

Estranho quando Ben troca um olhar com James, que assume uma expressão séria ao ver Nathan. Ele olha para mim por um segundo, antes de encarar as juradas mais uma vez.

Chef Anthony pigarreia.

– Ben, seu bolo, por favor.

Ben carrega o bolo e quase tropeça no caminho. Meu coração bate na garganta, mas ele consegue se equilibrar. E permanece com as costas eretas durante o julgamento. Minha mãe aponta seu bolo.

– Sua habilidade com o saco de confeitar é incrível. Muito bem.

Ele quase não consegue sorrir.

– Fale sobre seu bolo – pede a Sra. Lee.

Ben não a encara diretamente.

– É um bolo esponja taiwanês com recheio de frutas frescas. A cobertura é de chantili colorido.

Os olhos de minha mãe se iluminam. Essa é sua especialidade. Ela corta rapidamente uma fatia, e chega a passar o dedo na cobertura para provar. Com base no que vejo, parece que o bolo foi bem executado. Minha mãe concorda, mas a Sra. Lee o examina com um olhar mais crítico.

– Acho que as camadas de frutas poderiam ter sido distribuídas de maneira mais regular, mas, de maneira geral, é um bolo delicioso.

Ben praticamente corre de volta à sua estação. Se as juradas perceberam, decidem não comentar nada. Sem notar a tensão no ar, Chef Anthony sorri para James.

– Hora do seu bolo, mestre confeiteiro.

Ignoro o modo como ele acabou de agir e estico o pescoço para ver seu bolo, que ele escondeu o tempo todo. Quando se afasta e o exibe, não contenho uma exclamação.

– É um bolo *mousse* – falo para ninguém em particular.

– É um bolo *mousse* de manga e framboesa – James confirma. – Com uma base esponja de baunilha.

Então era por isso que ele não parava de ir ao refrigerador. Não há como negar que o bolo foi executado com habilidade, com um fino verniz de framboesa no topo e camadas alternadas de *mousse* de manga e framboesa. Quando a Sra. Lee pressiona a faca na superfície, ela desliza sem encontrar resistência. Todas as partes conservam a forma quando a fatia é removida.

Minha boca fica cheia d'água. Manga é um dos meus sabores favoritos. Ninguém diz nada enquanto come. É tão bom que minha mãe fecha os olhos por um instante para apreciar. Finalmente, ela solta o ar.

– Não sei o que dizer, exceto que é excepcional.

É um grande elogio vindo de minha mãe, que encontra defeito em qualquer coisa. James olha para a Sra. Lee como se esperasse uma crítica.

– Você é um perfeccionista, James, e isso fica evidente nesse bolo. Excelente.

As palavras dela o pegam desprevenido, mas ele se recupera e se curva com polidez. Chef Anthony o dispensa e anuncia um breve intervalo para a deliberação. A Sra. Lee e minha mãe saem da sala para conversar.

Grace e eu mal levantamos da cadeira quando James se aproxima. O sorriso desaparece do meu rosto quando ele passa direto por mim e caminha até Nathan.

– É muita cara de pau sua aparecer aqui – James cochicha. – Quem envolveu você nisso?

– Ninguém – Nathan responde com tranquilidade, embora tenha a mandíbula tensa. – Estou visitando minha namorada.

Namorada? Isso parece meio prematuro. Olho para Jeannie, mas ela se concentra em James, que cospe uma resposta:

– Até parece que vou acreditar nisso.

Ela se coloca entre os dois.

– Devia acreditar, a namorada sou *eu*.

Ele a encara incrédulo antes de olhar para mim.

– E você? Há quanto tempo o conhece?

– Conheci quando fui a Nova York – respondo devagar. – Por quê? O que está acontecendo?

Ele não responde. Algo parece mudar nele antes de seus olhos se fecharem.

– Entendi.

James volta para perto de Ben. Ele sussurra algo, e Ben balança a cabeça, mas James insiste. Os dois primos saem juntos da sala. Grace vai atrás deles, mas volta quase imediatamente, sua expressão é de choque.

Corro ao encontro dela.

– Grace? O que aconteceu?

– Ele... me disse para ficar longe dele.

– Quem disse?

Ela olha para mim com olhos marejados.

– James. Ele não me deixou falar com o Ben.

– O quê?

Agora estou furiosa. Caminho em direção à porta com a intenção de ir atrás deles, mas ela segura meu braço.

– Não vai. Não quero ficar sozinha agora.

Uma lágrima desce por seu rosto, e sei que outras virão. Eu a abraço.

– Tudo bem. Vamos sair para dar uma volta.

Eu a conduzo para o corredor, tomando o cuidado de ir na direção oposta dos meninos. Na metade do corredor, Grace desaba. Eu a abraço com força enquanto ela chora. Como James se atreveu a tratá-la desse jeito? E Ben? Qual é a desculpa dele para não defendê-la? Olho para trás, para o laboratório de confeitaria. É hora de extrair algumas respostas.

Murmuro no ouvido dela.

– Você está bem?

Seu queixo descansa em meu ombro. Abaixo para examinar seu rosto. As bochechas exibem as marcas quase secas das lágrimas.

– Vamos falar com o Nathan – sugiro. – Talvez ele explique o que está acontecendo.

Engancho o braço no dela e a levo de volta à sala. Caminhamos na direção de Nathan. Ele está conversando com Jeannie, mas se detém ao nos ver.

– Querem saber o que aconteceu, não é?

Confirmo com um gesto de cabeça, e ele gesticula, nos convidando a sentar. Viro duas cadeiras na fileira da frente, puxo Grace para uma delas e sento na outra. Ele examina a sala parcialmente vazia antes de se inclinar para nós.

– Ok, a versão resumida é que conheço Ben e James há anos. Nossos pais tinham negócios, e nós passávamos muito tempo juntos. Até estudamos no mesmo colégio em Nova York, mas eu estava um ano na frente deles. James sempre se comportou como se fosse melhor que todo mundo, mas, no colégio, Ben e eu começamos a conviver mais. Não demorou muito para James ficar com ciúme da nossa proximidade.

Por mais que odeie admitir, consigo imaginar James se sentindo ameaçado por alguém tão extrovertido quanto Nathan.

— Enfim, quando Ben se recusou a desfazer nossa amizade, James fez de tudo para manchar minha imagem. Ele convenceu os pais de Ben de que eu era o motivo de ele estar saindo tanto, principalmente depois de ele bater o carro certa noite. Eles chegaram a procurar a agência com a qual eu tinha contrato e exigir que eu fosse dispensado. Depois disso, Ben parou de falar comigo. Já faz um ano e ainda tenho dificuldade para conseguir trabalhos como modelo.

Encosto na cadeira e meu peito começa a pulsar. Isso é verdade? Olho para Grace, que está encarando Nathan com uma expressão contraída.

— Sinto muito por ter passado por isso, meu bem — Jeannie responde, beijando o rosto dele. — Deve ter sido horrível.

— Essa não foi nem a pior parte. Também descobri que meu pai tinha um caso com a mãe do Ben. — Nathan abaixa a cabeça. — Tratei os dois como irmãos, e eles me viraram as costas. Esse é um dos motivos de eu ter vindo passar o verão aqui, para me afastar do drama. Bom, era o que eu achava que estava fazendo.

Minha cabeça está rodando. Lembro que ele mencionou os romances do pai, mas com a mãe de Ben? Isso só acontece nos dramas asiáticos. Nathan apoia o rosto no ombro de Jeannie, que sussurra palavras reconfortantes. Grace olha para mim.

— Pode vir comigo um segundo?

— É claro.

Ela me conduz para fora da sala e segue pelo corredor até a cantina. Depois de confirmar que estamos sozinhas, me convida a sentar à mesa mais próxima.

— Acredita nele, Liza?

— Eu... talvez? — Puxo meu brinco. — Não sei.

— Acho que ele está mentindo. Ou pelo menos não está contando tudo.

A convicção em sua voz me faz arquear as sobrancelhas.

— Por quê?

Ela olha pela janela.

– Ben me disse há algum tempo que ele quase teve problemas com a polícia por causa de uma falsa acusação. Por isso os pais sugeriram que se mudasse para cá logo.

– Ele falou algum nome?

– Não, mas, agora que tudo isso aconteceu, tenho certeza de que foi o Nathan.

– Talvez a gente deva perguntar a ele, então.

Começo a voltar para lá, mas ela me impede de ir.

– Não! Ele vai saber que sabemos.

– Como ele pode saber que sabemos?

– Não sei, mas não quero que Nathan saiba que sabemos que Ben sabe.

Meu cérebro quase entra em curto-circuito com a sequência de "sabes". Me detenho um momento para me reorientar, depois penso na acusação que ela fez. É possível que Nathan seja a pessoa que causou a fuga de Ben de Nova York? Convenientemente, a única pessoa que pode esclarecer tudo isso se recusa a falar.

Voltamos rapidamente ao laboratório de confeitaria para nos juntarmos aos outros. Como que invocados por nossa conversa, Ben e James entram na sala. Os dois evitam olhar para qualquer pessoa e retornam a suas estações. Minha mãe, a Sra. Lee e Chef Anthony chegam um pouco depois.

– As juradas já decidiram. Senhora Lee, por favor.

Ela une as mãos às costas, mas seus olhos não têm nenhum brilho quando encontram a estação de James. Não preciso ver o rosto dele para saber a expressão que exibe.

– A senhora Yan e eu fomos unânimes em nossa decisão para esta etapa. O concorrente que vai para casa hoje é... Albert.

Fico tensa. Em vez de arremessar uma vasilha ou alguma coisa igualmente quebrável, Albert desmorona na banqueta e faz cara de choro.

– Quanto ao mestre confeiteiro desta semana, o escolhido é alguém que já se mostrou uma grande promessa no primeiro dia. Parabéns, James. Você conseguiu de novo.

Todos na sala aplaudem. Ele não desvia o olhar da parede diante dele nem tenta sorrir. Minha mãe está perplexa, mas sorri para o restante do grupo.

– Bem, competidores, foi um dia muito empolgante. Espero que descansem e relaxem antes de voltarmos. Não esqueçam de praticar, porque o tema do próximo desafio é... pão.

Sammy vibra com o punho erguido.

– Isso!

No instante em que somos dispensados, Ben desaparece. James olha para mim com uma expressão indecifrável antes de seguir o primo e sair.

Capítulo 21

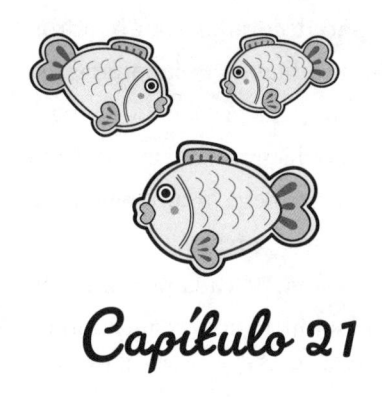

No dia seguinte, pouco antes das dez, acordo assustada com uma série de mensagens. Quando, com os olhos apenas meio abertos, destravo a tela do celular, ele toca. Bocejo antes de atender.

– Alô?

Ouço choro do outro lado da linha. Sento na cama em um pulo.

– Grace? É você? O que aconteceu?

O choro se transforma em soluços. Ouço passos arrastados, depois outra voz.

– Liza? É a senhora Chiu. Pode vir aqui? Odeio incomodar, mas não consigo fazer a Grace me contar o que aconteceu.

Levanto da cama e troco de roupa antes de ela acabar de falar. Tinha pensado em convidar Grace para dormir em casa depois do que aconteceu, mas ela saiu correndo do laboratório de confeitaria sem nem se despedir. Como não respondeu a nenhuma das minhas mensagens, imaginei que tinha ido dormir.

Meus pais já foram trabalhar, e Jeannie saiu com Nathan de novo. Não tem ninguém para questionar aonde eu vou. Entro no carro e percorro alguns quilômetros até a casa de Grace. Quando paro na entrada da garagem, a Sra. Chiu abre a porta.

– Chegou rápido.

Ela falou em tom preocupado, não de acusação. Sorrio para ela antes de tirar os sapatos e subir correndo a escada até o quarto de Grace. Bato duas vezes na porta e entro. O quarto de Grace é tão familiar quanto o meu.

As paredes cor-de-rosa são decoradas com quadros com citações inspiradoras escritas com cores cintilantes e elaboradas flores de papel. A escrivaninha, posicionada exatamente embaixo de uma janela panorâmica, é coberta de revistas de moda e há uma cadeira em forma de arco. Olho para a cama, cujas almofadas rosa e bege foram jogadas no chão.

– Grace? Sou eu – falo em voz baixa.

Ela está encolhida na cama, cercada por uma montanha de lenços de papel usados. Seu rosto está inchado e manchado de lágrimas, e círculos escuros envolvem seus olhos. Sento ao lado dela na cama.

– Grace... – Afasto as mechas de cabelo coladas em seu rosto. – Me conta o que aconteceu.

Ela me entrega o celular, chocada demais para explicar.

– Lê a mensagem.

Abro o aplicativo e leio a última mensagem que ela recebeu. É de Ben, e chegou pouco depois da meia-noite. Eu me preparo.

Acho que a gente não deve mais ficar juntos, Grace. Desculpa.

– Isso é tudo? – falo mais para mim mesma do que para ela.

Subo a tela e leio dezenas de declarações meladas e conversas aleatórias entre os dois. A última dessas foi mandada no dia anterior, antes do início da competição.

– Vi hoje de manhã, quando acordei. Eu... não entendo – ela fala. – O que foi que eu fiz?

Jogo o telefone de lado e a seguro pelos ombros.

– Nada. Você não fez nada errado, Grace. Não disse que ontem o James não deixou você nem falar com o Ben?

Grace assente e limpa o nariz com o lenço que entrego para ela.

– Acho que isso é coisa do James – continuo. – Ben nunca romperia com você se não fosse por ele.

– A-acha mesmo?

– Eu sei. Ben gostou de você desde que se conheceram. Ele nunca mudaria de ideia desse jeito.

Um nó se forma em meu estômago. Queria muito acreditar que James é melhor que isso, que Nathan estava mentindo. Mas agora? Depois do que ele fez com Grace?

Ela funga.

— O que eu faço?

— Relaxa e dorme um pouco. Eu vou cuidar disso.

Levanto da cama decidida a fazer James pagar por isso. Ela me segura pelo pulso quando me preparo para sair.

— Liza, não. Não quero que tenha que encontrar com o James. Não por mim. Talvez possa mandar uma mensagem para ele, ou algo assim.

Recuo ao sentir a pontada de dor no peito. Já tentei isso, e ele me ignorou completamente.

— Se James fez isso, não vai admitir, a menos que eu fique cara a cara com ele. Além do mais, só quero conversar.

E bater nele até não poder mais.

— Mas você não sabe como encontrá-lo — Grace me lembra.

Isso me faz parar, mas então lembro de algo muito importante e sorrio.

— Minha mãe tem o endereço dele no arquivo. Está no formulário de inscrição. Todos os concorrentes precisam dar essa informação.

Depois de jogar todos os lenços de papel usados na lata de lixo do quarto, volto e abraço Grace de novo, um abraço de urso.

— Dorme um pouco. Logo mais eu trago *boba*, ok?

— Obrigada, Liza.

Apago a luz e fecho a porta. A Sra. Chiu me espera ansiosa na sala de estar, no andar de baixo. Ela se anima quando apareço no vão da porta.

— Como ela está?

— Ela vai ficar bem. Preciso resolver algo em casa, mas volto mais tarde, se a senhora não se importar.

— É claro que não! Volte quando quiser.

Volto para casa dirigindo na velocidade máxima permitida, porque não quero ser parada. Não importa quanta vingança eu queira, minha mãe vai me matar se eu levar uma multa. Assim que chego em casa, vou direto para o escritório. Há pilhas de papel espalhadas pelo aposento, cobrindo tanto o chão quanto a mesa. Não acredito que minha mãe e meu pai me atormentam por não arrumar meu quarto sendo que parece que uma bomba explodiu aqui.

Ergo os ombros e começo por uma ponta da mesa, folheando com todo o cuidado os documentos nas pilhas. São recibos e contas do restaurante e da confeitaria, ou cartas da família de Taiwan. Minhas fotos da formatura também estão em cima da mesa, menos a que minha mãe usou.

Vejo uma caixa que contém pelo menos mais uns cem panfletos do concurso. Tenho que me conter fisicamente.

"Grace primeiro. Tacar fogo depois."

Retomo a busca. Trinta minutos mais tarde, finalmente encontro o que estou procurando em um pequeno arquivo de aço lotado com as inscrições deste ano. Elas estão organizadas em ordem alfabética, mas, antes que eu possa procurar no W, meu celular vibra. É uma mensagem de Sarah.

Pode me encontrar em algum lugar? Preciso conversar.

Penso na conversa com Edward. Um intervalo não vai fazer mal. Meu primeiro impulso é sugerir o Boba Life, mas a última coisa que quero agora é encontrar James ou Ben.

Pode ser no Juiceland?

Ótimo. Encontro você lá em meia hora.

Devolvo tudo no lugar e levanto para alongar meus músculos doloridos. Levando a bolsa e o celular, dirijo até o Juiceland. Uma tigela de raspadinha de manga vai cair muito bem agora. Quando paro na praça, uma inauguração do outro lado do estacionamento chama minha atenção. Mais uma casa de chá – Tea Bar. Olho para o relógio. Sarah provavelmente vai demorar mais uns dez minutos. Tenho tempo para dar uma olhada.

Quando me aproximo da porta, uma silhueta conhecida me faz parar. James.

Me escondo atrás de uma coluna. Como é que viemos parar no mesmo lugar? Ele está na fila com Ben, e há duas garotas conversando com eles. Ben é educado, mas não parece interessado. James, por outro lado, ri de alguma coisa que a garota mais alta diz. Odeio a dor que me atravessa e dificulta a respiração. Meu plano de confrontar James parece impossível, um obstáculo do tamanho do Everest que tem mais chance de me vencer do que eu a ele.

– Liza? – Sarah chama atrás de mim. – Tudo bem?

– Sim, sim – respondo, e as palavras saem como uma enxurrada. – Tudo bem. Totalmente bem. Vamos para o Juiceland.

Sem dar a ela a chance de responder, ofereço o braço e a levo dali. Quando entramos na loja, somos recebidas por mesas de acrílico transparente espalhadas por um salão de paredes amarelas e piso de concreto pintado de azul-marinho. Fazemos os pedidos – raspadinha de manga para mim, de morango para ela – e levamos as tigelas para uma mesa no fundo. Enfio na boca uma lasca de manga e gelo com leite condensado antes de olhar para Sarah.

– Sobre o que queria falar?

Ela engole.

– Ok, vou ser direta e perguntar. Você gosta do Edward?

– O-o quê? N-não! – gaguejo. – Nem um pouco.

Não tinha notado quanto ela estava tensa, porém a tensão desaparece de seu rosto com minha resposta. Ela brinca com um cacho avermelhado, e seus olhos verdes buscam os meus.

– Bem, ele parece gostar muito de você. Está sempre falando em você e preparando receitas para te impressionar.

– Não é por gostar de mim. É porque minha mãe e a dele tentaram nos aproximar.

Ela fica de boca aberta.

– O quê? Por quê?

– É uma longa história – falo depois de comer mais uma colherada de raspadinha –, mas você sabe o que minha mãe acha dos meus ex-namorados.

– Espera, é um daqueles casamentos arranjados? Vi um documentário na Netflix sobre isso.

Dou risada.

– Não é, e não quero que dê essa ideia à minha mãe.

Sarah ri. Como mais raspas de manga, saboreando a doçura. Quando olho para Sarah, ela está distraída. Um palpite me faz debruçar sobre a mesa.

– Espera aí. Por que a pergunta? *Você* gosta dele?

– Eu... – Ela fica vermelha. – Talvez. Temos conversado muito nos intervalos, e ele é muito fofo. A gente se encontrou e ouviu ópera.

– Ópera?

Os olhos dela brilham empolgados.

– É! Na verdade, ele me mostrou alguns vídeos de ópera taiwanesa, e foi...

"Sinistro? Macabro? Irritante?"

— Muito interessante! Os figurinos elaborados, os cenários, o canto! É tudo muito singular.

Acho que ópera realmente transcende culturas, mas não sou uma grande apreciadora. Como é evidente que Sarah está prestes a fazer uma análise completa, volto rapidamente ao assunto principal.

— Olha só, o Edward não gosta de mim, e eu não gosto dele. — Aponto para ela com a colher. — Além disso, foi com você que ele ouviu ópera. E depois te mostrou mais ópera. Nenhum cara faz isso, a menos que goste de você.

Sarah ameaça falar, mas eu a interrompo:

— Sim, os asiáticos também.

Ela arregala os olhos.

— Não era o que eu ia dizer!

Faço uma careta.

— Liza! Não era!

Levanto os braços em sinal de rendição.

— Tudo bem, tudo bem, estou brincando. Mas não em relação a isso. Sei de fonte segura que Edward só gosta de meninas com cabelo enrolado. Na verdade, de uma em especial.

A cor volta ao rosto dela. No mesmo instante, seu telefone apita. Sarah se espanta.

— É ele.

— E aí?

Ela lê a mensagem e deixa escapar um gritinho.

— Ele me convidou para ver um filme mais tarde.

Um sorriso largo se espalha por seu rosto. Cutuco seu braço.

— Viu? Eu falei.

— Vou ver se ele quer encontrar a gente aqui para tomar uma raspadinha.

Enquanto Sarah digita no celular, vejo Ben e James passando na frente da porta. As garotas que estavam com eles antes desapareceram. A raiva que eu havia esquecido momentaneamente volta mais quente que o fogo na cozinha do meu pai. Levanto e saio como um raio.

— Liza! Liza, espera! Aonde você vai?

Paro de repente na calçada, e Sarah me atropela e grita:

– Desculpa! Eu não...

Ela para quando vê para quem estou olhando. Ben tem dificuldade para me encarar, mas James olha para mim com ar de desprezo. Pessoas passam por nós na rua repleta de lojas, mas os dois continuam em silêncio. Estou tentando escolher o meu olhar mais letal quando as duas garotas se aproximam animadas. A mais alta segura o braço de James.

– Querem comer alguma coisa?

Se eu fosse ingênua, diria que vi um lampejo de tristeza no rosto de James. Sarah dá um passo à frente, mas eu a contenho com um movimento sutil de cabeça.

– Como ela está?

Por um segundo, penso que imaginei as palavras sussurradas de Ben em meio ao barulho da praça. Depois ele pergunta de novo, mais alto:

– Como a Grace está?

Olho para ele incrédula. É sério? Ele termina tudo e agora quer saber como ela está? Perco a paciência.

– Eu diria para perguntar a ela, mas para isso você teria que ser menos covarde. Uma mensagem? Sério?

James dá um passo à frente.

– Liza, para.

Transfiro para ele todo o peso da minha raiva. James paralisa sob meu olhar penetrante, enquanto as garotas se desculpam e vão embora. Sarah ainda está ao meu lado, mas fica quieta.

– Não me diz o que fazer. Ele partiu o coração da Grace, e, como ela está ocupada demais chorando em casa para falar alguma coisa, eu mesma falo. – Olho para Ben. – Tem *alguma* ideia de como é difícil a Grace confiar em alguém? Quando ela finalmente abre a guarda, você a dispensa assim? Por mensagem de texto? Você não merecia a Grace.

– Bom, ela não parecia tão triste quando estava se atracando com o Nathan – James interrompe bruscamente.

– Como é que é?

Minha explosão assusta uma senhora idosa que passa por nós nesse momento. Olho para ela como se me desculpasse.

– Antes que tente defender sua amiga, eu estava lá – James afirma. – Ontem, depois que saímos, voltei para pegar meu celular. Vi a Grace e o Nathan se pegando perto dos banheiros.

– Isso não é verdade! – Sarah protesta. – A Grace não é esse tipo de pessoa.

James olha para ela como se a notasse pela primeira vez. E eu penso na noite passada. Achei estranho a Grace sair correndo daquele jeito, mas imaginei que estivesse chateada por causa de Ben.

Balanço a cabeça.

– A Sarah está certa. Você deve ter visto outra pessoa. A Grace nunca trairia ninguém.

– Como pode ter tanta certeza?

"Porque ela foi traída pelo primeiro namorado, idiota."

Acabo não dizendo nada, porque o segredo não é meu e não tenho o direito de contá-lo. James interpreta meu silêncio como a confirmação de sua suspeita.

– Como eu disse. Não é o Ben que não a merece. É a Grace que não merece o Ben. E quanto a você, eu esperava mais do que Nathan.

– Ah, então sou culpada por associação? É isso mesmo? Porque, pelo que ouvi por aí, o problema é você, não ele. Você tentou acabar com a vida dele.

– Foi isso que ele disse? Que eu tentei acabar com a vida dele?

A fúria em seus olhos me assusta. Ben segura seu braço.

– James, não. É evidente que ele continua mentindo sobre o que aconteceu. Talvez seja melhor...

James o interrompe:

– Não. Você não deve explicações a ninguém. Especialmente alguém que tem ligação com o Nathan. Vamos embora.

Ele leva Ben pelo estacionamento antes que o primo possa protestar. Horrorizada, sinto lágrimas gordas e grandes descendo pelo meu rosto, e as enxugo furiosa. Para piorar as coisas, Edward sai do carro a alguns metros e caminha em nossa direção.

– Oi, Sarah. E aí, pronta para... – Ele me vê e para. – Liza? Tudo bem?

Sarah toca meu cotovelo.

— Talvez seja melhor a gente voltar lá para dentro. Podemos conversar sobre isso lá.

Consigo forçar um sorriso.

— Vão vocês. Eu... preciso ver a Grace.

Volto correndo para o carro e consigo entrar e bater a porta antes que a barragem se rompa.

• • •

Levo alguns minutos para me recompor. Acabo indo ao Boba Life para pegar o chá que prometi para Grace. Quando estaciono na entrada da casa dela, olho meu rosto no espelho. Vejo uma garota de olhos cansados e bochechas vermelhas. Respiro fundo algumas vezes para me acalmar antes de sair do carro. Forço um sorriso alegre quando a Sra. Chiu abre a porta.

— Voltei!

Ela parece surpresa com a mudança em minha fisionomia, mas decide não fazer comentários. Tiro os sapatos, subo a escada e bato com delicadeza na porta do quarto de Grace.

— Oi, sou eu.

Ela abre a porta para mim, e vejo que ainda está de pijama. Pelo menos abriu as cortinas, e a montanha de lenços usados é menor do que a anterior.

— Trouxe presentes.

Coloco a sacola em cima da escrivaninha antes de pegar uma bebida lilás, furar a tampa com um canudinho e entregar a ela. As outras ficam na base.

— É sua favorita. Taro.

— Você não existe — ela diz com um sorriso fraco.

Grace volta para a cama e bate no espaço a seu lado, me convidando a sentar. Pego meu chá e sento perto dela.

— Como você está? — pergunto.

Ela suspira e apoia a cabeça em meu ombro.

— Eu gostava dele de verdade, Liza.

— Eu sei.

— Pensei que ele fosse diferente.

A dor em sua voz se compara à do meu coração. Sei exatamente como ela se sente. Afago sua mão por cima da caixa de lenços.

– Sinto muito, Grace. Mesmo.

Mais alguns minutos se passam antes de ela inclinar a cabeça em minha direção.

– Tudo bem?

Continuo olhando para a frente.

– Sim. Por quê?

– Não parece.

– Por que diz isso?

Os olhos dela mergulham nos meus. Às vezes esqueço que ela me conhece tão bem.

Dou de ombros.

– Não é nada.

– Não é verdade.

– Tudo bem. Eu vou contar, mas precisa prometer que não vai ficar chateada.

Ela assente sem tirar a cabeça do meu ombro. Aos poucos, conto o que aconteceu na praça. Paro quando chego à parte sobre Nathan, sem saber como abordar o assunto. Então decido falar sem rodeios:

– James... acusou você de beijar Nathan depois que saímos do desafio do bolo.

Grace arregala os olhos e vira rapidamente para o lado.

– Não é o que ele pensa – diz depois de um tempo, mexendo no edredom.

– Quer dizer que aconteceu mesmo o beijo?

– Sim... mas não foi como James acha. Nathan me beijou. Fui ao banheiro e o encontrei no corredor. Começamos a conversar e ele disse que lamentava o que havia acontecido com Ben. Achei um pouco estranho quando ele me abraçou, mas então ele tentou me beijar. Eu tive que empurrá-lo.

Grace sufoca em lágrimas novamente, e eu a abraço.

– Por que não me contou?

– Tive medo. Pensei... ele é namorado da sua irmã. Além do mais, foi só uma vez, e ele se desculpou imediatamente. Disse que confundiu as coisas.

Abro e fecho as mãos. Ninguém tem o direito de pegar o que não é dado espontaneamente.

– Grace, se ele te causou desconforto, você não devia ter que esconder. Na verdade, estou feliz por ter me contado. Jeannie não merece se relacionar com um traidor.

– E se ela não acreditar em mim?

– É claro que vai! Por que pensaria que você está mentindo? Jeannie conhece você há quase tanto tempo quanto eu. – Adoto um tom mais brando. – A gente pode conversar com ela juntas.

– E se ela me acusar de tentar roubar seu namorado? Lembra o que aconteceu com a Everly no ano passado? Eu só fiz um trabalho de História com o Aaron, e ela se convenceu de que eu estava a fim dele. Por favor, não me faz contar para a Jeannie. Eu... acho que não consigo lidar com isso agora.

Concordar com isso é algo que acaba comigo, mas não quero que Grace se sinta pressionada.

– É claro.

– Obrigada por estar comigo, Liza.

– Claro que estou com você. Você é minha melhor amiga. Sempre vou estar com você. – Eu a abraço e apoio a testa na dela. – Não esquece de me avisar caso precise de ajuda para desovar um corpo.

Ela ri, mas a risada desaparece quando lembra de mais alguma coisa.

– Isso significa que você e James...?

Engulo o nó na garganta.

– Hoje ele se mostrou como realmente é. Estou feliz por termos terminado.

– Não está falando sério.

– Não importa. Hoje não tem a ver com ele. – Faço um gesto para ela beber o chá. – Estou aqui por você, não tem espaço para garotos.

– E garotas? – ela pergunta com a boca cheia de *boba*.

Finjo que fico ofendida.

– E eu sou o quê? Fígado fatiado?

– Você não conta. Não tenho a menor chance.

– Nessa situação, é você que é muita areia para o meu caminhãozinho.

– Hum – ela responde batendo com o dedo no queixo. – Pensando bem, acho que você tem razão.

— Ei!

É bom vê-la rindo de novo. Quando Grace termina o chá, eu pego os dois copos e vou jogar no lixo da cozinha. Quando volto, a encontro olhando com ar pensativo pela janela.

— É meio irônico, sabe?

Sento na cama ao lado dela.

— O quê?

— As pessoas pensam que, porque sou bi, namoro um monte de gente. Mas tudo que eu quero é uma pessoa que me ame, sabe? Estou cansada de tentar, me esforçar e acabar com o coração partido.

Dessa vez, quando as lágrimas correm pelo rosto dela, são límpidas e constantes. Eu a puxo para meu ombro.

— Queria poder fazer isso desaparecer, Grace.

— Que bom que é minha amiga.

— Melhor amiga — corrijo, apontando nossa foto em cima da mesa. — Não me rebaixe. Trabalhei duro para chegar aqui.

— Cala a boca.

— Cala a boca você.

Grace cutuca minhas costelas e eu a empurro.

— Se continuar, eu não vou te contar o que aconteceu com a Sarah hoje.

Isso captura a atenção dela imediatamente. As lágrimas são esquecidas, e ela se senta com as costas retas e um olhar curioso. Dou risada.

— Então...

Capítulo 22

Quatro dias depois, na terceira rodada da competição, entro na sala de descanso de olhos baixos. Tive que fazer um esforço enorme esta manhã para sair das cobertas. Fiquei acordada até tarde conversando com Grace; ela decidiu não acompanhar mais o concurso. Depois de brigar com meu despertador por preciosos minutos a mais, saí de casa de camiseta preta e short jeans.

Espero a desaprovação de minha mãe, mas ela nem olha para mim.

A competição está mexendo muito com ela. Nunca a vi tão desanimada. É apenas a terceira etapa do concurso deste ano, mas já temos cinco concorrentes a menos. Para compensar, ela teve que cortar metade dos dias planejados. Por mais que reclame da preparação necessária para fazer o concurso acontecer todos os anos, minha mãe se orgulha muito do resultado. Os acontecimentos inesperados devem ter abalado Chef Anthony também, porque ele mal consegue forçar um meio sorriso.

– Todos animados para hoje?

Meu pai é o único que dá uma resposta afirmativa. A Sra. Lee, vestida com um elegante terninho preto de pantalona com pérolas de água doce e outro par de saltos altíssimos, está grudada no celular. Jeannie manda uma mensagem me avisando que Nathan vai trazê-la daqui a pouco. Ver o nome dele na tela me deixa tensa. Preciso pensar em um jeito de tirá-la de perto dele para podermos conversar.

Como no segundo dia da competição, Gloria de repente entra na sala correndo.

— Chef Anthony! Venha depressa!

Chef Anthony a segue para fora da sala, e minha mãe faz o mesmo. Corro para alcançá-los. Chegamos na entrada do laboratório de confeitaria, onde os competidores e as famílias estão reunidos. James e Ben estão lado a lado, apoiados na parede. James parece mal-humorado, olhando com ar carrancudo para os outros concorrentes. Os lábios de Ben estão comprimidos em uma linha fina, e ele olha para os próprios sapatos. Ignoro os dois e entro na sala atrás de minha mãe. Ela para ao passar pela porta aberta, e nós duas reagimos chocadas.

A sala está virada de cabeça para baixo. Tem farinha e açúcar por todos os lados, panos e utensílios jogados nas estações de trabalho. Uma olhada rápida é suficiente para saber que faltam ingredientes em todas as mesas.

— Quem teve acesso a esta sala? — minha mãe quer saber.

Chef Anthony recua ao ser alvo de seu olhar mortal.

— Hum... antes da competição, só eu e os alunos voluntários. Mas nenhum deles teria feito isso.

— Como você sabe? Talvez um deles seja racista. — Ela aponta para a própria cabeça. — Os que usam chapéus vermelhos.

— Senhora Yang, essa acusação é séria — diz Chef Anthony, endireitando os ombros. — E não gostei de ouvir. Meus alunos são boas pessoas, e estão sacrificando seu tempo livre para fazer esse trabalho voluntário.

— Em troca dos créditos que você dá a eles.

Chef Anthony comprime a boca em uma linha fina.

— Mesmo assim, para entrar nesta escola, eles enfrentam uma dura competição. Nenhum de nossos alunos arriscaria a vaga assim.

— *Lăo pó*, não vamos tirar conclusões precipitadas. — Meu pai toca o ombro dela. — Não sabemos nem quando isso aconteceu.

— Alguém viu alguma coisa? — a Sra. Lee pergunta.

Nenhum de nós tinha percebido que ela também estava ali. Um minuto depois, Jeannie chega. Chef Anthony se vira para Gloria.

— Foi você que encontrou a sala assim?

Ela balança a cabeça.

— Não, chef. Um dos competidores me avisou.

— Qual deles?

Chegamos mais perto da porta, tentando enxergar o corredor. A Sra. Lee e minha mãe param e deixam Chef Anthony passar primeiro. Meu coração fica apertado quando Gloria aponta Ben.

– Aquele.

Ben fica tenso quando Chef Anthony olha para ele com ar de suspeita.

– Pode me dizer o que aconteceu?

– Estava assim quando cheguei aqui. Assim que vi, avisei uma de suas alunas.

– Tinha mais alguém aqui com você?

James ergue os ombros e assume um ar desafiador.

– Eu. Viemos no mesmo carro.

Chef Anthony faz uma pausa, depois olha para o restante do grupo.

– Alguém viu alguma coisa?

Todos balançam a cabeça. Olho para os primos. Estão dizendo a verdade ou isso é uma espécie de vingança? A ideia me deixa enjoada.

– Tem alguma câmera de segurança que possamos verificar? – pergunta a Sra. Lee.

– Só temos câmeras nas entradas e saídas. Nunca houve uma invasão antes.

A competição deveria ter começado quinze minutos atrás. Agora, sussurros inquietos pairam sobre o grupo reunido no corredor. Com minha mãe atordoada e olhando para o nada, meu pai assume o comando.

– Acho melhor limparmos tudo e começarmos quanto antes. Chef, pode levar os concorrentes e as famílias a outra área por enquanto?

– É claro. – Chef Anthony aponta o corredor. – Pessoal, por favor, acompanhem Gloria até o auditório.

A aluna conduz o grupo para longe dali. Minha mãe, meu pai e eu entramos para ajudar a limpar a bagunça tanto quanto possível. A Sra. Lee se oferece para ir ao mercado mais próximo e comprar mais ingredientes, Jeannie vai com ela.

Conseguimos varrer tudo bem depressa, e substituímos todos os utensílios quebrados e sujos por outros novos. Quando Jeannie e a Sra. Lee voltam, distribuímos os ingredientes com base nas necessidades de cada estação. Meu pai recua para admirar o resultado do nosso esforço e sorri.

– Falta alguma coisa?

– Ah! As receitas para o desafio técnico – lembra Chef Anthony. – As cópias que fizemos ficaram danificadas.

– Meu livro está na sala de descanso – minha mãe responde.

– Certo, vou dizer a Gloria para trazer todo mundo.

– Eu faço isso – Jeannie se oferece. – Assim vocês terminam de preparar tudo.

– Eu fico aqui, só por precaução – decide a Sra. Lee.

Seguimos em direções opostas. Jeannie vai buscar todo mundo, e nós vamos para a sala de descanso. Quando nos aproximamos, noto um movimento no fundo do corredor, mas, ao olhar de novo, não vejo nada. Deixo isso para lá e entro na sala com minha mãe, que pega sua bolsa de lona no balcão. Ela fica pálida quando põe a mão na bolsa e começa a retirar o que tem dentro. Impaciente, vira a bolsa de cabeça para baixo. O conteúdo se espalha. Canetas, blocos de papel, a carteira, o celular e coisas aleatórias, mas nenhum livro de receitas. Ela olha em volta em pânico.

– Cadê meu livro? Devia estar aqui. Juro que coloquei aqui hoje de manhã. Verifiquei duas, três vezes.

– Talvez você tenha tirado o livro daí e esqueceu. – Meu pai aponta para a fileira de armários de metal e caixas com artefatos de confeitaria alinhados pelo perímetro da sala. – Procurem perto de vocês, por favor. Olhem o chão e atrás dos móveis. Verifiquem se não pegaram o livro acidentalmente.

– É um caderno de capa de couro vermelho – minha mãe descreve com voz trêmula. – Tem textos em chinês no interior.

Procuramos de cima a baixo, mas não encontramos nada. Minha mãe está à beira de um colapso, e todos nós sabemos disso.

– Talvez tenha caído no carro – meu pai sugere. – Vou olhar.

– Não, eu vou – aviso. – Você fica.

Ele pega a chave no bolso e joga para mim. Atravesso o corredor e passo pelo laboratório de confeitaria. Jeannie está encostada na parede, mas não tenho tempo para explicar.

– Já volto!

O calor de julho me recebe como um muro de tijolos do lado de fora. Ignoro o desconforto e caminho em direção ao carro. Procuro em cada brecha, porém não encontro nada. Isso é ruim. Ruim nível apocalipse. Como vou dar essa notícia à minha mãe? Decido mandar uma mensagem para o meu pai. Ele vai saber como acalmá-la.

Volto à sala de descanso. Como esperava, minha mãe está histérica. Jeannie e a Sra. Lee se juntaram aos outros, que assistem a tudo sem poder fazer nada.

– *Lǎo pó*, tem certeza de que colocou o livro na bolsa? – meu pai pergunta. – Talvez tenha deixado em casa.

– Não deixei – ela sussurra. – Alguém pegou. Talvez por isso a sala tenha sido revirada. E se a intenção é arruinar o concurso? Arruinar a minha reputação?

– Tenho certeza de que não é isso.

– Por que isso está acontecendo comigo? – ela continua se lamentando como se não o escutasse. – Trabalhei duro para fazer tudo isso ser um sucesso!

– Não se preocupe, vamos resolver – meu pai tenta de novo.

– Seu marido está certo. Tenho certeza de que vamos encontrar uma solução – Chef Anthony afirma. – Tem uma cópia da receita? Ou podemos encontrar uma no Google.

– Não! Tem que ser a receita original. – Minha mãe senta em uma cadeira próxima. – E não temos tempo para providenciar outros ingredientes.

Ela olha para a Sra. Lee.

– Tem uma receita que possamos usar?

– Infelizmente não. Todas são segredo de ofício, mantemos as cópias no cofre da sede, em Nova York.

Tento pensar em uma solução. Tem que haver alguma coisa que possamos fazer. Levanto a cabeça de repente.

– E se invertermos a ordem das etapas hoje?

Todos na sala olham para mim. Meu pai é o primeiro a falar:

– Como assim?

– E se os concorrentes fizerem o desafio criativo antes do desafio técnico? – proponho com um leve tremor na voz. – Isso nos daria tempo para encontrar o livro, ou pensar em uma nova receita.

– Brilhante! – aprova Chef Anthony. – O que acha, senhora Yang?

Minha mãe olha para mim como se tivesse algo no meu rosto, mas não diz nada.

– Acho que é uma ótima ideia – aprova a Sra. Lee. – Vamos fazer assim.

– Nesse caso, vamos voltar ao laboratório de confeitaria e começar a competição – propõe nosso anfitrião.

Voltamos juntos, mas paramos do lado de fora para Chef Anthony sussurrar instruções a seus alunos. Eles se espalham e começam a trocar os ingredientes nas estações, e nós entramos na sala com o mais radiante sorriso.

– Sejam todos bem-vindos ao terceiro dia da Quinta Competição Anual de Confeitaria Júnior da Yin e Yang. Como a manhã começou com alguns contratempos, o júri decidiu que seria divertido dar uma sacudida nas coisas. Confeiteiros, hoje vocês vão começar pela prova criativa.

A confusão se espalha pela sala, e murmúrios e sussurros tomam conta da plateia. Chef Anthony continua sem se abalar.

– Vamos chamar nossas estimadas juradas. Primeiro, a generosa e talentosa senhora Yang, do Yin e Yang Restaurante e Confeitaria!

Minha mãe entra com uma aparência tensa e desconfortável. A Sra. Lee é apresentada a seguir, e ameniza a tensão com uma piada inteligente. Sou a última a ser chamada, e o nervosismo me invade quando entro.

– Nossa última jurada tem experiência tanto no salão quanto na cozinha da confeitaria. Por favor, recebam mais uma vez a senhorita Liza Yang!

Aplausos leves embalam minha entrada. Assumo meu lugar ao lado das outras duas juradas, evitando o lado direito da sala. A Sra. Lee olha para cada concorrente antes de falar:

– O tema de hoje é pão, então sovem a massa, aqueçam o forno e arregacem as mangas. Vocês têm três horas a partir de... agora!

Durante um momento ninguém se move, como se a própria Medusa os tivesse transformado em pedra. Sammy é o primeiro a quebrar o encanto, despejando um pouco de farinha na peneira sobre a vasilha. Ao longo de alguns minutos, os outros competidores recuperam a capacidade de ação, mas o clima na sala é pesado. Meu pai me chama com um aceno.

– Vou para casa procurar o livro de receitas. Fica de olho na sua mãe, ok?

Ele sai enquanto minha mãe está olhando para o outro lado. Sento na cadeira que ele acabou de vagar e cruzo os dedos. Espero que ele traga boas notícias. Uns trinta minutos depois do início da competição, sinto meu celular vibrar no bolso. As palavras aparecem na tela.

Nada de livro.

Engulo uma enxurrada de palavrões e meu olhar acha minha mãe, que me encara cheia de expectativa. Seus ombros caem quando balanço a cabeça para os lados de forma quase imperceptível. Meu coração dói por ela. Como em *The Great British Baking Show*, o dia do pão é o mais complicado. Sem uma receita clara e ingredientes adequadamente medidos, os confeiteiros não têm a menor chance de chegar a um resultado satisfatório. Se a etapa de hoje não acontecer de acordo com o planejado, a competição pode acabar aqui e agora. Por mais que eu odeie que minha mãe tenha usado o evento para arrumar um namorado para mim, não quero que ela seja humilhada publicamente.

É aí que surge a ideia. É empolgante, mas totalmente aterrorizante.

Pode me render um castigo até o fim da vida.

Perfeito.

Eu me aproximo de minha mãe e cochicho no ouvido dela:

– Pode vir comigo um instante? Quero falar com você.

– Por quê? – ela pergunta com a voz cansada.

– Por favor. Confie em mim.

Minha mãe pede licença e me acompanha até o corredor. Meu coração bate forte e ecoa em meus ouvidos, e minhas mãos apertam a bainha da camiseta. Falo depressa, para não perder a coragem:

– Mãe, me deixe propor a receita técnica.

– Liza, acho que não...

– Por favor, mãe. Eu sei que consigo. Não vou te desapontar. Sei o quanto essa competição é importante para você.

Minhas palavras ecoam no corredor vazio. Minha mãe não fala nada, só me encara com uma expressão indecifrável. Os segundos passam, e vou perdendo a confiança. A intenção era não deixar ninguém roubar minha chance. Abaixo a cabeça.

– Tudo bem.

Olho para ela.

– O quê?

– Eu falei tudo bem. Pode tentar.

Estou sonhando? Eu me belisco. Ai! O choque dá lugar a um sorriso tão grande que minhas bochechas doem. Está acontecendo de verdade. Sim, talvez minha mãe tenha concordado por desespero, por achar que a situação não pode ficar pior do que está, mas não me importo. Eu a abraço. Ela bate nas minhas costas meio desajeitadamente até eu me afastar.

– Isso não é brincadeira, Liza. Espero que esteja levando a sério.

– Estou! Estou!

– E eu dou a última palavra sobre a receita. Se não for suficientemente boa, não usamos. – Ela olha as horas no relógio de pulso. – Preciso voltar lá para dentro.

– Vou começar a trabalhar na receita agora mesmo.

Ela volta ao júri, e eu corro para a sala de descanso. Sei exatamente o que vou fazer, e mando uma mensagem para o meu pai, pedindo para trazer os ingredientes. Depois vou procurar Gloria e os outros alunos. Eu os encontro na cantina, jogando um jogo de tabuleiro. Gloria me leva ao escritório do Chef Anthony para eu poder digitar e imprimir oito cópias da receita. Agradeço a ela pela ajuda e volto à sala de descanso. Meu pai, me esperando lá dentro, olha para mim com ar confuso.

– Trouxe tudo?

– Sim, mas por que sua mãe precisa de todas essas coisas?

– Ela não precisa de nada. É para a minha receita técnica.

Ele me encara surpreso.

– Você vai propor a receita técnica? Sua mãe sabe disso?

– Sabe. Conversei com ela.

Com as cópias da receita em mãos, vamos juntos até o laboratório de confeitaria. Ouço minha mãe e a Sra. Lee criticando o pão de James, e o que escuto me assusta.

– Tenho que admitir, James – diz a Sra. Lee. – Hoje não foi o seu dia. Trabalhou demais a massa, depois a assou menos do que devia.

– O sabor é bom – minha mãe opina –, mas não tem as nuances das suas produções habituais.

Não ouço a resposta dele. Talvez nem tenha respondido. Depois do julgamento do último preparo, Chef Anthony anuncia o intervalo para o almoço. As pessoas saem da sala comentando em voz baixa o resultado surpreendente da etapa daquela manhã. Sarah e Edward saem juntos, com as mãos bem próximas. Ela e eu trocamos um sorriso rápido quando eles passam pelo corredor.

Ben e James saem por último, e James olha para mim de relance ao passar. Continuo olhando para os papéis que tenho nas mãos até eles se afastarem. Depois, meu pai e eu entramos na sala com todos os materiais. Minha mãe e Jeannie estão lá, junto com a Sra. Lee.

Um pouco nervosa, entrego os papéis para minha mãe. Meu pai bate de leve no meu ombro enquanto ela lê a receita. Quando ela levanta a cabeça e assente, a tensão dentro de mim se quebra, e finalmente solto o ar.

A Sra. Lee arqueia uma sobrancelha.

– O que é isso?

– Nossa receita técnica – minha mãe explica. – Dessa vez Liza está no comando.

– Sei que o tempo é curto, mas tem certeza de que é uma boa ideia?

Um sorriso pálido aparece no rosto de minha mãe, e eu ajeito os ombros, ficando um pouco mais alta.

– Sim. Tenho total confiança na receita.

– Ok, então – a Sra. Lee concorda com tranquilidade surpreendente. – O que posso fazer para ajudar?

– Se puder deixar uma cópia em cada estação – peço –, nós vamos medindo os ingredientes.

Ela pega os papéis e lê rapidamente o que escrevi neles.

– Criou essa receita sozinha?

– Tecnicamente, é uma receita que usamos na confeitaria, mas fiz algumas modificações.

A Sra. Lee olha para minha mãe.

– Sua filha é muito talentosa.

– É, eu sei.

Saboreio por um segundo o raro elogio antes de voltar ao trabalho. Deixo uma cópia da receita sobre a estação mais próxima e crio uma linha de produção com os ingredientes e os utensílios de medida.

– Mãe, por favor, mede a farinha de trigo. Pai, você fica com o açúcar, o sal e o fermento. Jeannie, se puder ajudar com a água e o leite, vai ser ótimo. Eu cuido do resto.

Quando os conjuntos de ingredientes estão completos, transferimos cada um para uma estação de trabalho. Por fim removemos os ingredientes extras e os devolvemos às embalagens. É nesse momento que os concorrentes voltam. Minha mãe olha para o nosso anfitrião.

– Quando quiser, Chef Anthony.

– Ótimo! Vamos lá.

Sua voz retumbante interrompe as conversas paralelas e traz o silêncio de volta à sala.

– Concorrentes, agora é a hora do desafio técnico da etapa do pão. Senhora Yang...

– Na verdade, como essa é uma das receitas de Liza, ela vai dar as instruções.

– Ah! Minhas desculpas. – Ele olha para mim. – Nesse caso, o palco é seu.

Com todos os olhos voltados para mim, eu me coloco sob o holofote.

Capítulo 23

— CONCORRENTES, HOJE VOCÊS VÃO PREPARAR PÃO DE LEITE HOKKAIDO, também conhecido como *shokupan*. Esse popular pão japonês é feito com o método *tangzhong de roux*, o que dá a ele uma textura leve e fofa. A receita em que vão trabalhar também incorpora raspas de laranja e gengibre, então não esqueçam de equilibrar esses sabores. Vocês têm uma hora e meia. Boa sorte.

Espero até os confeiteiros começarem a trabalhar e então me apoio na mesa de apresentação. A adrenalina que manteve minha voz firme desaparece, deixando para trás mãos trêmulas e joelhos fracos. Consigo sair da sala e desabo em uma cadeira. Uma onda de suor me cobre de repente, mas a parede fria me dá algum alívio quando encosto nela.

Minha mãe aparece um momento depois e coloca a mão na minha testa, com ar preocupado.

— Você não parece bem. Está ficando doente?

Afasto a mão dela com delicadeza.

— Estou bem, mãe. Só cansada.

— Ficou conversando com a Grace até tarde de novo? O que podia ser tão importante àquela hora da noite?

— Nad... — Mudo de ideia. — Ela está sofrendo e precisava de alguém para conversar.

— E o que você sabe sobre sofrimento?

O tom dela é firme, mas não condescendente. É preocupado, e por um instante tenho vontade de contar tudo a ela. No fim, decido ser vaga.

— Uma pessoa pode sofrer de muitas maneiras. Não preciso ter passado pela mesma coisa para ter empatia.

— Pode ter empatia sem passar a noite toda acordada — minha mãe me adverte —, mas sei que está tentando ser uma boa amiga.

O reconhecimento é pequeno, mas suficiente.

— Obrigada, mãe.

Ela faz um "tsc".

— Pode pedir para ela sofrer durante o dia? Você precisa dormir.

— Mãe!

Ela fala isso com uma expressão tão firme que quase levo a sério. Reviro os olhos, mas dou risada junto com ela. É uma mudança bem-vinda depois das brigas.

— Escolheu uma boa receita técnica — minha mãe comenta um pouco mais tarde. — Pão de leite pode dar errado com muita facilidade.

— Achei que era a melhor maneira de ver quem vai *crescer* na competição.

Percebo que as engrenagens estão rodando na cabeça dela, depois suas sobrancelhas se arqueiam.

— Você é bem engraçada, sabia?

Dou risada.

— Está surpresa?

— Na verdade, não. Jeannie sempre foi a mais quieta. Séria demais, acho. Você é cheia de vida.

Nunca ouvi ninguém me descrever assim antes, muito menos minha mãe. É chocante ouvi-la dizer isso sem nenhuma nota de crítica.

— É por isso que me preocupo. Você quer demais, muito depressa. Precisa ir mais devagar.

E... ela voltou. Estava começando a pensar que havia batido a cabeça ou algo parecido.

Minha mãe olha para mim com a testa franzida.

— Seu pai diz que sou dura demais com você. Que te magoo quando comparo você a Jeannie. Isso é verdade?

Não sei se consigo falar sem desabar, então olho para o corredor e respondo que sim com um movimento de cabeça. Ela solta todo o ar lentamente.

– Sempre quis o melhor para você... para vocês duas. Pode não acreditar nisso, mas me preocupo com Jeannie também.

Olho para ela.

– Sério?

– É claro.

– Então, por que está sempre no meu pé? – pergunto, tirando um fio solto do short.

– Porque estou te preparando para o futuro. Jeannie se atém ao que conhece, mas você gosta de sonhar grande. Isso significa que a vida vai ser mais difícil para você. Precisa aprender a se reerguer rapidamente sempre que cair.

– Isso não significa que você precisa me empurrar.

Cubro a boca com a mão. Não queria dizer isso em voz alta. Minha mãe me encara com um olhar duro, mas concorda com a cabeça.

– Tudo bem. Vou tentar. Mas só se você prometer que vai me ouvir mais.

Foi isso mesmo? Acabamos de ter uma conversa franca como as que vejo na televisão? Daquelas em que a mãe abraça a filha ao som de uma canção emocionante? Olho para minha mãe com um sorriso cheio de expectativa, atenta a qualquer indício de trilha sonora.

Ela se encolhe na cadeira.

– Por que está olhando para mim desse jeito?

Certo. Foi só uma ideia. Ajeito minha camiseta.

– Por nada.

Ela muda o foco para a parede à frente. O sol que entra pelas janelas destaca linhas e rugas que eu nunca tinha visto. Bolsas se instalaram permanentemente sob os olhos dela, sinal do estresse que tem suportado.

Muita gente teria fechado a loja ou delegado suas responsabilidades enquanto supervisiona um concurso como esse. Minha mãe manteve a confeitaria aberta como sempre, exceto nas noites que antecedem etapas da competição, nas quais ela vai para a cozinha organizar tudo para o dia seguinte.

– Lamento que este ano o concurso não tenha acontecido como planejado – comento.

Ela bate de leve no meu braço.

– A culpa é minha. Não selecionei os candidatos com o cuidado habitual.

– Porque estava tentando me arranjar com algum deles?

Mais uma vez, as palavras saem antes que eu possa impedir. Não a confrontei de novo desde a noite em que voltei tarde para casa. Sua mão não se move, mas minha mãe vira na cadeira para me encarar.

– Você nunca vê nada bom em si mesma, Liza. Só tenta ser como todo mundo, ser mais americana, namorar com gente que não é da sua raça. Queria que se orgulhasse da sua cultura. Que soubesse que não tem nada errado em namorar alguém com as mesmas origens.

Sinto um nó repentino na garganta. Ela acha que tenho vergonha de quem sou. Mas isso não é verdade. Caramba, não faz muito tempo que beijei um garoto asiático.

A lembrança orienta meus pensamentos em uma direção completamente nova, para um local que eu ainda não estava preparada para visitar, e meu peito fica apertado. Empurro tudo isso para o mesmo canto escuro a que já havia relegado essa história.

– Eu sei quem sou, mãe, e me orgulho disso. De tudo isso.

Ela franze a testa.

– Então, por que não dá uma chance aos garotos que apresento a você?

– Porque você só escolhe esses garotos com base nos seus critérios! Sou eu quem vai namorar com eles, e você nunca me perguntou o que eu quero ou do que gosto.

– O que você quer nem sempre é aquilo de que precisa, Liza. Você não tem idade para entender isso.

– Talvez, mas tenho idade suficiente para saber o que me faz feliz, e isso inclui escolher quem vou namorar – insisto. – Preciso descobrir sozinha o que é certo e errado para mim. Não é isso que você quer?

Pela primeira vez minha mãe me encara como se realmente me enxergasse. Ela respira fundo, mas nesse momento Chef Anthony aparece.

– Faltam quinze minutos, senhoras.

Levantamos para esticar as pernas, e apoio um ombro na parede.

– Tem algum garoto ali com quem você namoraria, pelo menos um? – minha mãe pergunta em voz baixa.

"Tinha. Mas ele acabou se mostrando pior que todos os outros."

— Não sei — resmungo e coço a orelha. — Não conheço nenhum deles bem o bastante para dizer.

— Nem James ou Ben? Era com eles que você estava naquela noite, não era?

Sei que ela não vai desistir até obter alguma resposta, por isso minto.

— Passamos a maior parte da noite comendo e falando sobre coisas aleatórias.

"E passeando ao luar. De mãos dadas."

— Cala a boca — murmuro para mim mesma.

— O que disse?

— Hum, só que é hora de entrarmos.

Voltamos à sala, e cinco pães completamente diferentes esperam por nós sobre a mesa. Alguns têm formato estranho, outros são secos, ou moles. Para ser franca, nenhum parece apetitoso. Mesmo assim, corto duas fatias de cada um para a avaliação, e minha mãe cumpre a promessa de me deixar falar sem interferências.

— Este aqui não descansou pelo tempo necessário. Por isso não teve um bom crescimento.

— Este aqui assou demais. Está queimado.

— Não tem laranja e gengibre neste aqui. Não sei o que aconteceu.

— Ah! Gengibre demais. Encobre os outros sabores.

— Este não tem como comer. Ficou cru no meio.

Quando minha mãe e eu nos afastamos para decidir, demoramos muito mais que nas etapas anteriores. Nesta, não há vencedores óbvios. Nem James conseguiu assar um pão decente. É como se ele tivesse se esforçado para ser eliminado. Um pensamento terrível passa pela minha cabeça.

E se foi ele que sabotou a etapa hoje de manhã?

A voz de minha mãe me traz de volta à realidade.

— Concorda com essa classificação?

— Sim. É isso.

Paramos diante dos concorrentes e anunciamos os pratos do pior para o melhor. O pão de David é o pior, e os de Ben, James e Edward aparecem na sequência, nessa ordem. Surpreendentemente, Albert não tripudia quando ouve que David é o pior confeiteiro. Na verdade, ele olha para o irmão gêmeo com um sorriso de incentivo.

Quando Sammy é anunciado como vencedor da prova técnica, ele comemora com um grito, e a família aplaude ruidosamente na plateia. Em parte, fico feliz por não ter que dar os parabéns a James por mais uma vitória, mas uma outra parte, bem menor, está desapontada por ele ter se contentado com um pão tão pobre. Eu nunca apresentaria nada que não me deixasse cem por cento satisfeita.

– Bem, parece que temos mudanças – comenta Chef Anthony. – Não invejo as juradas. Senhoras, por favor, podem se retirar para deliberar sobre o resultado desta semana.

Normalmente, minha mãe e a Sra. Lee decidem o resultado final, mas, como a receita de pão de leite foi ideia minha, sou convidada a participar da deliberação. Assim que nos sentamos à mesa na sala de descanso, a negociação começa. A Sra. Lee critica o pão de James imediatamente:

– Faltou refinamento na prova criativa. E a técnica? Como alguém esquece de ligar o timer do forno? Eu esperava muito mais dele, especialmente depois de ter vencido nas duas semanas anteriores.

– Mas é só isso mesmo. Ele foi um bom confeiteiro até agora – minha mãe argumenta, sentando mais para a frente na cadeira. – Como Ben. Hoje foi um dia ruim para todo mundo.

– Nem todo mundo. Sammy foi muito bem nesse desafio – opino. – Além do mais, experimentei um pedaço do pão de laranja e cranberry, que é receita da avó dele, e estava delicioso.

– Concordo – diz a Sra. Lee. – O pão da prova criativa estava fenomenal, e ele também foi o melhor no desafio técnico.

Minha mãe bate com a caneta na mesa.

– Restam Edward e David. Para mim, Edward exagerou ao tentar superar os outros. Os dois pães que ele fez tinham o mesmo sabor.

Estou surpresa por ela julgar com tanta rigidez seu menino de ouro. Espero que não seja por ele não ter conseguido me convencer a sair com ele. A Sra. Lee comprime os lábios.

– Sim, mas Edward ficou em segundo lugar na prova técnica. O sabor precisa de mais atenção, mas o pão foi bem-feito. Por outro lado, o pão de David no desafio criativo não estava tão ruim. Era simples, mas foi executado com precisão.

– Mas ele ficou em último lugar na prova técnica – minha mãe lembra.

Olho para uma e para a outra. Todas as reuniões de deliberação foram assim tão... civilizadas? Ainda tem uma frieza no ar, mas no início elas mal conseguiam olhar uma na cara da outra.

– O que acha, Liza?

Estou coçando a cabeça, mas paro. Minha mãe quer a minha opinião? Ela arqueia uma sobrancelha.

– Então?

– Hum, acho que devemos considerar o panorama geral – respondo, cerrando os punhos para manter as mãos quietas. – Olhar para as receitas anteriores, por exemplo. Fazer uma análise geral para determinar quem deve sair da competição.

A Sra. Lee se encosta na cadeira e sorri.

– Você é boa nesse negócio de julgar.

– Sempre assisto ao *Great British Baking Show*. Aprendi com eles – confesso.

Minha mãe ri.

– É. Pela primeira vez, essa obsessão pela Netflix está servindo para alguma coisa.

Depois de mais alguns minutos de discussão, tomamos nossa decisão e voltamos ao laboratório de confeitaria. É a vez de minha mãe anunciar o resultado da semana, então ela se coloca ligeiramente à frente em relação a nós duas.

– Pão é bem complicado de fazer, e hoje tivemos a prova disso. Todos vocês tiveram dificuldades, e só alguns as superaram. Lamento dizer que quem não estará presente na próxima etapa é... David.

Ele não parece surpreso, e acata a decisão com um sutil movimento de cabeça, baixando os olhos. A mãe e o irmão estão na plateia, e Albert o abraça quando ele passa. Ao que parece, o sangue é mais forte do que a massa.

– Quanto ao nosso mestre confeiteiro de hoje, temos alguém que venceu o desafio e deixou a avó orgulhosa. Parabéns, Sammy!

Aplaudo animada, feliz por ele ter vencido essa rodada. Quando voltávamos da sala onde tomamos a decisão, minha mãe me contou que ele esteve bem perto do segundo lugar nas últimas duas semanas. Se alguém sabe o que é ser segundo melhor em alguma coisa, esse alguém sou eu. Levo a mão ao peito quando ele corre para a plateia para abraçar a avó. Não tinha notado que ela estava ali, mas seu sorriso enrugado ilumina a sala inteira. Quando a família me pede para tirar uma foto deles, atendo. Quando devolvo o celular de Sammy, James e Ben já foram embora.

Com o dia de competição encerrado, todos nós unimos esforços para limpar tudo. Queria que Nathan não estivesse ajudando; cada vez que o vejo beijando Jeannie, fico mais irritada. Sei que prometi a Grace que não me envolveria, mas Jeannie tem o direito de saber a verdade.

Quando terminamos, meus pais e eu vamos para casa em um carro, e Nathan se oferece para levar Jeannie. Minha mãe passa no meu quarto quando estamos nos preparando para dormir. Vestindo seu pijama favorito, um conjunto listrado que suas amigas trouxeram de Taiwan, ela se apoia no batente da porta.

– Obrigada pela ajuda. Hoje podia ter sido um desastre.

– Disponha.

– Estava pensando. O que acha de criar as provas técnicas para o restante da competição?

O que foi que ela disse? Paralisada como um bichinho assustado, olho para minha mãe, que não percebe e continua falando:

– Não achei o livro de receitas, e...

– Sim! Sim! Hum, quero dizer, vou adorar ajudar.

– Que bom. Nesse caso, vai ter que começar a trabalhar em receitas de pãozinho recheado amanhã logo cedo. Portanto, vá dormir. Isso significa não conversar com a Grace até amanhecer, entendeu?

– Sim, mãe.

É uma mentirinha leve, ou uma meia verdade. Se Grace disser que está bem quando eu perguntar, vou dormir. Senão, não poderei abandoná-la.

Minha mãe se aproxima, ajeita meu cabelo atrás da orelha e segura meu rosto.

– Estou orgulhosa do que você fez hoje.

– Sem ressalvas? Nenhum *mas*?

Ela sorri cansada.

– Nenhum *mas*.

Assim que ela fecha a porta, pulo na cama para comemorar. Faço uma careta quando bato acidentalmente a cabeça no ventilador de teto. A voz da minha mãe atravessa a parede entre meu quarto e o dela.

– O que foi isso?

– Nada!

Sento e sorrio. Então essa é a sensação da vitória.

Gosto dela.

• • •

– E aí, sobre o que queria conversar comigo?

Jeannie apoia o queixo na mão. Levei dois dias para criar coragem para falar com ela, e agora estamos aqui, almoçando no Morning Thai, com a desculpa de que é um passeio de irmãs. Escolhi esse lugar porque é pequeno e quieto, a não ser nos horários de pico das refeições. Mas viemos almoçar tarde. Estamos sentadas sob ventiladores em forma de folhas de bananeira e uma iluminação suave, e meu estômago se contorce em nós. A garçonete vem anotar os pedidos, o que me dá mais alguns minutos. Peço o frango com endro e arroz integral. Enquanto Jeannie examina o cardápio variado, eu brinco com o canudinho do meu chá tailandês gelado.

Quando ficamos sozinhas de novo, Jeannie balança os dedos para mim.

– Vou ter que fazer cócegas para te obrigar a falar?

Tento sorrir, mas acabo fazendo uma careta.

– Antes de eu contar, você tem que prometer que vai ouvir tudo antes de tomar uma atitude.

– Tudo bem – Jeannie concorda devagar. – Agora me deixou preocupada. O que está acontecendo? É o James?

A simples menção do nome dele é uma facada no meu peito. Eu me obrigo a responder:

– Não... ou melhor, sim... Mais ou menos.

Ela abre o guardanapo no colo.

– Isso não ajuda muito, Liza.

"Vai logo. Conta para ela."

– Grace me contou que o Nathan tentou beijá-la na outra noite.

Me encolho automaticamente e espero que ela me ataque com os utensílios de mesa. Em vez disso, só há silêncio. Com ar sério, Jeannie está estudando o copo com água. Talvez não tenha me ouvido.

– Jeannie, eu disse...

– Não é verdade. Ela está mentindo.

– O quê? – reajo perplexa. – Por que diz isso?

– Nathan me falou que isso ia acontecer. Ele me avisou que James é do tipo que guarda ressentimento e que não desistiria de arruinar a vida dele.

A versão de James que Nathan cria não é nada parecida com a que eu conheço, mesmo com tudo o que aconteceu. Guardo isso para mim e inclino a cabeça para o lado.

– E daí? O que isso tem a ver com a Grace?

– Fala sério. Você é mais inteligente que isso. – Jeannie cruza os braços. – Não é preciso ser um gênio para entender que Ben concorda com tudo o que James faz. Agora que ele está namorando a Grace, provavelmente eles a convenceram a dizer que Nathan a beijou, para me fazer terminar com ele.

– Jeannie, isso nem faz sentido! É da Grace que estamos falando. Você a conhece quase há tanto tempo quanto eu. Ela nunca mentiria sobre uma coisa dessas.

Isso a faz pensar. Ela é a única além de mim que sabe o que aconteceu com Eric. A dúvida invade seus olhos, mas ela balança a cabeça.

– Nathan tem sido um perfeito cavalheiro desde que começamos a namorar. Ele não faria isso comigo. Ele gosta de mim.

Sua voz desafina, e ela olha para a mesa. Eu me inclino para fitar seus olhos.

– Jeannie, ele também me enganou, mas ser legal com você não é garantia de que o cara não está te traindo. Sei disso por experiência própria.

Ela reage de um jeito inesperado.

– Não é porque seus namorados te traíram que o meu vai me trair.

Isso dói. Como tive que esconder meus ex da minha mãe, Jeannie sempre foi minha confidente mais próxima. Contei a ela coisas que nem mesmo Grace sabe.

– Isso não é justo, Jeannie, e você sabe.

Nossa discussão chama a atenção de várias mesas próximas, e as pessoas param o que estão fazendo para observar. A essa altura, não me importo se ouvirem tudo. Jeannie me encara estreitando os olhos.

— O que não é justo é minha irmã caçula tentando arruinar a única coisa boa na minha vida.

Engulo a acidez em minha boca quando a comida chega. Não é como se ainda me restasse algum apetite.

— Do que está falando? — cochicho sobre a mesa. — Você tem tudo! As melhores notas, um lindo apartamento, uma carreira de modelo, e é a favorita da mamãe.

— Ah, é? Para sua informação, o dono do apartamento volta no outono. Vou virar sem-teto, a menos que encontre outro lugar para morar. E a carreira de modelo que você tanto inveja? Não tenho trabalho há meses, porque minha aparência é muito "genérica".

Ela para com o peito arfando. Não consigo fazer nada além de olhar para ela. Por que ela não me contou nada disso antes? Jeannie olha para mim com uma expressão acusadora.

— Talvez James seja o motivo para você estar falando tudo isso sobre o Nathan.

— Como é que é?

— Talvez você não queira acreditar que seu garoto perfeito é que está errado nessa história.

Estou chocada. Lágrimas invadem meus olhos, mas me obrigo a falar mesmo assim:

— Para sua informação, James e eu nem nos falamos mais. No minuto em que soube que *minha irmã* namorava o Nathan, ele desistiu de mim. Só vim aqui hoje para proteger *você*, mas acho que prefere passar pela experiência de ter o coração partido também!

Levanto e saio antes de me dar conta de que viemos no mesmo carro. Em vez de pedir carona a Jeannie, vou até o shopping e chamo um Uber. Quando Jeannie passa apressada pela porta, eu me escondo atrás de uma parede. Ela entra no carro, e alguns minutos depois meu celular começa a tocar.

É ela.

Recuso a chamada, e recuso as três seguintes. Ela acaba desistindo e deixa o estacionamento. Ótimo. Ela que explique à mamãe por que foi para casa sem mim.

Recebo uma mensagem informando que meu motorista está próximo, então saio do esconderijo e espero na calçada. A porta do café à minha esquerda se abre, e alguém dá alguns passos antes de parar.

– Liza?

"Ah, não! Por que agora?"

– Ben.

Olho para ele com uma expressão contida. Pelo menos ele está sozinho. Sua expressão é tensa, mas a esperança ilumina seus olhos quando se aproxima de mim.

– Está... sozinha?

– Estou.

Ao perceber meu tom, o sorriso desaparece de seu rosto, mas ele consegue recuperá-lo.

– Vai a algum lugar?

Olho para a rua.

– Para casa.

– Agora?

– Por que se importa?

– Bem, hã... podemos conversar?

– Vamos falar sobre por que você terminou com a Grace? Porque, se não for isso, estou indo embora.

Um sedã preto para junto da calçada e o motorista abre a janela.

– Você é Liza?

– Sim, sou eu.

Desço da calçada quando o motorista sai do carro e abre a porta para mim.

– Liza, espera! Por favor.

Tento me obrigar a entrar no carro, mas a tristeza na voz de Ben me faz parar. Droga. Ele passa por mim e dá uma nota de cinquenta dólares ao motorista.

– Aqui. Pelo trabalho que teve. Ela não vai precisar do carro.

O motorista olha para mim através das lentes escuras dos óculos de sol.

– Moça?

Fecho os olhos, depois sorrio para ele e me desculpo.

– Obrigada por vir, mas vou ficar.

– Tem certeza?

– Sim, absoluta. Está tudo bem.

Assim que o carro vai embora, olho desconfiada para Ben. Ele gira os ombros.

– Tem algum lugar aonde possamos ir para conversar em particular? Você escolhe.

É dia de semana, e o Boba Life ainda deve ter algumas mesas disponíveis. Aponto para lá.

– É pegar ou largar.

Capítulo 24

Andamos até o outro lado da praça. Com o sol da tarde, o trajeto é insuportavelmente quente. Quando entramos na casa de chá, estou pronta para uma bebida gelada. Entro na fila, mas Ben balança a cabeça.

– É por minha conta. Escolhe uma mesa, eu pego a bebida.

Sigo para o salão do fundo e me sento. Ben aparece uns dez minutos mais tarde e me entrega a bebida. Ele fura a tampa do copo com um canudo, mas não bebe. Encho a boca de *boba* para mastigar até me livrar da irritação.

Ben puxa a gola da camiseta.

– Obrigado por me dar uma chance de explicar tudo.

– Só prometi ouvir. Mais nada.

– É justo. Entendi, e agradeço por seu tempo.

– E aí? O que tem a dizer?

– Vou começar do início. – Ele passa a mão na cabeça. – Conheço Nathan há quase dez anos. Ele estudou na Superbia com a gente. Ficamos amigos, mas não demorou muito para as coisas mudarem. Nathan achava que o James estava sempre se exibindo em tudo, e o James não gostava do fato de Nathan sempre desrespeitar as normas da escola. A coisa chegou a tal ponto que comecei a sair com eles separadamente, para que não brigassem. Mas, quando minha mãe precisou de um ator para o comercial de TV que ia promover o condomínio, eu a convenci a contratar o Nathan.

Até aí, a história está alinhada à de Nathan. Ben pega a embalagem que continha o canudinho e a enrola, distraído, entre os dedos, e continua.

– No ano passado, o Nathan começou a me convidar para muitas festas exclusivas, e fiquei muito impressionado com o quanto ele era popular. Havia até celebridades que sabiam quem ele era. Às vezes ele mentia e dizia que nós dois tínhamos vinte e um anos, para podermos beber. Mas nunca concordei com isso. Juro.

Ele olha para mim por um instante, e noto o conflito e o medo misturados em sua expressão. Tenho o cuidado de manter minha expressão neutra.

– Minhas notas começaram a cair, e meus pais perceberam, mas falei para eles que tinha esquecido de entregar alguns trabalhos. James era o único que sabia a verdade, e eu o fiz jurar que guardaria segredo. Consegui recuperar tudo antes do fim do semestre, e as coisas voltaram ao normal. Até o último Natal.

– O que aconteceu?

– Bem, para começar, o senhor Lee, pai do Nathan, apareceu bêbado na festa de fim de ano dos meus pais.

Fico tensa na cadeira.

– Espera aí. Você disse senhor Lee?

– Sim. Nathan é filho do senhor Lee. Não sabia disso?

Meu estômago dá uma pirueta e balanço a cabeça em negação. A Sra. Lee mencionou o filho na primeira vez que nos encontramos, mas eu só vi fotos do Sr. Lee, não dele. Todas as campanhas publicitárias da Mama Lee são como propagandas de margarina – os dois de braços dados e sorrindo, segurando seus produtos. Me vem à cabeça a lembrança de Nathan encoberto pelo boné de beisebol durante a etapa criativa, e me dou conta de que foi a única vez que esteve na mesma sala que a mãe. Era só do Ben e do James que ele estava se escondendo? Ou da Sra. Lee também?

– Liza?

A voz de Ben interrompe meus pensamentos.

– Ah, desculpe. Continue.

– Bem, preciso explicar uma coisa primeiro. Os pais de Nathan se divorciaram há alguns anos. Eles decidiram não formalizar a separação e manter as aparências por causa dos negócios, mas meus pais pararam de convidar o senhor Lee por respeito à senhora Lee. – Ele respira fundo. – Então, quando ele apareceu na festa sem ser convidado, eles acabaram discutindo. Minha mãe acompanhou o senhor Lee até a saída, mas ele a assediou, e Nathan viu.

Tal pai, tal filho, pelo jeito.

– Nathan começou a falar palavrões e xingar minha mãe, e a senhora Lee levou Nathan para casa. Depois disso, minha mãe ligou para a agência e cancelou o contrato com ele para os anúncios de TV. Foi então que tudo desmoronou.

Meu coração quase para no peito quando Ben, mantendo os olhos fixos no copo de chá ainda intocado, segue para a próxima parte.

– Algumas semanas depois, Nathan perguntou se podia usar meu carro para ir a uma festa nos Hamptons. Eu disse que não, e ele começou a chorar. Disse que estava muito deprimido com o que tinha acontecido e precisava muito se distrair. Pensando bem, eu não devia ter concordado, mas ele jurou que seria cuidadoso. Só descobri o que tinha acontecido no dia seguinte.

Seguro o estômago, que ferve pelo que está por vir.

– A polícia chegou à minha casa e disse aos meus pais que meu carro tinha sido encontrado na cena de um acidente. Aparentemente, Nathan bebeu demais na festa e bateu em um poste no caminho de volta. Felizmente ninguém mais se machucou, mas, quando a polícia chegou ao local, ele não passou no teste do bafômetro. Foi então que Nathan disse aos policiais que eu estava dirigindo e fugi para evitar problemas.

Não consigo disfarçar o choque. É difícil acreditar que o mesmo cara que me encantou e conquistou Jeannie pode ser tão desonesto.

– Que cuzão – comento.

Ben sorri acanhado.

– Meus pais e eu acabamos indo à emissora para dar uma entrevista. O advogado da nossa família fez um exame de dosagem de álcool no meu sangue para provar que eu não tinha bebido nada, e meus pais confirmaram que eu estava em casa na hora em que meu carro foi capturado pelas câmeras de trânsito saindo da cidade. No fim, não fui acusado de nada, mas meus pais ficaram furiosos, como você pode imaginar. Se eu tivesse sido processado, poderia ter arruinado a reputação da família.

— O que aconteceu com Nathan?

— Foi indiciado por dirigir alcoolizado. Teve a carteira de motorista suspensa por seis meses e foi obrigado a passar um mês em reabilitação. Ele teve sorte, porque o advogado convenceu a polícia a não piorar as coisas com mais um processo pelas falsas acusações contra mim. Depois disso, meus pais me proibiram de falar com ele. Eu me senti mal, mas estava encrencado demais com eles.

Bebo um pouco de chá enquanto processo tudo.

— Foi isso, então?

Ele suspira e se encosta na cadeira.

— Queria que tivesse sido só isso, mas, algumas semanas depois, meus pais receberam um e-mail de Nathan dizendo que éramos culpados por ele ter sido demitido da agência. Não tivemos nada a ver com isso, mas ele estava convencido de que James ou eu tínhamos vazado as informações para eles. Ameaçou falar com um repórter sobre a história, a menos que meus pais pagassem para ele ficar quieto.

Num impulso, seguro a mão dele sobre a mesa.

Ele aperta meus dedos.

— Meus pais não quiseram ceder às exigências dele. Minha mãe tentou conversar com a senhora Lee, mas ela nem atendia ao telefone. Acho que Nathan deve ter encontrado um jeito de convencê-la de que a culpa era nossa.

— E o que vocês fizeram?

Ben comprime os lábios em uma linha fina enquanto rememora.

— Meus pais conversaram com nosso advogado. Ele escreveu uma carta para a senhora Lee, ameaçando um processo se Nathan não recuasse. Em um ou dois dias, ela telefonou para pedir desculpas e prometeu que cuidaria de tudo. Mais tarde, descobri que ela e Nathan tiveram uma briga terrível, e Nathan foi morar temporariamente na casa de um amigo. Depois disso não soubemos mais dele, mas algum tempo depois James encontrou Nathan na frente da casa dele. Meu primo não contou o que aconteceu entre eles, mas mesmo assim nossos pais decidiram que seria melhor nos afastarmos por um tempo. Por isso viemos para cá antes do previsto.

Essa história toda tinha mais reviravoltas do que um drama coreano, e minha cabeça dói só de tentar acompanhar a trama. Mas uma coisa é clara: Nathan é um mentiroso. De repente, Ben olha para alguma coisa em seu Apple Watch.

– Tem que ir embora? – pergunto.

– Ah, não, não – ele diz, balançando a cabeça. – Não é nada.

Ficamos em silêncio por um tempo. Ben finalmente bebe um pouco de chá, e eu penso no que fazer. Acho que, depois de ouvir seu desabafo, o mínimo que posso fazer é tentar consertar a situação.

– A Grace não traiu você com o Nathan. Foi ele quem tentou beijá-la, e ela o empurrou. James não viu tudo.

– O quê? – A raiva invade seus olhos normalmente calmos. – Ela está bem? Ele machucou a Grace?

– Não. Mas você machucou quando terminou tudo sem explicar por quê.

Deixo que ele absorva a informação. Ben desaba na cadeira.

– Nunca tive a intenção de magoá-la. Só pensei... James ficou com receio de que Nathan estivesse usando a Grace para me manipular. James e Nathan nunca se deram bem, nem antes de toda essa confusão.

– Bom, eu tenho algumas coisinhas para dizer sobre ele.

– Não culpe o James, Liza – ele pede, endireitando as costas e se inclinando em minha direção. – Ele estava tentando me proteger. James sempre me tratou mais como um irmão do que como um primo.

– Seja como for, ele poderia ter me perguntado o que aconteceu de verdade.

– James tem dificuldade para confiar nas pessoas. Muita gente tentou tirar vantagem dele por causa do dinheiro da família. Não justifica, mas eu queria que você soubesse. – Ben suspira. – Foi por causa dele que vim te procurar hoje.

– Como assim?

– Desde que vocês brigaram, ele tem estado insuportável. Não dorme nem come direito há dias. Por isso ele foi mal nas provas de pão.

Ben olha para mim com uma expressão sincera.

– Por favor, dê outra chance para ele, Liza. Você é especial. Ele nunca olhou para ninguém como olha para você.

Abro a boca, mas ele me interrompe:

– Só me promete que vai ouvir o que ele tem a dizer.

Depois de um instante, suspiro.

– Tudo bem.

– Legal! – Ben olha para o relógio quando outra mensagem aparece. – Já volto.

– Eu... espera um minuto. O que foi?

Ben levanta da mesa rapidamente. Quando volta, ele não está sozinho.

• • •

– Vão ficar se encarando para sempre?

Reviro os olhos para Ben, que parece pronto para nos estrangular. Estamos sentados à mesa faz uns bons quinze minutos sem trocar uma única palavra. James está largado na cadeira, com os braços cruzados e a mandíbula tensa. Eu olho para um pedaço rasgado do papel de parede como se fosse a coisa mais interessante que já vi na vida.

Quando nenhum de nós responde à pergunta, Ben levanta as mãos.

– Vocês são as pessoas mais teimosas que já conheci. Foram feitos um para o outro. Só precisam abrir a boca e conversar!

Ele se levanta e balança o copo vazio.

– Vou ao banheiro. É melhor estarem conversando quando eu voltar.

Dois minutos depois de ele se afastar, eu me levanto. Cansei de esperar por um pedido de desculpas que não virá nunca. Estou na metade do salão quando escuto o barulho de uma cadeira arrastando no chão. O som é acompanhado pelo toque leve de dedos em meu pulso.

– Não faça isso – James fala em voz baixa. – Fique. Por favor.

Fico dividida entre me soltar com um movimento brusco ou sentar novamente. James tira proveito da minha indecisão e se aproxima, e a mão desliza até segurar a minha. Depois respira fundo e olha nos meus olhos.

– Liza, desculpa.

Ele afaga o dorso da minha mão com o polegar. O calor que sobe pelo meu braço e desce pelas costas me faz lembrar por que tem sido tão difícil parar de pensar nele. Mas sei que não posso baixar a guarda.

– Por que devo acreditar em você?

James olha para a cadeira em que eu estava sentada, mas não me mexo. Ele engole em seco, o pomo de adão sobe e desce.

– Eu fui um babaca. Devia ter acreditado em você em vez de tirar conclusões, mas estava tentando proteger o Ben. Ele já passou por coisas demais. Quando vi que ele estava se apaixonando pela Grace, eu... não quis que ele se machucasse de novo.

Dessa vez me afasto, levanto o queixo e olho diretamente para ele.

– E aí, em vez do dele, decidiu partir o meu... quero dizer, o coração da Grace?

– Não pensei que ela sentiria tanto, de verdade – ele explica, dando um passo à frente. – Quero dizer, eles se divertiam muito juntos, mas nunca vi nada que me fizesse pensar que a Grace levava a sério o que estava vivendo com o Ben.

– Sério? Nem o fato de ela mandar mensagens e ligar para ele o tempo todo? Ou de estar sempre segurando a mão dele? Ah, e os abraços e beijos? Isso também não vale nada?

Ele tem a decência de parecer envergonhado quando passa a mão na cabeça.

– Eu... acho que não pensei nisso.

– Não, não pensou – afirmo. – Mas eu pensei, porque conheço minha melhor amiga. Grace gosta de se divertir e flertar, mas isso não significa que ela não levasse a sério o relacionamento com Ben. Na verdade, ela temia que ele não gostasse dela tanto quanto ela gostava dele.

– Mas e o Nathan? Eu vi os dois se beijando.

– O que você viu foi o Nathan beijando a Grace *sem o consentimento dela*. Perdeu a parte em que ela o empurrou.

James fica imóvel. Depois de falar, viro e caminho para a porta. Ben grita pedindo para eu esperar, mas ignoro. Do lado de fora, lembro novamente que não vim de carro. Não vou ligar para a Jeannie, então decido ir a pé até o Yin e Yang.

É uma caminhada de vinte minutos, mas o calor me dá a impressão de que dura uma eternidade. Devo ter percorrido um terço da distância quando um carro reduz a velocidade ao meu lado. A janela do passageiro desce e vejo James lá dentro.

– Liza, por favor, entra no carro. A gente te leva aonde você quiser.

Olho para ele de cara feia.

– Não preciso de carona sua.

– Liza, não seja ridícula. Está quase quarenta graus aí fora.

– Vai embora.

Depois de um segundo, a janela fecha e Ben segue em frente. Mas ele não vai muito longe, para em uma vaga a uns cinco metros de mim. James sai do carro e fica na minha frente.

– Por favor, entra no carro, Liza.

– Já falei. Não vou a lugar nenhum com você.

– Tudo bem. Vai com o Ben, então, eu chamo um Uber.

James está vestindo uma camisa social azul-marinho e jeans de lavagem escura. Ele não vai dar dez passos sem ficar encharcado de suor. Pelo menos eu estou vestida para o clima com minha camiseta azul-clara e short branco.

– Eu vou a pé.

Ele comprime os lábios, e o movimento reduz a covinha a um traço em sua bochecha.

– Fica aqui.

Não quero obedecer, mas ele continua olhando para mim enquanto caminha de volta ao carro. James abaixa a cabeça e resmunga alguma coisa através da janela aberta. Ben protesta, mas James nega. Segundos depois, o carro se afasta e James volta para perto de mim com uma expressão determinada.

– O que está fazendo? – pergunto aturdida.

– Vou com você.

– Não preciso...

Ele me entrega uma garrafa de água fresca.

– Pega. Caso tenha sede.

Não sei se dou um soco ou um beijo nele.

"Mentirosa. Sabe exatamente o que quer fazer."

Continuo andando pela calçada. Ignoro sua presença e sigo em frente olhando para o Yin e Yang ao longe, deixando o som dos carros que passam encher meus ouvidos. Ele acompanha meu ritmo rápido, suas pernas longas em passadas suaves, enquanto as minhas doem com o esforço. De repente, sinto cãibra na panturrilha no meio de um passo, e caio de joelhos gemendo. James se abaixa imediatamente.

– Que foi? O que aconteceu?

A dor é lancinante, a cãibra dificulta até a respiração. Sem dizer nada, James me ajuda a caminhar até a mesa de um dos cafés do Bellaire Boulevard. Lágrimas inundam meus olhos quando ele me acomoda na cadeira. Tudo o que posso fazer é cerrar os punhos e rezar para passar logo.

Ele olha para mim.

– Posso tentar ajudar, se quiser. Eu tinha muita cãibra quando corria.

Desesperada, aceito a oferta com um movimento de cabeça. James massageia minha panturrilha com movimentos suaves, circulares, começando atrás do joelho e descendo. Pouco a pouco, a contração começa a perder força, até restar apenas uma fraqueza dolorida.

– É melhor não se apoiar nessa perna por enquanto – ele orienta. – E é bom comer alguma coisa com potássio, tipo uma banana.

Estou tão grata por ter me livrado da dor que esqueço que deveria estar furiosa com ele.

– Pensei que Ben fosse o futuro médico.

Ele exibe um sorriso largo.

– E quem você acha que ensinou tudo o que ele sabe?

Suas mãos ainda estão em minha perna. Apesar do calor intenso do dia, meu cérebro registra a pressão firme dos dedos em minha pele. Os olhos castanhos de James me chamam para mais perto, e tenho que desviar o olhar para não me afogar neles.

O carro de Ben para no estacionamento à frente. James aponta para o carro com a cabeça.

– Faz o favor de entrar no carro agora.

Me viro para ele com os olhos semicerrados.

– Tudo bem.

– *Obrigado*. Parece que estou no inferno.

Engulo a resposta. Mas sei que ele a leu em meus olhos, porque ri baixinho.

– Acho que mereço.

Ele me ajuda a chegar ao carro, e Ben abre a porta para mim. Os dois esperam que eu me acomode e então entram. O ar-condicionado está ligado na potência máxima, e suspiro satisfeita. Ben olha para mim pelo retrovisor.

– Para onde, *milady*?

Penso em pedir uma carona para casa, mas tenho uma ideia melhor.

– Eu ia encontrar a Grace. Combinamos de dar um tempo no Waterwall. Querem ir?

– Hum... é claro – Ben responde com um sorriso hesitante.

Falo o endereço para ele. Enquanto ele digita a informação no celular, pego meu telefone e mando uma mensagem para Grace.

Tenho uma surpresa para você. Me encontra no Waterwall em meia hora?
Ok.

Agora é torcer para ela não me matar.

• • •

Chegamos antes dela, e eu peço para eles estacionarem em uma das vagas próximas da entrada. Ben e James me acompanham até o Parque Waterwall, um paredão semicircular de vinte metros de altura. Em seu interior, cascatas de água despencam sobre uma série de degraus perto da base até se acumularem em um canal. Um portão de ponta triangular com três arcos romanos guarda a parede, e um gramado emoldurado por carvalhos conecta o Waterwall e a Williams Tower.

Quando entramos na principal área de observação, vemos famílias e casais fazendo piquenique e se divertindo. O som de água corrente me cerca de todos os lados, um ruído branco que esconde o barulho do tráfego diário que passa por ali. Sorrio quando gotas de água salpicam minha cabeça e meu rosto, e aprecio o refresco em meio ao calor. Ben gesticula empolgado para diferentes partes do lugar, enquanto grita alguma coisa ininteligível para James. Meu celular vibra, e eu o pego.

Cheguei. Onde você está?

Respondo para ela e guardo o telefone.

– Ela vem vindo – aviso Ben. – Não vai estragar tudo.

– Não vou – ele diz, mas um sorriso nervoso dança em seus lábios.

Pego o braço de James e o puxo para longe dali.

– O que está... – ele começa.

Eu o encaro, e ele cede. Não paro até estarmos escondidos pela parede. Longe o bastante para não sermos vistos, e perto o suficiente para acompanhar a cena.

Vejo Grace se aproximando antes que Ben a note. Quando ela o vê parado perto do centro das quedas-d'água, se detém e arregala os olhos. Depois vira para ir embora, mas ele a alcança e gesticula com as mãos à frente do corpo. Ben continua falando algo, alternando entre balançar a cabeça e implorar. Dou um passo à frente sem perceber quando Grace começa a chorar, mas James toca meu braço.

– Deixa o Ben cuidar disso.

Ele tem razão. Eu arranjei o encontro, mas Ben tem que fazer o resto. A cada palavra ele se aproxima mais, até abraçá-la. Ela fica tensa por um segundo e depois relaxa em seu abraço. Ele beija seus cabelos antes de se inclinar e seus lábios se tocarem.

– Parece que eles se resolveram.

Viro o rosto e descubro que James está atrás do meu ombro esquerdo, e um sorriso distende seus lábios. Seu olhar encontra o meu, e ele se inclina para ser ouvido em meio ao barulho da água.

– Sinto muito, Liza. Por magoar a Grace. Por tirar conclusões precipitadas sobre sua família. – Ele faz uma pausa. – Por machucar você.

É difícil pensar com o rosto dele tão perto do meu e o hálito acariciando minha orelha. Seu braço envolve minha cintura, e ele me vira para ficarmos frente a frente. A mão permanece no meu quadril quando nossos olhares se encontram.

– Espero que possa me perdoar.

Meus dedos formigam com a necessidade de tocá-lo, de alisar a ruga em sua testa e traçar o desenho da covinha.

– Eu te perdoo.

Ele rouba a última palavra dos meus lábios, a boca captura a minha. Minhas mãos envolvem seu pescoço e eu o puxo para perto, vencendo a necessidade de provar que ele não é um produto da minha mente afetada pela privação de sono.

Esse beijo é diferente. Mais aflito. Mais intenso. Como se estivéssemos recuperando um ao outro. Sua mão desliza pelas costas da minha camiseta. Entrelaço os dedos em seus cabelos. Só nos afastamos para respirar, e absorvemos o ar com desespero arfante, mas as testas continuam juntas, uma forma de mantermos a conexão. James sorri, o tipo de sorriso que agora percebo que só vejo quando ele olha para mim.

– Senti sua falta.

– Também senti a sua.

Ele beija meus lábios de novo.

– Desculpa.

– Você já pediu desculpas, mas pode ficar à vontade para continuar repetindo.

James levanta a cabeça e ri. Também rio baixinho quando uma brisa repentina sopra em nossa direção, e apoio o rosto na curva de seu ombro.

Sua voz retumba contra minha bochecha.

– Acha que sua mãe vai ficar brava se eu pedir você em namoro?

– Está brincando? – Levanto a cabeça para olhar para ele. – Você atende a todos os quesitos. Ela vai ficar eufórica.

– E você?

Finjo pensar um pouco, depois dou de ombros.

– Hum, mais ou menos.

James faz cócegas em mim até eu escapar, e corro até Ben e Grace e os uso como escudo. Finjo que vou correr para a direita, mas ele me pega, me abraça e acaba com a fuga.

– Peguei!

Levanto a mão e afasto o cabelo de sua testa, e ele me beija de novo. Demora um pouco para meus pés voltarem ao chão.

– Parece que vocês também se entenderam – Grace comenta rindo.

Ben abre um sorrisinho irônico.

– Finalmente! Ele estava me deixando louco.

– Eu já estava cansada da Liza me alugando.

– Ei! – James e eu protestamos ao mesmo tempo.

– Estão vendo? Totalmente perfeitos um para o outro – Ben debocha.

Nós quatro andamos pelo parque, buscando a sombra dos carvalhos. De repente meu telefone toca. Ah, não.

– Desculpa, mãe – peço, antes de ela começar o sermão. – Eu devia ter ligado mais cedo. Estou no Waterwall com a Grace, está tudo bem.

Não menciono Ben ou James. Gostaria de guardar esse assunto para mim por mais um tempinho. Em vez de gritar comigo como normalmente faria, minha mãe está estranhamente calma do outro lado.

– Fico feliz por estar bem. Estava preocupada. Jeannie contou que vocês duas discutiram.

Encosto no tronco de uma árvore.

– É verdade. A história é longa.

– Vai demorar para voltar para casa?

– Vou embora daqui a pouco.

– O jantar vai estar pronto – ela avisa antes de desligar.

Grace olha para mim.

– Acha que vai sobreviver?

– Parece que sim, mas acho melhor ir para casa assim mesmo.

– Ben e eu podemos te levar – James oferece. – É caminho.

Adoraria ter mais alguns minutos com ele, mas ainda não estou preparada para desafiar o destino.

– Vou pegar carona com a Grace mesmo, tudo bem?

James consegue adivinhar meus pensamentos.

– Não disse que sua mãe aprovaria o namoro?

– Eu acho que sim, mas com tudo o que aconteceu no concurso...

Paro. Espero um segundo. A competição. Olho de Ben para James e para Ben de novo. Grace toca meu braço.

– Está achando que pode ter sido o Nathan quem roubou o livro de receitas e revirou o laboratório de confeitaria, não é?

Confirmo com um movimento de cabeça. Os dois primos se olham.

– Pensando bem, isso também explicaria por que tinha sal no meu pote de açúcar no dia do bolo – diz James.

– Definitivamente, ele seria bem capaz disso – Ben declara, olhando para o gramado. – Principalmente se achasse que assim poderia se vingar de nós... ou do James, pelo menos.

— Por que destruir a competição da minha mãe afetaria o James de algum jeito? — pergunto.

Ben olha para mim com as sobrancelhas erguidas.

— *Porque...*

Sigo a direção de seu olhar até James, que está examinando atentamente os botões da própria camisa. Enquanto o observo, ele vai ficando cada vez mais vermelho.

Ah. *Ah!*

Seguro a mão dele, e James olha para mim com um sorriso de canto de boca. Volto a olhar para Ben.

— Se ele é realmente o culpado, como vamos provar? Já tentei abrir os olhos da Jeannie, mas ela não quis me ouvir.

James segura minha mão e beija meus dedos.

— Não se preocupe. Eu tenho um plano.

Capítulo 25

DEPOIS DE VOLTAR PARA CASA, PASSEI A MAIOR PARTE DA NOITE ESPERANDO por um sermão que nunca aconteceu. Até passamos um jantar inteiro de família sem minha mãe fazer nenhuma crítica. Estranho muito essa versão mais agradável e insuspeita dela, embora a tenha desejado minha vida inteira. Jeannie e eu ainda não estamos conversando, então não posso perguntar nada a ela.

Quando olho para o meu pai do outro lado da mesa, ele só dá de ombros. Metade de mim espera acordar no meio da noite com minha mãe segurando uma faca ao lado da minha cama. Nem preciso dizer que não tenho dormido muito. Também porque estou muito ansiosa para contar a meus pais sobre Nathan.

No dia seguinte, antes de Jeannie levantar da cama, levo os dois para a cozinha e confesso minhas suspeitas sobre ele ter sabotado o concurso. Meu pai fica tão perplexo que só consegue balançar a cabeça.

Minha mãe passa a mão no rosto e fica séria.

– Tem certeza de que o Nathan é culpado por isso? Ele parece tão...

– Perfeito?

Seus olhos tremem, antes de ela responder:

– Eu ia dizer *agradável*.

– Com certeza é assim que ele se safa depois de fazer essas coisas.

Depois de eu insistir um pouco, minha mãe concorda em me ajudar a convencer Jeannie a ouvir Ben. Duas horas mais tarde, Ben e Jeannie estão sentados no escritório com a porta fechada. Grace está empoleirada no sofá, olhando para a lareira e entregue aos próprios pensamentos. Ela queria estar por perto caso Jeannie tivesse alguma pergunta. James, que também insistiu em vir com Ben, fica ao meu lado. Ele usa uma camisa branca com as mangas dobradas e jeans slim. Olho para ele.

– Sempre se veste desse jeito?

Ele pisca.

– Só quando quero impressionar alguém.

– Ah... essa é a sua roupa de conhecer a mãe?

O sorriso dele me derrete por dentro.

– Acha que vai funcionar?

– Está funcionando com alguém – Grace interfere.

Olho feio para ela, mas o olhar perde a eficiência quando fico vermelha. James ri.

– Vou ter que me lembrar disso no futuro.

Tento empurrá-lo, mas ele segura minha mão e me puxa para mais perto. Inclino a cabeça automaticamente, mas somos interrompidos.

– Liza.

Viro ao ouvir a voz de minha mãe. Ela acena me chamando à cozinha, mas fico paralisada.

James toca meu braço.

– Vai ter problemas?

– Ela não vai me matar com visitas em casa, se é isso que está perguntando – brinco.

– É sério, Liza. Quer que eu vá com você?

Sorrio e ponho a mão sobre a dele.

– Obrigada, vai ficar tudo bem.

Minha mãe está sentada à mesa da cozinha, e sento na cadeira que ela puxou para mim. Por alguns minutos tensos, sou como um inseto sob seu olhar atento. Finalmente, ela inclina a cabeça e fala:

– Está fazendo isso para eu te deixar em paz?

Demoro um segundo para entender a pergunta, então balanço a cabeça.

– Não. Eu gosto do James.

Mais uma longa pausa antes de ela assentir.

– Que bom. Então, a mãe dele e eu aprovamos.

"Espera... o quê?"

– Você falou com a mãe dele?

– É claro que sim – ela responde, ajeitando a correspondência que meu pai deixou em cima da mesa. – Naquela noite em que você voltou para casa tarde, liguei para os pais de James para saber se você estava com ele. A mãe de James atendeu o telefone.

– Você... também telefonou para os pais de Ben?

– Por que eu faria isso? É evidente que ele gosta da Grace. – Ela ri do meu queixo caído. – Eu presto atenção, Liza. Especialmente nas pessoas com quem minhas filhas andam.

Minha cabeça traz de volta o que ela disse antes.

– Como assim, a mãe de James aprova?

– Quando conversamos, a senhora Wong fez perguntas sobre nossa família, e eu quis saber por quê. Aparentemente, James tinha explicado a ela como a competição funciona e ficou empolgado quando mencionou seu nome. A senhora Wong disse que nunca o tinha visto tão feliz antes.

Meu rosto arde mais que pimenta-de-sichuan quando ouço isso. Se minha mãe percebe, não comenta. Ela deixa a correspondência no balcão da cozinha, atrás de onde está sentada.

– Enfim, ela quis saber mais sobre você, e contei todas as coisas que já fez. Ela ficou muito impressionada quando soube de suas habilidades de confeitaria. Parece que a senhora Wong também é uma grande confeiteira. É claro, também perguntei sobre James, e tenho que dizer que ele parece ser um bom rapaz.

Fico sem fala. É a primeira vez que o esforço casamenteiro de minha mãe me beneficia. Ela deve estar pensando mais ou menos a mesma coisa, porque ri triunfante.

– Viu, Liza? Eu sabia que ele era a escolha certa. Devia confiar mais na sua mãe.

Aparentemente, ela vai fingir que não tentou empurrar o Edward para cima de mim, mas vou deixar passar esse detalhe. Afinal, ela me elogiou para a Sra. Wong.

– Obrigada por me apoiar, mãe.

– Não foi nada.

Minha mãe vai dar uma olhada em Jeannie e Ben, enquanto eu volto à sala para contar a James sobre nossa conversa. Quando chego à parte sobre o que aconteceu entre minha mãe e a dele, ele fica vermelho.

– Elas realmente fizeram isso? Merda – fala um pouco alto.

Depois cobre a boca com a mão. É tão inesperado que quase morro de rir. James ri constrangido e massageia a nuca.

– Desculpa. Eu não devia ter dito isso.

– Está brincando? – Cutuco sua cintura. – Estou esperando por isso desde o dia em que a gente se conheceu!

Ele enlaça minha cintura.

– É só isso que ficou esperando?

Dou risada quando James inclina a cabeça em direção à minha, mas a porta do escritório se abre e nós nos afastamos. Meu coração fica apertado quando vejo Jeannie. Ela tem o aspecto de uma flor murcha, amarrotada e destruída. Queria que ela soubesse a verdade sobre Nathan, mas vê-la machucada desse jeito me faz questionar se fiz a coisa certa.

– O que ele fez com você foi horrível – Jeannie diz a Ben, seus olhos ardendo. – Juro que eu não tinha ideia.

– Eu sei que não. Estou contente por ter aceitado me ouvir.

Eles sorriem hesitantes. Ben se senta ao lado de Grace e Jeannie olha para mim. Não sei qual de nós se move primeiro, mas dentro de um segundo estamos abraçadas e falando ao mesmo tempo no centro da sala.

– Devia ter acreditado em você – ela diz. – Devia saber em quem posso confiar.

– Tudo bem – respondo. – Ele é um bom mentiroso.

– Todas aquelas coisas que te falei...

Balanço a cabeça abraçada a ela.

– Já esqueci.

– Você me perdoa?

– Não tem nada para perdoar.

Jeannie me aperta entre os braços, depois se aproxima de minha mãe. Ela inclina a cabeça envergonhada.

– Desculpa. Fui eu que o envolvi nisso e arruinei a competição. Ele nem teria vindo para cá se não fosse por mim.

Minha mãe afaga seu rosto.

– Não é sua culpa. Foi ele quem decidiu fazer isso. Não você.

– Parece que ele está tentando dar a impressão de que James e eu somos os culpados – Ben comenta. – Afinal, ele fez tudo para que eu encontrasse o laboratório de confeitaria revirado.

Isso só aumenta a agitação de Jeannie. Ela tira o celular do bolso.

– Vou terminar tudo com ele agora mesmo.

– Na verdade – James se manifesta –, seria melhor se você esperasse um pouco.

– O quê? Por quê?

Todos olham para ele. James se apoia na porta.

– Nathan não pode saber que desconfiamos dele, ou não vamos conseguir pegá-lo em flagrante. Ele precisa pensar que você ainda acredita nele.

– James tem razão – diz Grace. – O único jeito de fazer Nathan parar é conseguir provas concretas de que ele está por trás disso.

– O que você sugere?

– Dê a ele uma oportunidade perfeita de fazer mais alguma coisa, e grave tudo em vídeo – James explica.

– Você acha que a senhora Lee faz parte disso? – minha mãe pergunta em voz baixa. – Foi um erro convidá-la para participar do júri?

Atravesso a sala em um piscar de olhos. Jeannie segura uma das mãos da minha mãe.

– A senhora Lee nunca soube que ele tentou me chantagear – Ben declara. – E, honestamente, ela nunca arriscaria sua reputação ou a da empresa desse jeito.

Sorrio para ele agradecida. Grace segura sua mão, e Ben relaxa. Jeannie e eu trocamos um olhar antes de ela se virar para James com ar determinado.

– O que posso fazer para ajudar?

• • •

Nosso plano é posto em prática antes que todos se reúnam para a próxima etapa da competição. Informamos Chef Anthony sobre a situação, e ele aceita nos ajudar a preparar a armadilha. Jeannie manda uma mensagem de texto para Nathan fingindo estar ocupada demais para encontrá-lo, já que o concurso está na fase final. Na noite anterior ao dia da competição, ela manda uma mensagem e o convida para ir à confeitaria, para que eles possam passar um tempo juntos. Para nossa sorte, ele aceita o convite.

• • •

De manhã, todos se reúnem em torno da mesa na sala de descanso. Pouco tempo depois, ouvimos a voz de Jeannie no corredor.

– Só preciso pegar minha bolsa – ela diz. – Vem comigo.

– É claro, bebê.

Jeannie entra primeiro, e seu rosto está marcado pela tensão. Nathan entra um segundo atrás dela, e arregala os olhos ao ver que estamos todos ali.

– Nathan? – a Sra. Lee reage. – O que está fazendo aqui?

– Hã... mãe! Eu... eu... – ele gagueja. – Lembra que queria que eu fizesse uns cursos de verão para acumular créditos? Então, decidi fazer alguns aqui, já que tinha que vir à cidade para uma sessão de fotos.

Percebo que a Sra. Lee está se preparando para gritar com ele por não ter contado antes, mas minha mãe a distrai explicando que Ben foi desclassificado por ter roubado o livro de receitas e destruído o laboratório de confeitaria.

A Sra. Lee cobre a boca com a mão.

– Tem certeza de que foi ele? Conheço o Ben e sua família há muito tempo. Ele não causaria esse tipo de problema.

Olho para Nathan, e meu sangue ferve quando vejo o sorriso em seu rosto. Minha mãe se apoia na mesa.

– Receio que sim. Ele foi a única pessoa que teve tempo e oportunidade. Uma aluna do Chef Anthony nos procurou e contou que o viu no prédio meia hora antes do horário em que ele disse ter chegado. Além do mais, enquanto todos nós tentávamos entender o que tinha acontecido, Ben pediu licença para ir ao banheiro. Foi então que meu livro de receitas desapareceu.

– Perguntou a ele por que fez isso? – a Sra. Lee quer saber.

– Ele só disse que queria se vingar do Nathan por tudo o que aconteceu antes.

– Como assim? – Ela olha para o filho. – O que aconteceu? Pensei que tudo tivesse terminado.

Nathan reage com aparente inocência. Fico feliz por constatar que a Sra. Lee não sabe de nada, mas ter dimensão da facilidade com que ele manipulava todo mundo só me deixa mais furiosa.

– Tentei fazer o Ben falar mais – Chef Anthony acrescenta, balançando a cabeça. – Mas ele se calou quando eu disse que poderia abrir um processo por perdas e danos.

Os olhos da Sra. Lee endurecem.

– E James?

– Não participou de nada. Ben agiu sozinho – minha mãe afirma.

A Sra. Lee não está convencida, mas não discute.

– O que isso significa para nós hoje?

– Quero me adiantar à publicidade ruim. – Minha mãe toca a testa. – É só uma questão de tempo antes de vazar alguma informação sobre o que aconteceu.

Chef Anthony então oferece a sugestão que combinamos com ele mais cedo.

– Nesse caso, como só restam três concorrentes, o que acham de transformar a prova técnica na semifinal? Assim, a prova criativa passa a ser a final, e declaramos um vencedor antes que alguém saiba o que aconteceu.

Minha mãe finge pensar um pouco antes de concordar com um suspiro relutante.

– Não vejo outra solução, a menos que a senhora Lee tenha alguma ideia.

– Estou aqui só para julgar – ela diz. – O que você decidir, nós acatamos.

Não tem nenhum pingo de maldade em sua resposta. Olho para minha mãe e para ela. É bom ver que, ao longo das últimas semanas, a competição as transformou de inimigas em concorrentes amigáveis.

– Temos que dar um tempo para eles se prepararem. E precisamos de um tempo para fazer as mudanças necessárias – minha mãe declara enquanto se aproxima de Chef Anthony. – Talvez seja melhor adiar a etapa para o período da tarde.

– É justo. Bem, vou avisar os concorrentes – ele anuncia.

Saímos da sala em silêncio, e me mantenho atrás do grupo conforme nos dirigimos ao laboratório de confeitaria. Jeannie e Nathan estão bem na minha frente. Fico orgulhosa de como ela está se controlando, considerando que eu mesma estou à beira do colapso total.

Jeannie cochicha alguma coisa no ouvido de Nathan e dá uma risadinha, sem revelar em nenhum momento que sabe o tipo de pessoa que ele é.

— Ah, sério?

Previsivelmente, ele olha para trás e acena me chamando:

— Vem, Liza!

Ando mais depressa e me controlo para não me contrair quando ele passa um braço sobre meus ombros.

— Jeannie falou que você planejou uma coisa especial para a última prova técnica.

— Sim. Estava guardando para a final, mas, como vamos abreviar o concurso, isso vai facilitar a eliminação do concorrente mais fraco.

— Quem acha que vai ganhar? — Jeannie pergunta.

Dou cinco passos antes de responder:

— As coisas sempre podem mudar, mas tudo indica que James vai levar a coroa.

Nathan olha para mim.

— James? Por quê?

— Bom, ele não foi bem no desafio do pão, mas, dos três confeiteiros que restaram, ele é o mais regular.

— É verdade, e nós duas sabemos quanto a mamãe adora regularidade — Jeannie acrescenta com um cochicho.

Não preciso ler os pensamentos de Nathan para saber que as engrenagens já estão girando dentro de sua cabeça.

— E o Sammy? — ele pergunta. — Ele ganhou o desafio do pão. Ou o Edward?

Rio baixinho.

— Acho que Sammy teve sorte na última etapa. Quanto ao Edward, ele vai ficar com o terceiro lugar, tenho certeza. Não vai ser fácil tirar o James do pódio.

Nathan olha para minha mãe, e uma ruga surge na testa dele. Chegamos na entrada do laboratório de confeitaria, e Jeannie o puxa para dentro. Chef Anthony nos apresenta em ordem. Eu sou a última a entrar. Meus olhos imediatamente buscam James. Pisco para ele, sabendo que Nathan nos observa da plateia. Embora seja tudo combinado, meu coração acelera com o sorriso dele.

– Concorrentes, famílias e amigos – minha mãe começa. – Nos cinco anos desde que criei este concurso, nunca enfrentamos tantos desafios quanto desta vez. Infelizmente, tenho que anunciar más notícias de novo. Depois de uma minuciosa investigação, determinamos que o concorrente número nove, Ben Chan, foi o responsável pela sabotagem do desafio da última semana. Portanto, ele foi desclassificado.

Exclamações chocadas são ouvidas na sala. Como era de esperar, várias pessoas olham para James, que faz um excelente trabalho em demonstrar perplexidade atrás de sua estação.

– Sei que a notícia é chocante, mas o espetáculo tem que continuar. No entanto, com apenas três concorrentes, a senhora Lee e eu aceitamos fazer o dia de hoje o último da competição.

– Como isso vai ser feito? – Edward pergunta, preocupado.

– Vamos usar o desafio técnico como nossa semifinal. Os dois melhores confeiteiros passam para a prova criativa, que vai ser a final. Como estamos fazendo a mudança em cima da hora, vamos adiar o início da prova até as duas da tarde. Usem esse tempo para se preparar, se for preciso, mas não deixem de almoçar bem. Boa sorte.

De início, ninguém se mexe. Então Jeannie incentiva Nathan a se levantar e sair, o que provoca uma onda de atividade em direção à porta. Os familiares saem primeiro, já que estão mais perto da porta, e são seguidos pelos confeiteiros. Engulo um sorriso quando Edward segura a mão de Sarah diante de minha mãe. Depois que o público se vai, a Sra. Lee é a primeira do estafe a sair, seguida por Chef Anthony. Minha mãe e eu, de braços dados, saímos por último.

– Acha que vai dar certo? – ela murmura.

– Com toda a certeza. Ele está tramando alguma coisa.

– Tudo preparado?

– Sim. Todos prontos e esperando.

Vamos para o estacionamento. Com Nathan por perto, Chef Anthony finge que esqueceu de trancar as portas de entrada do edifício, gesticula e se afasta, enquanto nós discutimos sobre onde vamos almoçar. Nathan alega uma súbita dor de estômago para não ir com a gente.

– Quer carona de volta para o Airbnb? – Jeannie oferece.

– Não, não – ele geme com a mão sobre o estômago. – Fica com sua família. Eu consigo dirigir.

– Tem certeza?

– Absoluta. Vai e aproveita o almoço por mim.

Mantemos a máscara de simpatia até ele deixar o estacionamento. James sai do prédio assim que avisamos que a situação está segura. Ben e Grace saem do carro e se juntam a nós.

– Deixei a câmera ligada – Ben anuncia. – Se ele tentar alguma coisa, vai ficar gravado.

– Ele vai tentar. Não vai resistir – James responde.

– Estou com fome – meu pai reclama. – O que acham de irmos todos para o restaurante e eu cozinhar?

A sugestão provoca respostas entusiasmadas. Minha mãe permite que eu vá no carro com Grace e os garotos, mas tento não demonstrar muita euforia. Sento no banco de trás, e James segura minha mão assim que entra no carro. Ele também se inclina para me beijar, mas eu o empurro de volta.

– Minha mãe está olhando.

Ele faz um biquinho.

– Como sabe?

– Acredite em mim.

Nesse momento, o carro de meu pai passa por nós. Minha mãe olha diretamente para dentro do carro, procurando algum comportamento impróprio com seus olhos de águia.

Dou uma gargalhada.

– Falei.

– Ufa! Essa foi por pouco.

Assim que meus pais se afastam, escorrego no banco e seguro seu rosto, puxando para perto do meu e sorrindo.

– Agora vem cá.

James rapidamente elimina a distância entre nós e cola seus lábios nos meus. Não resisto quando ele me beija pela segunda vez, e rio quando ele beija a ponta do meu nariz também. Ben resmunga no banco do motorista.

– Não podem deixar isso para mais tarde?

Nós nos descolamos e damos risada. James faz uma careta para o primo.

– Não fica com inveja. Você se ofereceu para dirigir.

– Falando nisso – diz Grace –, temos que ir, antes que o Nathan pegue a gente no estacionamento.

A ideia é preocupante, e eu volto para o meu lado no banco. Assim que chegamos ao Yin e Yang, Ben desce do carro com o laptop embaixo de um braço e Grace embaixo do outro. Jeannie destranca a porta para nós, depois volta a trancá-la. Meu pai atravessa a cortina para cozinhar. Já minha mãe vai para a cozinha da confeitaria. Eu a sigo, mas ela me dispensa.

– É surpresa – diz.

Estranho, mas sei que é melhor não questioná-la. Em vez disso, me junto aos outros em uma das mesas redondas normalmente reservadas para grandes grupos.

Meu pai realmente se supera, prepara um brunch de quatro pratos em menos de trinta minutos. Quando a comida está pronta, Jeannie e eu ajudamos a servir a mesa. Em seguida, nos sentamos para comer.

– Isso está delicioso – Ben comenta depois de alguns bocados. – Melhor que o da minha mãe, mas não contem para ela.

James concorda movendo a cabeça.

– Ele tem razão. Esse frango tem exatamente o mesmo sabor do *sanbēiji* que comi em Taiwan. Talvez melhor.

Grace não perde tempo com palavras: o pedido entusiasmado por mais uma porção é em si um elogio. Minha mãe desaparece mais ou menos na metade da refeição, e em quinze minutos um aroma delicioso chega até nós.

– O que está assando, senhora Yang? – Grace pergunta com um olhar interessado. – Por favor, me diz que é seu pãozinho com creme de confeiteiro.

Minha mãe sorri.

– É meu pãozinho com creme de confeiteiro.

– Oba! – Grace comemora.

Ben arqueia uma sobrancelha.

– É tão bom assim?

– Espere até provar. É a melhor coisa do universo.

Minha mãe comprova que ela está certa quando traz o cesto de pãezinhos para todos se servirem. Abro o meu ao meio com todo o cuidado para deixar sair o vapor e esfriar. Depois ponho um pedaço na boca, saboreando a maciez da massa branca misturada ao creme doce e amarelo do recheio.

– Uau – Ben geme depois de devorar o que restava de seu pãozinho. – É o melhor mesmo.

Olho para James, curiosa para saber o que ele vai dizer. Ele fecha os olhos por um instante e mastiga. Quando engole, ele inclina a cabeça em minha direção.

– Sabe fazer isso?

– É claro que sim. Minha mãe me ensinou há anos.

Ele olha no fundo dos meus olhos.

– Casa comigo.

Hashis caem sobre a mesa. Não preciso olhar para saber quem os derrubou. Felizmente minha mãe sabe que é brincadeira.

Bato no braço de James.

– Continua assim e ela vai dar um jeito de te amarrar em mim para sempre.

– Eu não me oponho – ele brinca.

Sinto meu rosto vermelho diante do sorriso brincalhão. Ben me salva, ou melhor, seu laptop me salva. Ele o deixara na mesa ao lado, e um sinal sonoro avisa que o sistema de segurança foi acionado. Todos param de conversar e se juntam para assistir. Nathan aparece na tela com absoluta nitidez e caminha na direção da estação de trabalho de James. Ele examina os ingredientes para o desafio técnico, então remove alguns dos mais importantes e os guarda no bolso. Depois cobre tudo novamente com o pano e sai da sala.

Ben sorri.

– Pego no flagra.

Ele salva a gravação em um arquivo separado e fecha o laptop. O rosto de Jeannie se entristece, e ela pede licença e sai rapidamente. Ameaço ir atrás dela, mas minha mãe estende a mão.

– Eu cuido disso. Termine de comer.

Meu nervosismo voltou e acabou com meu apetite. Mesmo assim, empurro o resto da comida goela abaixo antes de ajudar meu pai a limpar a mesa. Depois voltamos à escola de culinária. Chef Anthony já está no local e todos nós entramos.

Quando a Sra. Lee chega à sala de descanso, minha mãe a chama para uma conversa particular. Sussurros tensos dão lugar a vozes alteradas, e fica claro que a camaradagem construída durante as últimas semanas está desaparecendo depressa.

— Está tentando se livrar da concorrência? Por isso armou tudo isso? — a Sra. Lee pergunta furiosa. — Pois vou lhe dizer já, não vai funcionar. Acusar meu filho assim só vai lhe render um processo.

Minha mãe mantém a calma.

— Senhora Lee, se fosse essa a minha intenção, não acha que eu teria encontrado um caminho melhor do que sabotar minha própria competição?

— Mas você disse que foi o Ben! — A Sra. Lee aponta para ele. — Você falou para todo mundo.

— Sim, falei, porque era o único jeito de confirmar quem era o verdadeiro culpado. Precisávamos de tempo para reunir evidências.

A Sra. Lee fica pálida.

— Evidências?

Minha mãe suspira e, com um gesto, a convida a sentar.

— Vou mostrar.

A Sra. Lee senta, enquanto Ben abre o vídeo. Ficamos atrás dela enquanto assiste à gravação. Quando vê Nathan pegando os ingredientes, a Sra. Lee sufoca um gritinho e leva a mão ao peito, assumindo uma expressão chocada.

— Não posso acreditar que é ele. Por favor, aceite minhas desculpas, senhora Yang. Não sei por que Nathan fez isso, mas, se soubesse que era ele, eu o teria impedido. Espero que acredite em mim.

Minha mãe toca o ombro dela.

— Eu acredito. Pretendemos confrontar o Nathan com a gravação, senhora Lee. Entendo se preferir não estar presente.

— Não, eu fico. Ele é meu filho, minha responsabilidade. — A Sra. Lee olha para Chef Anthony. — Por favor, mande a conta de tudo que ele estragou. Faço questão de cuidar disso.

Ele assente. Com a primeira revelação vencida, assumimos nossos lugares e esperamos pelo que está por vir. Minha mãe olha para Jeannie.

— Tem certeza de que aguenta?

— Sim. Tenho que fazer isso pelo Ben.

— Ok. Estaremos aqui quando você voltar.

Ela sai para procurar Nathan. Alguns minutos mais tarde, ouvimos os dois no corredor. A voz de Jeannie tem uma nota de aflição, mas Nathan parece não notar. Ele é o primeiro a entrar na sala.

— O que é tão importante para eu ter que...

Nathan vê Ben e James. Tenso, ele cerra os punhos junto ao corpo. Quando a Sra. Lee se adianta, porém, a expressão dura dá lugar ao medo. A atitude normalmente cortês desapareceu e foi substituída pela fúria, e ela o encara com aquele olhar mortal que todo filho asiático reconhece.

— Nathan George Lee, onde está com a cabeça? Tem ideia da vergonha que estou passando por sua causa?

Ele se encosta à parede.

— Mãe, eles estão mentindo! Eu não fiz nada!

— Não se atreva a negar. Eu vi o vídeo de você roubando ingredientes da estação de trabalho do James.

Para provar o que diz, ela aperta o play no laptop de Ben. O rosto de Nathan fica pálido diante da prova de sua culpa.

— Se acha que eu estou brava, espere até seu pai ficar sabendo de tudo — a Sra. Lee ameaça. — Pode dar adeus à sua conta para despesas pessoais.

— Mas isso é culpa dele! — ele explode, apontando para Ben, depois para James. — E dele também.

— Pare de culpar os outros por suas decisões ruins, filho. A culpa é minha. Mimei você por muito tempo, mas agora chega. — A Sra. Lee cruza os braços. — Dessa vez você arriscou a reputação da família. Podíamos estar enfrentando um processo!

Nathan ataca.

— E o papai? Ele traiu você com a mãe do Ben. Não fosse por ela, ainda seríamos uma família!

A Sra. Lee fica vermelha, e seus olhos passam de rosto em rosto. Cada importante campanha publicitária da Mama Lee Bakeries tem ela e o marido amoroso lado a lado. Eu já tinha contado aos meus pais sobre o divórcio, por isso eles não reagem. Chef Anthony mantém uma expressão neutra.

A Sra. Lee encara Nathan.

– Não sei de onde tirou essa ideia, mas isso nunca aconteceu. Seu pai e eu decidimos nos separar por outros motivos... que *não* vou discutir agora.

Sem a simpatia da mãe, Nathan tenta conseguir o apoio de Jeannie.

– Bebê, você tem que acreditar em mim. Eles me obrigaram. É culpa deles!

Ela empurra a mão que toca seu braço e caminha para a porta.

– Bom, eu não vou ser obrigada a nada. Nathan, acabou.

Jeannie aponta para a porta aberta, mas Nathan não sai. Ainda não. Manchas vermelhas transfiguram sua compleição simétrica conforme ele avança na direção de James. Ben se coloca entre eles no último instante, o que dá à Sra. Lee a chance de segurar o braço do filho.

– Já nos causou vergonha o bastante. Vá embora. Eu converso com você mais tarde.

– Mas, mãe...

– Agora!

Ele sai correndo da sala, humilhado. Só então a Sra. Lee desaba contra a mesa e cobre o rosto com as mãos. Minha mãe senta ao lado dela.

– Quer que eu adie a etapa do concurso para amanhã?

– Não, obrigada – a Sra. Lee responde após um silêncio. – Vamos até o fim.

Ela se recupera, depois se junta a nós para voltar ao laboratório de confeitaria. A agitação e o nervosismo são palpáveis na sala. Chef Anthony se adianta e olha para a plateia.

– Chegou a hora.

Capítulo 26

Falta menos de meia hora para o fim do último desafio técnico — sobremesa com gelatina. Inspirada pelo bolo de gelatina ágar que fiz em Nova York, criei uma receita baseada em *yōkan*. Além das duas camadas de gelatina de cores diferentes, o doce precisa ser aromatizado com feijão-vermelho e leite com pedaços de morango. Para dificultar, a sobremesa deve ser leve e ao mesmo tempo não se desfazer.

Antes do início da prova, todos os ingredientes retirados da estação de James foram repostos. Como Ben queria estar na plateia para apoiar o primo, entra discretamente depois do início da prova e senta na fileira do fundo. Algumas mães o viram, mas Grace as encara até elas voltarem a cuidar da própria vida.

Fico feliz por estar chegando ao fim de tudo isso, porque minha paciência também está acabando. Minha mãe segura meu joelho para me fazer parar de balançar a perna.

— Quem você acha que passa no seu desafio? — ela pergunta.

— James, com certeza — respondo honestamente. — Entre os outros dois, não há favorito, mas aposto em Sammy.

— Acha que o Edward não tem chance?

Apesar de ter aprovado James, minha mãe parece não ter perdido a esperança de me unir a um futuro médico. Nem o jeito como ele sorri para Sarah é suficiente para fazê-la parar.

— Sempre é possível. Há uma ciência para chegar à consistência certa. Se o tempo de Edward for certo, ele pode ganhar.

A voz de Chef Anthony ecoa no corredor um segundo mais tarde.

– Dez segundos, concorrentes! Vocês têm mais dez segundos!

Minha mãe e eu nos posicionamos perto da porta enquanto nosso anfitrião faz a contagem regressiva.

– Tempo esgotado, cavalheiros! Afastem-se de suas gelatinas!

Assim que os três pratos são levados para a mesa, entramos e encaramos os concorrentes. Só uma das gelatinas tem a consistência perfeita. É fácil presumir que foi feita por James, mas faço o possível para não tirar conclusões. Afinal, Sammy nos surpreendeu na última vez. Começamos pelo prato à direita. A gelatina sustenta o formato, mas pequenas rachaduras revelam que foi removida da forma sem o devido cuidado. Quando a pressiono com o garfo, ela se curva ligeiramente.

– Está um pouquinho mais macia do que deveria para esse tipo de *yōkan* – concluo. – No entanto, a aparência está muito boa e os sabores estão equilibrados.

Com um movimento de cabeça, minha mãe concorda, e passamos à segunda gelatina. Em vez de uma sobremesa com estrutura e movimento, vemos um *yōkan* que mais parece Jabba, de *Star Wars*, esparramado pelo prato. Minha mãe cutuca o que resta da gelatina mole.

– Esse confeiteiro teve dificuldades. Não esperou o tempo necessário para o endurecimento, o que significa que as camadas se fundiram. O ponto positivo é que o gosto ainda é o que deve ser.

A última é, de longe, a que tem melhor aparência, com a resistência ideal à mastigação. Os sabores são distintos em cada camada, mas também se misturam bem.

– É exatamente assim que a aparência e o sabor devem ser. – Olho para minha mãe. – O que acha?

– Concordo. Quem fez essa sobremesa sabia o que estava fazendo.

A decisão está tomada, e classificamos as gelatinas. Fico feliz por não ter apostado em um vencedor, porque eu teria perdido. A gelatina ganhadora foi feita por Sammy, seguida pela de James e, finalmente, Edward. Olho para James com uma sobrancelha erguida, e ele sorri acanhado.

– Lamento, Edward – minha mãe diz em tom gentil. – Você teve uma ótima participação, mas infelizmente não vai para a final. Parabéns, James e Sammy. Vocês são nossos finalistas.

O rosto de Edward revela sua decepção, mas ele sorri e se curva em nossa direção.

– Obrigado pela oportunidade. Boa sorte a James e Sammy.

Aplaudimos conforme ele se dirige à plateia para se juntar à mãe. Ela o conforta com tapinhas nas costas quando ele se senta na cadeira a seu lado. Sarah se senta do outro lado de Edward, que segura sua mão. Ela percebe que estou observando e fica vermelha. Acho que agora é oficial.

Chef Anthony levanta a mão para chamar a atenção de todos.

– Vamos fazer um intervalo rápido. Não atrasem, porque a seguir teremos a final!

Ele conduz a plateia e os competidores para fora da sala para podermos preparar a última etapa. Gloria e os outros alunos limpam as estações em poucos minutos. Minha mãe e eu arrumamos tudo seguindo a lista de ingredientes que Sammy e James forneceram para suas receitas criativas. Quando damos o sinal para Chef Anthony, ele acompanha os espectadores e concorrentes de volta. Com todos posicionados, a etapa final começa.

Minha mãe e a Sra. Lee estão a postos para julgar, e eu me sento com Grace e Jeannie. Sarah, bem atrás de mim, bate de leve em meu ombro. Me viro na cadeira, e ela se inclina para a frente.

– Está tudo bem? Fiquei preocupada depois que você saiu correndo no outro dia. Sei que disse que estava ocupada com tudo isso, mas...

Com todo o caos dos últimos dias, esqueci completamente de contar a Sarah o que havia acontecido. Como se estivessem em sincronia, várias pessoas na plateia se viram para ouvir nossa conversa.

– Desculpa por não ter falado com você – respondo em voz baixa. – Vamos sair depois para eu contar tudo. Todos nós.

Sarah sorri e baixa a voz ainda mais.

– Aliás, eu queria te contar o que o Edward me disse. Ele falou que só entrou no concurso por causa da mãe. Ele tinha se recusado a namorar uma garota asiática que ela escolheu, e por isso ela o obrigou a competir.

Ah, a ironia.

– Bom, fico feliz por ele ter feito a própria escolha dessa vez – comento depois de olhar para James.

– Mas e se a mãe dele não me aprovar?

— Não pense nisso. Você é inteligente, gentil e incrível. Por isso o Edward gosta de você. Vai acabar conquistando a mãe dele. Pode demorar um pouco, só isso.

— Está falando por experiência própria?

Olho para minha mãe. Ela se move com os braços cruzados entre as estações de James e Sammy, observando-os como um abutre.

Sorrio.

— Digamos que sim.

— Bem, isso responde a uma das minhas perguntas — Sarah comenta rindo.

Cutuco o braço dela.

— Falando nisso, não esqueça que sempre pode tirar dúvidas comigo. E com a Grace também.

— Não vou esquecer. Prometo. Quero saber mais sobre a cultura asiática. — Ela faz uma pausa e balança a cabeça. — Quero dizer, sobre culturas. No plural.

— Já é um bom começo.

Sarah olha para Edward quando ele toca seu braço. Nossos olhares se encontram por um breve segundo, e ele me oferece um sorriso. Sorrio antes de voltar a prestar atenção nos confeiteiros.

James é pura técnica e precisão com sua gelatina de café e creme. Ele está debruçado sobre a estação, totalmente concentrado, medindo e fatiando cada camada com réguas e facas. Contenho um suspiro. Nada dispara mais meu coração do que um cara que sabe tudo de confeitaria.

A não ser um cara gostoso que sabe tudo de confeitaria.

Como se quisesse mostrar que eu estou certa, James exerce leve pressão com o cortador quadriculado para cortar a gelatina. Um arrepio percorre minhas costas quando a ferramenta desliza sem danificar nem um pontinho sequer. James olha para mim e pisca, antes de virar para montar sua criação.

Um chá com *boba* cairia bem agora. Com muito gelo.

Olho para Sammy e seu bolo de gelatina arco-íris de três camadas. Há corantes espalhados pela mesa, e seu avental tem respingos radiantes. Ele despeja as diferentes misturas na forma, calculando as proporções no olho, em vez de usar a balança. Seu estilo culinário instintivo é muito interessante, e me pego torcendo por ele.

Os dois chegam ao fim da preparação e tenho a sensação de que se passaram apenas minutos, e não as três horas dedicadas à prova final. James e Sammy arrumam a gelatina no último minuto para garantir uma apresentação precisa. Quando Chef Anthony anuncia que o tempo acabou, James se aproxima de Sammy, e eles trocam um aperto de mão. Minha mãe e a Sra. Lee se preparam para provar as criações finais. A receita de James é a primeira.

— As camadas são idênticas em formato e tamanho — minha mãe observa com admiração na voz. — Parece que foi cortada e montada por uma máquina.

Depois de provar, a Sra. Lee é a primeira a opinar. Não há uma gota de desdém em sua expressão.

— Reconheço que sou muito implicante com café, mas sinto aqui o sabor dos bolos da minha loja favorita. Você conseguiu reproduzir até a espuma em cima. Delicioso. Ótimo trabalho, James.

É evidente que ele não esperava por esse elogio, mas se recompõe e murmura um obrigado. James troca de lugar com Sammy, cuja gelatina foi esculpida no formato do estado do Texas, com a localização de Houston marcada por uma cavidade em forma de estrela.

— Você realmente se esforçou nessa prova — comenta a Sra. Lee. — Eu conto... quatro, cinco, seis cores diferentes em suas gelatinas?

— Sim, e cada uma tem um sabor — Sammy responde com o peito inflado.

— É mesmo? Bem, vamos provar, então.

As juradas mordem um pedaço cada e trocam olhares idênticos de apreciação. Minha mãe até repete a porção antes de fazer sua avaliação.

— Você me surpreendeu de novo, Sammy. Eu esperava me sentir confusa com tantos sabores, mas você selecionou aqueles que combinam bem. E o esforço extra de cortar no formato do estado do Texas? Muito bom!

Sammy volta para sua estação com um sorriso gigantesco. Concluído o julgamento, Chef Anthony se dirige à plateia.

— Nossos dois confeiteiros entregaram pratos incríveis hoje, e não invejo as juradas pelo trabalho que têm pela frente. Senhora Yang, senhora Lee, podem sair para deliberar.

Assim que elas saem, Ben olha para mim e para Grace com uma expressão ansiosa.

— Quem acham que vai ganhar?

Já sei a resposta, mas decido que é mais divertido esperar e ver a reação deles. Sammy vai conversar com a família, e James se aproxima de nós. Para evitar acusações, ele fica perto de mim, mas não segura minha mão.

— Parabéns, James — Grace diz sorrindo. — Elas gostaram muito da sua gelatina. Espero que você ganhe.

James puxa o colarinho e respira fundo.

— Grace, você merece um pedido de desculpas. O que eu fiz foi errado, e sei que te magoou muito. Espero que me perdoe.

— Ben te desculpou?

A pergunta o pega de surpresa. James olha para Ben antes de responder:

— Hum... sim?

— Então eu também desculpo. Mas só se prometer fazer uma certa pessoa feliz.

Ele toma o cuidado de não olhar para mim, mas sorri.

— Essa é uma promessa que não me incomodo de cumprir.

As juradas voltam à sala, o que interrompe nossa conversa. James e Sammy se posicionam na frente, e a Sra. Lee e minha mãe se colocam uma de cada lado deles. Embora eu já tenha deduzido a escolha delas, estou ansiosa para ouvir o anúncio oficial.

— O júri tomou sua decisão — Chef Anthony anuncia. — E o vencedor da Quinta Competição Anual de Confeitaria Júnior da Yin e Yang, aquele que vai ganhar uma bolsa de estudos e aulas particulares na Yin e Yang é...

A pausa é para criar efeito. O silêncio é tão intenso que imagino ouvir corações batendo, e toda a sala se inclina para ouvir o anúncio.

— Sammy Ma!

Sammy fica paralisado, e sua família começa a gritar e assobiar. James dá um tapinha nas costas dele antes de se afastar. Minha mãe entrega o troféu de vidro, e a Sra. Lee se aproxima com um enorme cheque.

— Sammy, além do troféu e do título, tenho o prazer de entregar a você o cheque no valor de quinze mil dólares que simboliza a bolsa de estudos na faculdade de sua preferência. Prevemos grandes feitos em seu futuro.

Sammy sorri para as fotos com minha mãe, a Sra. Lee e Chef Anthony. A família corre para abraçá-lo, chorando e rindo com sua vitória. Isso me faz lembrar da minha própria empolgação todas as vezes que venci um concurso de confeitaria. Minha mãe deve estar pensando a mesma coisa, porque me olha do outro lado da sala.

Eu sorrio.

Ela também sorri, e, pela primeira vez, só vejo orgulho em seus olhos.

• • •

Encerradas as celebrações, todos se reúnem na cantina, onde meu pai, Danny e Tina improvisaram uma pequena comemoração para agradecer a Chef Anthony e a todos os alunos que ajudaram na competição. Duas mesas retangulares foram unidas e cobertas com bandejas que contêm os pratos mais populares do meu pai. Em uma das extremidades, sacolas de presentes guardam uma variedade de produtos da confeitaria de minha mãe.

Enquanto minha mãe e eu nos servimos, Chef Anthony se aproxima e aperta a mão dela.

– Senhora Yang, este ano foi uma montanha-russa, mas também foi muito divertido. Espero que nos vejamos no ano que vem.

– Obrigada por tudo – ela diz. – Não teríamos conseguido sem você.

Ele sorri para a Sra. Lee.

– Foi um prazer enorme conhecê-la. Eu ficaria muito feliz se a senhora aceitasse mentorear alguns dos meus alunos.

– Com prazer – ela responde, e entrega a ele um cartão comercial. – Entre em contato com minha equipe, e vamos pensar em algo.

Ele apoia a mão em meu ombro e me encara.

– Falando nisso, Liza, você me impressionou muito este ano. Se algum dia decidir cursar a escola de culinária, sua vaga aqui está garantida.

Olho imediatamente para meus pais, ao lado dos armários. Fico feliz por nenhum dos dois estar de cara fechada, mas sei que é melhor não tirar conclusões precipitadas.

– Estou honrada, Chef Anthony. Muito obrigada pela oferta.

– Por nada. Agora preciso falar com meus alunos.

Ele se dirige ao grupo reunido algumas mesas depois da nossa. A Sra. Lee olha para minha mãe.

– Tenho que admitir, essa foi a competição mais imprevisível que já julguei. No entanto, você lidou com tudo muito melhor do que a maioria dos profissionais com quem trabalhei. Obrigada pela oportunidade... e por sua discrição em relação ao comportamento de meu filho.

– Filhos cometem erros. Nosso trabalho é orientá-los – minha mãe responde com elegância. – Espero que aceite meu convite para julgar novamente no ano que vem. Aprendi muito com você.

– E eu com você. – Ela olha para meu pai e para mim com um sorriso. – Com licença, mas tenho um filho indisciplinado para castigar.

Depois que minha mãe se convence de que não esquecemos nada, seguimos para o estacionamento. Meu pai e Jeannie vão buscar o carro, e Ben, Grace e James me esperam um pouco afastados. No alto da escada, minha mãe me puxa pelo braço.

– Liza, quero conversar com você sobre uma coisa.

Fico imediatamente tensa.

– O que foi que eu fiz dessa vez?

O rosto de minha mãe é marcado por confusão e depois tristeza, antes de um sorriso distender seus lábios.

– Sei que exagerei na pressão sobre você este ano. E admito que não sabia se você seria capaz de lidar com tudo, mas eu estava errada. Estou muito orgulhosa de você.

É isso? Nenhum "mas isso" ou "você tem que fazer aquilo"? O calor se espalha dentro de mim como mel.

– Ah, mais uma coisa. Sobre a oferta do Chef Anthony.

Meu coração soluça e solto um suspiro. Ela podia ter me dado mais uns segundos para apreciar o momento.

– Já sei – respondo, e abaixo a cabeça. – Preciso ir para a faculdade e escolher uma carreira estável. Eu entendi.

– Não era o que eu ia dizer. – Minha mãe levanta meu queixo para olhar nos meus olhos. – Sim, seu pai e eu queremos que você curse a faculdade, mas agora entendemos quanto você ama a confeitaria. Vamos conversar com o Chef Anthony, mas não estou prometendo nada, ok?

Desmaiar ou não neste momento é questão de detalhe. Seja como for, minha mãe não me dá a chance de fazer mais perguntas, porque desce a escada e entra no carro com meu pai e Jeannie. Antes de partirem, porém, ela abre a janela e olha para mim.

– Não volte muito tarde, entendeu?

Concordo com um gesto de cabeça, e continuo assentindo por algum tempo depois que eles se afastam. Finalmente, me recomponho e desço a escada para encontrar os outros. James passa um braço sobre meus ombros.

– Tudo bem?

– Hum, sim. Muito bem, na verdade.

Ficamos juntos no estacionamento quase vazio por alguns momentos antes de eu me virar e encará-lo.

– Por que fez isso?

Ele recua.

– Isso o quê?

– Você sabe. Por que estragou sua prova técnica?

– Como sabe que foi isso que eu fiz?

– Fala sério. Estou vendo você cozinhar há semanas. Você é perfeccionista demais para cometer um erro como aquele.

James cede e sorri.

– Sammy é um cara legal. Ele quer ir para a Universidade de Houston, mas os pais não têm muito dinheiro.

– E você entregou a vitória de bandeja para ele. Porque assim ele fica com a bolsa de estudos.

James anui.

– Sammy fez uma gelatina incrível. Com a prova de hoje e a do pão, tenho certeza de que ele teria vencido de qualquer maneira.

Surpreendentemente, concordo. Minha mãe valoriza muito um bom pão, e isso acabaria dando a vitória a Sammy.

Seguindo um gesto de Ben, atravessamos o estacionamento em direção ao carro.

– Além do mais, não preciso do dinheiro – James declara. – Meus pais podem pagar a faculdade que eu escolher.

— Já decidiu para qual você vai, então? — pergunto com a voz trêmula quando chegamos ao carro.

— Ainda não adivinhou? — Ele sorri para mim. — Rice, é claro. Só não falei para o meu pai que ainda não decidi o curso. Quero descobrir meu caminho sozinho... pela primeira vez.

Eu me jogo nos braços de James e quase o derrubo quando o beijo com força. Seus olhos quase saltam das órbitas.

— Por que isso?

— Por ser quem você é.

James sorri aquele sorriso especial, o da covinha. Ele me puxa para mais um beijo antes de finalmente me soltar. Para não ficar para trás, Ben beija Grace, depois destrava as portas, e todos nós entramos no carro.

Ben se vira e olha para cada um de nós dois.

— E aí, para onde?

Olhamos um para o outro. Só tem uma resposta para essa pergunta:

— Boba Life!

Capítulo 27

— Está prestando atenção?

Olho irritada para James. Estamos sozinhos na cozinha da confeitaria, o que minha mãe só permitiu porque precisava se preparar para o festival de caridade do Eastern Sun Bank. Era para James estar aprendendo a fazer flores em um bolo gota de chuva, mas andei falando sozinha o tempo todo. Ele passou os últimos vinte minutos olhando para o celular. Considerando como rola a tela, deve estar fazendo compras on-line.

Suspiro e devolvo a seringa de gelatina colorida à xícara.

— James.

Ele não me ouve, compenetrado no que quer que esteja vendo.

— James!

Ele levanta a cabeça, imediatamente constrangido ao perceber o que perdeu. Depois guarda o celular no bolso e contorna a mesa de aço inoxidável. Quando tenta me abraçar, eu me esquivo com a expressão séria.

— Sabe, se vai ficar brincando nas aulas particulares, não devia ter aceitado a oferta do Sammy.

— Foi uma oferta muito gentil — James afirma sorrindo. — Mas admito que posso ter dito uma coisinha ou outra para convencê-lo.

— Mais um motivo para prestar atenção.

— Desculpa, Pãozinho. Não queria ignorar você.

James tenta me convencer a perdoá-lo usando a covinha como arma, mas hoje o sorriso não faz efeito.

Cruzo os braços.

– O que está olhando de tão interessante, aliás?

Ele começa a responder, mas de repente me encara com os olhos meio fechados.

– Sabe, você agora está agindo como sua mãe.

Engasgo ao ouvir a acusação.

– Sai.

– Ah, fala sério, Pãozi...

– *Sai*.

Ele olha para mim com cara de cachorrinho abandonado até eu ceder, depois se aproxima e me beija. Foram muitos beijos nos últimos meses, mas cada um sempre parece uma novidade. Na verdade, estamos cada vez melhores em elevar a temperatura. Passo os braços em volta de seu pescoço, e meus dedos passeiam por seus cabelos enquanto ele me puxa para mais perto. Estou tão concentrada na sensação das mãos passeando por meu quadril que quase não escuto o timer do forno.

– Vai queimar!

Calço as luvas térmicas e corro para abrir a porta. Alguns minutos depois, com a bandeja já transferida para o rack de resfriamento, suspiro aliviada. Volto à mesa, onde estão minha receita de pãezinhos de creme de confeiteiro com manga e leite e meu bolo gota de chuva de teste.

Não quero nem pensar no fato de que hoje à noite vamos lançar meu livro de receitas. Meu pai me ajudou com a autopublicação, e fiquei chocada quando minha mãe pediu cópias para vender na confeitaria. Fiquei ainda mais surpresa quando Chef Anthony se ofereceu para expor alguns na loja de presentes do Instituto. Ele até me convidou a dar alguns cursos de verão no ano que vem. Eu estava ansiosa para contar ao James.

Isso me faz lembrar de tudo o que estou espremendo na agenda para dar essas aulas particulares para ele. Volto a ficar irritada.

– Vamos parar por hoje. Você prefere o celular, e eu preciso assar esses pãezinhos para o festival do Eastern Sun Bank.

– Qual é o objetivo do evento, mesmo?

– Devia saber – respondo, e começo a encher o saco de confeitar com creme de confeiteiro. – Seu tio vai doar a renda para as bibliotecas das escolas locais, para comprar livros e organizar eventos com autores.

– Quanta nobreza.

– Sim, e preciso terminar tudo em uma hora para o nosso estande. Então, por que não vai encontrar o Ben e a Grace enquanto eu termino aqui?

Volto a me dedicar aos pãezinhos. Quando pego um para rechear, ele para ao meu lado.

– Quantos faltam?

Paro e conto rapidamente.

– Esta leva e mais uma.

– E se eu ajudar?

Olho para ele de cima a baixo.

– Vai sujar essa roupa bonita.

– Hum. Acho que tem razão.

Desconfio imediatamente da cara de quem vai aprontar alguma coisa. Ele puxa a camisa para fora da calça, a desabotoa e tira, me brindando com a visão de seu peito nu.

– Não pode cozinhar desse jeito – gaguejo. – Não é... higiênico.

James solta um suspiro forçado e pega um avental. Depois de amarrá-lo na cintura, ele dá uma volta.

– Pronto! Problema resolvido. Agora me diz o que tenho que fazer.

Os pãezinhos demoram o dobro do tempo para ficar prontos, basicamente porque não consigo parar de olhar para o meu namorado. Ele não ajuda, já que passa a maior parte do tempo flexionando os músculos enquanto sova a massa. Quando terminamos, estou mais tensa que o elástico que mantém meu cabelo preso. O brilho malicioso nos olhos dele só me enfurece mais.

Bom, esse é um jogo jogado a dois.

– Vai me ajudar a levar os pãezinhos para o estande? – pergunto casualmente. – Minha mãe queria garantir que o livro ficasse exposto da melhor maneira possível.

– É claro.

Embrulhamos cada pãezinho em celofane e os acomodamos em uma grande caixa de papel. Fecho a caixa com fita adesiva e despacho James com os pãezinhos. No minuto em que o carro dele dá a partida, entro em ação. Pego as roupas que trouxe de casa e me troco antes de dar os toques finais no rosto com a maquiagem que Jeannie deixou para mim. O cabelo é o último passo, e, quando termino, examino o resultado no espelho.

Enquanto em outras partes do país as árvores estão mudando de cor, em Houston ainda parece verão. A pele da minha cintura fica à mostra entre a blusa curta de renda e a saia preta preguada, que combino com tênis branco. Dessa vez deixo o cabelo solto e coloco pequenos grampos dourados, que brilham contra minhas mechas pretas. Mais uma camada de brilho labial e estou pronta.

Volto à cozinha para esperar James. Enquanto espero, meu telefone vibra. É uma mensagem de Jeannie.

Boa sorte hoje! Pena eu não poder estar lá.

Sorrio. Após voltar para Nova York, Jeannie decidiu abandonar a carreira de modelo e finalmente escolher uma formação: Psicologia. Ela disse que a escolha foi inspirada no que eu disse sobre ela ser uma boa ouvinte. Embora tenha ficado muito nervosa para contar aos nossos pais, eles só a incentivaram.

Obrigada, irmã. Saudade.

Tiro uma foto rápida da minha roupa e mando para ela.

Muito bom! Tem o selo Jeannie de aprovação.

Manda um oi para o Brandon.

Brandon é o novo namorado dela. Eles se conheceram logo depois de ela se mudar para o novo apartamento, que a mãe de Ben encontrou para ela.

Mando. Tenho que ir. Falo com você mais tarde.

Outra mensagem aparece antes de eu travar a tela. Dessa vez é da Sarah.

Vem já para cá! Estamos morrendo de fome, e o Edward está ansioso para experimentar esses pãezinhos!

O sino sobre a porta tilinta e James entra na loja. Mando uma resposta rápida para Sarah e guardo o celular no bolso de trás. Depois pego um pano e finjo que estou limpando.

– Voltei, L...

Ele para como se engasgasse. Levanto a cabeça com ar inocente, apreciando em segredo a expressão em seu rosto.

– Ótimo! Estou pronta.

Passo por ele, deixando os dedos roçarem seu braço quando me dirijo à porta. Mal passo pela cortina antes de ele me puxar e abraçar. Resisto ao impulso de derreter em seus braços.

– Temos que ir, James! É minha grande noite, lembra? Todo mundo deve estar esperando.

– Liza.

Dessa vez sou eu que o ignoro, contando os passos para a liberdade.

– Liza.

Continuo em frente, embora o ar crepite como a superfície de um *bo luo bun*. Chego à porta e saio. Os passos dele não têm a velocidade das batidas do meu coração, mas ele me alcança mesmo assim. Dessa vez James não me deixa escapar, me vira de frente para ele e me encosta no carro. Dou risada quando ele enrola no dedo uma mecha do meu cabelo.

– Está me castigando por hoje mais cedo?

Pisco e brinco com um dos botões da camisa dele.

– Na verdade, como você prefere namorar seu celular, encontrei um novo namorado para mim.

– *Liza*.

James sussurra meu nome e cola o corpo ao meu, e o aroma de manga e manteiga invade meu nariz. Resisto à tentação de respirar fundo.

– Sabe o que estava fazendo no celular hoje?

– Sabe que meu joelho está na posição perfeita para causar uma lesão permanente?

James ri e recua com as mãos erguidas.

– Tudo bem, tudo bem, mas, antes disso...

Ele destrava a porta do motorista e abaixa para pegar uma caixa azul e branca da Tiffany.

– Estava no celular porque queria garantir que esta encomenda fosse entregue na casa do Ben.

– Agora está comprando presentes para o Ben?

Ele suspira.

– Abre.

Arrasto a situação por mais um minuto antes de abrir a caixinha. Tiro dela um bracelete com um pingente prateado em forma de *cupcake* e uma tag de coração da Tiffany pendurados nos elos.

– Vira.

Vejo nossas iniciais gravadas no verso. Ele me ajuda a pôr a pulseira, depois sorri com doçura.

– Feliz aniversário de seis meses.

Mesmo emocionada, olho para ele desconfiada.

– Só estamos namorando oficialmente há cinco meses.

– Eu sei, mas faz seis meses que te conheci no estacionamento da Salvis. Naquele dia eu soube que queria ficar com você.

– Como soube?

– Você não escondeu seus sentimentos, mesmo me chamando de babaca. Quase todo mundo que conheço sempre concordou com tudo o que eu disse ou fiz. Essas pessoas nunca se importaram comigo; só se importavam com o dinheiro da minha família e com nossas conexões.

Olho no fundo dos olhos dele e admiro a profundidade antes escondida. E pensar que um dia estive tão determinada a pintá-lo como um vilão que quase não enxerguei as peças que não se encaixavam.

Teria sido a receita para o desastre.

– Bem, não posso fazer promessas com relação à minha mãe, mas não estou interessada nessas coisas.

– Então, não desistiria de mim se a única coisa que eu soubesse fazer fosse cozinhar?

Seguro a gola de sua camisa e o puxo para um beijo.

– Desde que não esqueça que gosto da temperatura alta.

Quando os dedos de James tocam a pele nua de minha cintura, ele sussurra a resposta nos meus lábios.

– Está aí uma coisa que nunca vou esquecer.

Agradecimentos

É isso.

Está acontecendo de verdade.

Quando eu era pequena, publicar um livro era um sonho do qual eu raramente falava. Afinal, não havia espaço na vida para a incerteza que acompanhava o trabalho de escritor. Eu era a filha mais velha da família – a que tinha que dar o exemplo para meu irmão mais novo e ser bem-sucedida, para que os sacrifícios que meus pais fizeram não fossem em vão. Então eu escrevia histórias em segredo, e só as dividia com os leitores anônimos cujo entusiasmo por elas me incentivava a continuar.

Enquanto isso, estudava muito e acabei realizando o sonho de meu pai quando me tornei médica. Ele era inteligente e dedicado, mas, como eu, era o filho mais velho. A mãe e os irmãos precisavam dele, por isso ele desistiu da faculdade para começar a trabalhar e sustentá-los. Nunca vou esquecer o orgulho em seus olhos no dia em que subi ao palco para receber o diploma de Medicina. Aquele sorriso foi o mais largo que já vi.

Mesmo assim, faltava alguma coisa. Eu me sentia inquieta.

Então, um dia, uma história começou a se formar nos cantinhos da minha mente. Tentei ignorar os sussurros dos personagens que imploravam para ter suas histórias contadas, fingindo não ver as imagens de mundos distantes que me convidavam para uma visita. No fim, não consegui resistir. Em pouco tempo meus dedos voavam pelo teclado, e as palavras fluíam tão depressa quanto eu conseguia registrá-las.

Esse foi o começo, e agora estamos aqui.

Como muitos outros autores disseram antes, a estrada para se tornar um autor publicado não é fácil. E pode ser solitária, mas tive a sorte de estar cercada de algumas das pessoas mais incríveis do mundo.

Primeiro, a meus pais: vocês sempre quiseram o melhor para mim, mesmo que às vezes não concordássemos. Vocês me ensinaram sobre persistência, determinação e paciência, mas, acima de tudo, a importância de se desafiar. 媽媽, 爸爸, 我非常感謝你們.

A Martin, Stephen e Shetal. Seu amor e sua amizade me ajudaram a vencer a pior das tempestades. Vocês foram os primeiros a ler minhas histórias, e comecei essa jornada por causa de vocês. Toda a minha gratidão ainda é pouco.

Sem receita para o amor não existiria sem minhas maravilhosas parceiras críticas. Cass, Pri, Alisha, Tana, Sabina e Francesca – todas vocês deixaram um pedacinho neste livro, e ele é muito melhor por isso.

O MSS – grupo dos mais talentosos, apaixonados e generosos amigos escritores que eu poderia desejar. A voz de vocês merece ser ouvida, e as histórias que contam vão mudar o mundo. Vamos continuar buscando as estrelas juntos.

Jessica Watterson, minha agente fenomenal, torcedora, defensora. Você acreditou quando eu duvidei, e apontou um holofote para mim quando eu quis me esconder nas sombras. Sou eternamente grata por Thao, que nos apresentou, e mal posso esperar pelas aventuras que virão a seguir!

À minha fabulosa editora, Jess Harriton. Obrigada por amar este livrinho e me dar a chance de compartilhá-lo com o mundo. Prometo tentar você com as coisas mais deliciosas no futuro.

É claro, é preciso ter uma equipe inteira de pessoas dedicadas para levar um livro à estante. Minha especial gratidão a Krista Ahlberg, Marinda Valenti, Vanessa DeJesus, Felicity Vallence, Dana Li e Theresa Evangelista por todo o trabalho duro, especialmente em um ano tão desafiador.

Sem receita para o amor não é só um romance; é uma carta de amor para uma garotinha taiwanesa que se sentia encurralada entre dois mundos. Levou um tempo, mas ela finalmente encontrou seu lugar.

Aos meus leitores, espero que a história de Liza os inspire. A vida talvez ofereça um caminho a trilhar, mas vocês podem escolher o destino. Sonhem grande e acreditem em vocês. Tenham medo, mas sigam em frente mesmo assim.

Finalmente, mas não menos importante, toda hora é hora de *boba*.